Language +

外国文学与比较文学研究论丛

本书获2023年度陕西高校青年创新团队“中国地域文化译介与国际传播创新团队”建设项目、长安大学中央高校基本科研业务费专项资金项目（项目编号：300102134601）、长安大学外国语学院学术出版基金资助出版

# 文本的越境与跨界

# The Transcendence of Texts across Borders and Media

张 玉 著



西安交通大学出版社
XI'AN JIAOTONG UNIVERSITY PRESS

**图书在版编目(CIP)数据**

文本的越境与跨界 / 张玉著. --西安 ：西安交通大学出版社，2025.1. -- ISBN 978－7－5605－8029－6

Ⅰ. I0

中国国家版本馆 CIP 数据核字第 20244J01X8 号

WENBEN DE YUEJING YU KUAJIE

**书　　名**　文本的越境与跨界
**著　　者**　张　玉
**责任编辑**　庞钧颖
**责任校对**　李嫣彧
**封面设计**　任加盟

**出版发行**　西安交通大学出版社
（西安市兴庆南路 1 号　邮政编码 710048）
**网　　址**　http://www.xjtupress.com
**电　　话**　(029)82668357　82667874(市场营销中心)
(029)82668315(总编办)
**传　　真**　(029)82668280
**印　　刷**　西安五星印刷有限公司

**开　　本**　710mm×1000mm　1/16　**印张**　11.5　**字数**　226 千字
**版次印次**　2025 年 1 月第 1 版　　2025 年 1 月第 1 次印刷
**书　　号**　ISBN 978－7－5605－8029－6
**定　　价**　78.00 元

如发现印装质量问题，请与本社市场营销中心联系。
订购热线：(029)82667874
投稿热线：(029)82668531

# 前　言

《女人之过》(*A Woman's Error*)是美国廉价小说作家伯莎·M. 克莱(Bertha M. Clay)的作品，1900年由日本明治时期的报人、翻译家黑岩泪香译为《野之花》(野の花)，在《万朝报》上连载；1910至1911年由包天笑译为中文小说《空谷兰》，在《时报》上连载。这部在英美文学史上默默无闻的小说由此在中日两国踏上了漫长的越境与跨界之旅，其文本之旅空间跨度大、时间跨度长，且媒介呈现多样，影响绵延至今，具有重要的研究价值。

近年关于小说《女人之过》的文本旅行受到一定程度的关注，但仍留有进一步拓展的空间：第一，目前的研究主要集中在《女人之过》《野之花》《空谷兰》小说之间的比较及《空谷兰》无声电影的论述上，鲜有对《野之花》在日本的接受情况与《空谷兰》在中国的文明戏、地方戏和电影改编方面的研究，难以勾勒出《女人之过》在中日两国的文本旅行全貌。第二，在英文、日文、中文三个小说文本的比较研究方面，学者们进行了一定的文本分析及时代背景考察，但仍缺乏更开阔的大时代背景和更为细致的文本分析。第三，黑岩泪香与包天笑身兼报人、小说家、翻译家多种身份，目前的研究尚缺少对这一点的关注。第四，《空谷兰》故事在中国更多地以电影、戏剧这些非纸质媒介进行传播，其原因也尚未被充分考察。

鉴于此，本书主要从以下四个方面进行了具体的考察与研究：

第一章在梳理伯莎·M. 克莱与日本近代文学关系的基础上，考察了《女人之过》在日本的翻译与接受过程。首先，《野之花》连载之时恰逢日本家庭论争和家庭小说热潮，黑岩泪香在翻译时将子爵改写成移情别恋者，与妻子的坚贞不渝形成鲜明对比，对子爵进行强烈批判，并揭露了子爵前妻尚在却续娶的重婚行为，与《万朝报》揭露上流社会蓄妾实例形成联动机制，不仅激发了广大读者的阅读兴趣，而且宣扬了“一夫一妻”的婚姻伦理观念，在一定程度上推动了日本婚姻家庭变革的进程。其次，进入昭和时代(1926—1989)，佐藤红绿的《越过那座山》借用小说《野之花》的故事框架，看似为读者塑造了理想的“贤妻良母”形象，实则利用时局隐喻与隐秘的行为逻辑，不仅突显了深受军国主义毒化的“母性之爱”，强化少女读者对侵略战争的心理认同，还与杂志广告一道煽动少女读者主动走入社会，以多种形式协助战争，成为军国主义势力的后方支持力量，折射出战时日本女性教育的内核，其内在的反动性不容忽视。

第二章考察了《野之花》在清末的翻译与最初改编形态——文明戏与无声电影。首先，包天笑将《野之花》译成中文言情小说《空谷兰》，在清末求新潮流中理性地回归社会现实，并借重新塑造的隐忍的女性形象，结合连载报纸《时报》的其他栏目对软弱的清政府进行了批判；同时他还竭力在家国一体的话语中还原亲子之情，使小说更能触动普通民众的情感。小说《空谷兰》将可读性与教育性相结合，这与包天笑始于早期的通俗化理念相契合，该特质也使这部小说成为流传百年的经典通俗作品。其次，新民社郑正秋邀请包天笑将小说《空谷兰》改编为文明戏，该戏在讲述本土化家庭故事的同时，将民族观念与国家理想巧妙地织入戏剧的情节发展，呈现出一场独特的集家庭、军事、教育、社会为一体的文明戏，以期满足不同阶层观众的多元需求，使得该戏成为当时各大剧社争相上演的经典剧目。最后，在 20 世纪 20 年代上海大众文化生产与消费热潮中，无声电影《空谷兰》通过对小说的改编为观众呈现了一个共同的生活空间，且在讲述符合大众口味的故事的同时试图重新建构社会的道德秩序；在消费阶段，小说《空谷兰》、作家包天笑的象征资本与明星公司成功的电影营销模式合力掀起了电影《空谷兰》的观影热潮，使得“空谷兰”在我国文化场域内成为具有极高价值的文化符号。

第三章以抗日战争时期的地方戏《空谷兰》和 1980 年版沪剧《幽兰夫人》为切入点，探讨了地方戏的改编。首先，沪剧、评剧、越剧、甬剧、弹词等多种地方戏《空谷兰》汇聚抗战时期的上海，呈现“多元共生”之态势；地方戏《空谷兰》借“分镜”这一传统戏剧母题激活了在民间流传已久的传统戏剧情节，通过同时代流行民间的哭戏来充分表达抗战时期底层民众的悲苦内心，迎合并再塑市民趣味；其微观叙事与有声片《空谷兰》的宏观叙事互为补充、兼容并蓄，立体全面地构建了抗战时期上海的真实面相，堪称“海派文化”的代表。其次，1980 年版沪剧《幽兰夫人》通过改编重现了旧式大家庭中家长的绝对权威，并对其进行了强烈的批判。该剧将兰花融入舞台布景及唱词之中，意象功能与“分镜”母题故事中的铜镜极为相似，唤起了观众对传统戏剧情节的记忆。此外，该剧还通过重塑兰荪的形象，追寻和宣扬了传统道德。

第四章对《空谷兰》在我国香港地区的电影改编进行了研究。首先，粤语片《空谷兰》(1954)的导演关文清怀着一颗赤诚的爱国之心，通过一系列改编将日本侵华战争前景化，再现了战争给人们带来的巨大创伤，控诉了日军的侵略暴行；与此同时，影片折射出普通民众在战争爆发后逃离与寻亲的真实经历，试图借重现创伤达到缓解痛苦、重建自我认同的目的。而国语片《空谷兰》(1964)的歌女改编一方面继承了上海老电影中的歌女主题，再现了乡愁图像与文化记忆；另一方面延续了歌女作为男性欲望的客体化对象，并继而将这一形象延伸为在20世纪60年代香港电影资本竞争中“被消费”的客体。由此，影片通过歌女这一文化符号支撑起“亦此亦彼”的“第三空间”，积极地将故乡与他乡、传统文化与商业文化融通渗透，以重构离散群体的身份认同。

基于以上研究，笔者将美国廉价小说《女人之过》在中日两国的文本旅行中呈现出的特点总结为跨媒介交叉传播与经典建构、体现近代民族国家话语、重构大众话语空间、继承与突破传统戏剧母题四个方面，并希望这一发现能为东西方文学交流与东亚文化交流提供一个立体而丰满的样本。

本书中，关于外国文献、作品的直接引用，若无特别标明译者，均为笔者所译。在引用民国时期的文献时，为贴合当代读者的阅读习惯，笔者酌情为没有标点符号的原文适当添加了标点符号。在本书的创作过程中，笔者广泛涉猎了丰富的文献资料，并辅以深入的实地考察，旨在构建一个严谨的论述框架，丰富比较文学教学案例，为大众文化研究领域贡献绵薄之力。诚然，鉴于个人学识与能力之限，书中难免存在疏漏与未尽之处，对此，笔者望广大读者不吝赐教，提出宝贵意见与批评，以便本书能在日后修正完善。

**张　玉**

**2024 年 5 月**

# 目　　录


**绪　论** …………………………………………………………………… 1

第一节　研究背景与意义 …………………………………………………… 1

第二节　国内外研究现状及遗留问题 ………………………………………… 3

一、关于《女人之过》《野之花》《空谷兰》的研究 …………………………… 3

二、关于伯莎·M. 克莱的研究 ……………………………………………… 7

三、有关黑岩泪香及其小说的研究 ………………………………………… 12

四、有关包天笑及其小说的研究 …………………………………………… 20

第三节　研究方法与研究设想 ……………………………………………… 24

一、研究方法 ………………………………………………………………… 25

二、研究设想 ………………………………………………………………… 26

**第一章　《女人之过》在日本的翻译与接受情况** ………………………… 29

第一节　伯莎·M. 克莱与日本近代文学 …………………………………… 29

第二节　理想家庭形象的重构——从《女人之过》到《野之花》……………… 32

一、明治30年代的家庭论争与家庭小说热潮 ……………………………… 33

二、移情别恋：子爵形象的改写 …………………………………………… 35

三、贞操：男性道德之美 …………………………………………………… 37

四、重婚：婚姻的丑闻 ……………………………………………………… 41

五、结语 ……………………………………………………………………… 44

第三节　“母性”教育与隐秘的政治意图——从《野之花》到《越过那座山》
……………………………………………………………………………… 45

一、“报恩”书写中“母亲”之发现 ………………………………………… 46

二、“贤妻良母”之“母性”凸显 …………………………………………… 49

三、时局隐喻与隐秘的政治意图 …………………………………………… 51

四、结语 ……………………………………………………………………… 55

**第二章 《野之花》在中国的翻译与最初改编** …………………… 58
第一节 求新与守旧张力下的通俗化——从《野之花》到小说《空谷兰》 …………………… 58
一、包天笑与小说《空谷兰》…………………… 58
二、求新潮流中的通俗化 …………………… 60
三、旧道德下的女性形象隐喻 …………………… 66
四、家国一体叙事中个人真实情感的凸显 …………………… 69
五、结语 …………………… 71
第二节 传统文化与民族观念的融入——论小说《空谷兰》的文明戏改编 …………………… 72
一、文明戏《空谷兰》研究史料的补遗与勘误 …………………… 73
二、蕴含中国传统文化气息的家庭戏 …………………… 78
三、民族观念的融入 …………………… 79
四、结语 …………………… 81
第三节 大众文化生产与消费范例——论小说《空谷兰》的无声电影改编 …………………… 82
一、20世纪20年代上海的大众文化生产与消费热潮 …………………… 83
二、无声影片《空谷兰》的制作 …………………… 85
三、无声影片《空谷兰》的大众消费 …………………… 91
四、结语 …………………… 96
**第三章 《空谷兰》的地方戏改编** …………………… 98
第一节 海派文化视野下的《空谷兰》哭戏改编 …………………… 98
一、"多元共生"的流行地方戏《空谷兰》…………………… 99
二、《空谷兰》哭戏中的"市民趣味" …………………… 101
三、宏大叙事与微观叙事的立体建构 …………………… 106
四、结语 …………………… 109
第二节 重现传统，品味古典——论1980年版沪剧《幽兰夫人》改编 …………………… 110
一、对旧式大家庭的重新呈现与强烈批判 …………………… 112
二、对古典"兰"文化的深度吟味 …………………… 115

三、对传统道德的追寻与宣扬…………………………………………… 119
四、结语………………………………………………………………………… 120
**第四章 《空谷兰》在中国香港的电影改编** ……………………………… 121
第一节 战争创伤与集体记忆——论 1954 年粤语片《空谷兰》
……………………………………………………………………………… 121
一、粤语片黄金时期的《空谷兰》…………………………………………… 123
二、战争背景的“前景化”…………………………………………………… 124
三、逃难与寻亲：战时香港移民众生相…………………………………… 128
四、结语………………………………………………………………………… 131
第二节 离散情结中的歌女改编——论 1966 年版香港国语片《空谷兰》
……………………………………………………………………………… 131
一、从乡村律师之女到歌女………………………………………………… 133
二、歌女电影：乡愁图像与文化记忆……………………………………… 135
三、“被消费”的歌女符号…………………………………………………… 138
四、结语………………………………………………………………………… 141
**终 章** ……………………………………………………………………………… 143
一、跨媒介交叉传播与经典建构…………………………………………… 145
二、体现近代民族国家话语………………………………………………… 146
三、重构大众话语空间……………………………………………………… 146
四、继承与突破传统戏剧母题……………………………………………… 147
**阅读文献** ………………………………………………………………………… 149
一、中文文献…………………………………………………………………… 149
二、日文文献…………………………………………………………………… 161
三、英文文献…………………………………………………………………… 169
**附录 清末及民国时期黑岩泪香小说在中国的翻译目录** ………………… 171

# 绪论

## 第一节　研究背景与意义

《女人之过》(*A Woman's Error*，出版时间不详)是美国廉价小说作家伯莎·M. 克莱(Bertha M. Clay)的小说，由日本明治时期的著名报人、翻译家黑岩泪香译为《野之花》(野の花)，于1900年3月10日至11月9日在《万朝报》上连载，之后由扶桑堂出版了单行本。这部小说在英美文学史上鲜有记录，但经由黑岩泪香的翻译，踏上了漫长的跨国界、跨媒介的文本旅行。在日本，佐藤红绿于1935至1936年创作了《野之花》的“模仿作品”[①]——《越过那座山》(あの山越えて)。在中国，包天笑于1910至1911年将《野之花》翻译成中文小说《空谷兰》，该小说颇受读者欢迎，相继被改编为文明戏、电影以及评剧、越剧、河北梆子、京剧、潮剧、琼剧、沪剧、甬剧、闽剧、粤剧、歌仔戏、锡剧、广东木偶戏、海南杖头傀儡戏、弹词等多种地方戏，在全国各地频繁上演。其中，无声电影《空谷兰》的票房收入创下了中国无声电影史上的最高纪录[②]，有声电影《空谷兰》于1935年参加了莫斯科国际电影展览会，之后在欧洲多国上映，反响热烈；地方戏《空谷兰》更是远播至泰国、越南、新加坡、马来西亚等地，直至2018年1月，上海文慧沪剧团仍在上海天蟾逸夫舞台演出改编自《空谷兰》的沪剧《幽兰夫人》选段。此外，笔者还搜集到由安东(今丹东)诚文信书局印刷发行、仙岛孙虚生编辑、张六合校订的《哀艳小说：空谷兰》(见图1)一册(共172页，时间不详)，可视为小说《空谷兰》的缩编版。从大城市上海到东北的小城丹东，《空谷兰》的影响力之广由此可窥一二。

美国廉价小说《女人之过》跨越时间与空间，在中日两国如此深受大众欢迎，这一现象本身不仅可视为大众文学与大众文化完美结合的范例，也是东亚文学交流乃至东西方文学交流的典型。而其时空跨度之长、媒介呈现之多样，凸显了这一现象的研究价值。

---

① 伊藤秀雄．梅の家かほると涙香[J]．日本古書通信，2003，68(11)：20.

② 陈少舟．中国电影史研究[M]．北京：中国电影出版社，2015：259.

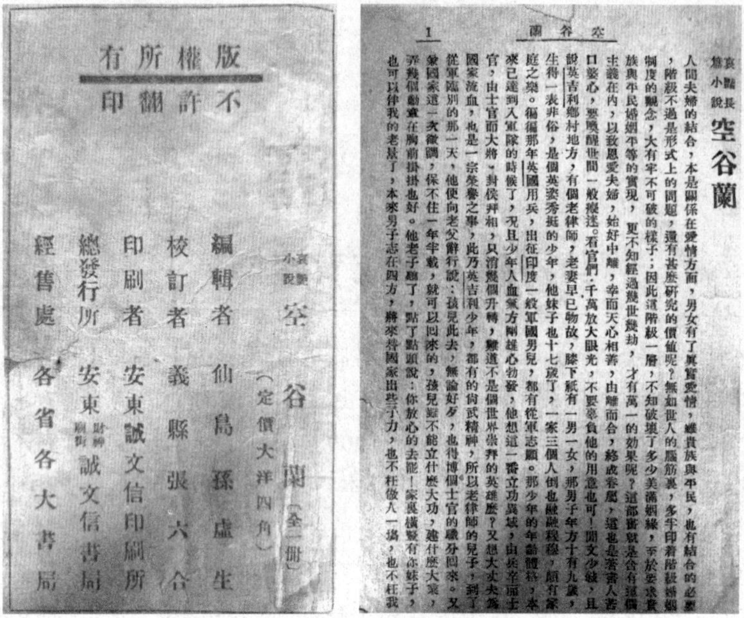


**图 1 《哀艳小说：空谷兰》(笔者藏)**

鉴于《空谷兰》在我国电影史上的独特地位，关于此电影的研究从未停止。目前的研究多从电影学的角度出发，聚焦于无声电影《空谷兰》的叙事视角、叙事内核、美学风格等方面，缺乏对小说与影片文本的比较及对无声电影之外其他版本的考察。虽然日本学者饭塚容关注到了黑岩泪香《野之花》到中文小说《空谷兰》再到文明戏和电影的变化过程，但对改编的考察并不全面①。国内学界一直认为《野之花》译自亨利·伍德夫人的《里恩东镇》，直至 2012 年，Satoru Saito 与黄雪蕾才质疑了这一论断，指出《野之花》译自克莱的小说《女人之过》。在此基础上，潘少瑜②以及杨文瑜和邹波③通过文本比较，进一步考证得出《野之花》译自克莱小说《女人之过》。但遗憾的是，这些新近研究在时代大背景的把握与文本细读上还存在一定的不足，且仍未引起电影界的

---

① 飯塚容．『空谷蘭』をめぐって—— 黒岩涙香『野の花』の変容——[J]．中央大学文学部紀要，1998，170(3)：93－115.

② 潘少瑜．近代翻译家庭小说中女性社会身份的解离与重构：从《女人之过》到《空谷兰》[M]//彭小妍．跨文化流动的吊诡：晚清到民国．台北：中国文哲研究所，2016：51－79.

③ 楊文瑜，鄒波．『野の花』の種本と黒岩涙香の訳述に関する考察[J]．東アジア日本語教育・日本文化研究，2016，19(3)：175－194.

足够关注。因此，有必要突破学科界限，对《空谷兰》进行跨界研究。

此外，迄今的研究对粤语片《空谷兰》(1954)、香港国语片《空谷兰》(1966)、地方戏《空谷兰》或略有提及，或全然遗忘，这与《空谷兰》故事深受各个时期大众欢迎的事实形成不可忽视的矛盾。因此，深入挖掘各种版本《空谷兰》的文本及相关史料，尽可能全面、客观地还原这一段段被尘封已久的历史记忆，是本书的基本出发点。

在此基础上，需要进一步探讨的是，小说《女人之过》在中日两国不同的历史、文化语境下是如何被翻译与改编的？它在文本流变过程中呈现出了怎样的变化？不同的文本在不同的历史时期又经由译者、改编者表达出了怎样的文化与思想诉求？本研究旨在通过对这些问题进行考察，系统且详细地勾勒出美国廉价小说《女人之过》在中日两国的文本旅行地图，探讨影响文本接受的多种因素，同时寻找接受过程中恒久不变的故事要素。在此基础上，本研究重新审视了不同于经典文学的大众文学在美、日、中三国的传播与发展状况，以期在一定程度上丰富大众文学的研究视角。

## 第二节　国内外研究现状及遗留问题

### 一、关于《女人之过》《野之花》《空谷兰》的研究

目前关于《女人之过》《野之花》《空谷兰》三个文本之间关系的相关研究尚显匮乏，而随着考证的不断深入，直到近些年，原作才逐渐浮出水面，为人们所发掘。《空谷兰》的故事译自黑岩泪香的《野之花》这一点在电影学界与文学界已成定论，而关于《野之花》的底本却众说纷纭。首先，在电影学界，郦苏元、胡菊彬在《中国无声电影史》中提到《野之花》译自英国女作家亨利·荷特的原著[①]；董新宇认为《野之花》的原作是英国亨利·伍德夫人(Mrs. Henry Wood)的《里恩东镇》(*East Lynne*，一些学者也翻译为“林恩东镇”)[②]；艾青[③]以及安妮和张业松[④]沿袭了董新宇的观点，也认为转译自日译本的《空谷兰》原作是《里恩东镇》。范可乐同样认为1926年的无声电影《空谷兰》是对亨利·

① 郦苏元，胡菊彬．中国无声电影史[M]．北京：中国电影出版社，1996：156.

② 董新宇．看与被看之间：对中国无声电影的文化研究[M]．北京：北京师范大学出版社，2000：81－83.

③ 艾青．明星影片公司探析[M]．上海：东方出版中心，2017：356.

④ 安妮，张业松．“母爱经验”的迭代与异化：试论上海早期电影《空谷兰》和《神女》中体现的现代女性困境[J]．山东女子学院学报，2023(5)：72－81.

伍德《里恩东镇》(*East Lynne*)日译本的改编[①]。可见，在中国电影研究界，《空谷兰》最初底本是《里恩东镇》这一论断似乎已成为定论。此外，董新宇根据《野之花》底本为《里恩东镇》这一观点，指出日译本《野之花》与英文原著相比最大的变化是"有了一善一恶两个女主人公"，而据《野之花》翻译的《空谷兰》则使亚洲版本在中国传统文化语境下重构了"'忠奸'之争的模式"[②]。但该研究只分析了日译本《野之花》、中译本《空谷兰》与英文原著的不同，未对日译本与中译本进行对比分析。

在文学界，关于日译本《野之花》底本的考证近年来受到关注。黄雪蕾首先勾勒了《里恩东镇》这一维多利亚故事的跨境旅行：小说《里恩东镇》—小说《女人之过》(*A Woman's Error*，核心情节相似)—小说《野之花》—小说《空谷兰》—文明戏《空谷兰》—哀情片《空谷兰》。她指出《女人之过》创作于《里恩东镇》之后，可能为风靡一时的《里恩东镇》的抄袭或借用，并进一步提到"日本学者 Satoru Saito 等的近期研究表明，《野之花》事实上几乎直译自《女人的错》"[③]，即 *A Woman's Error*。这一论断动摇了董新宇论述的出发点：既然《空谷兰》的英文原作并非《里恩东镇》，那文本最大的变化——"有了一善一恶两个女主人公"这一判断是否站得住脚，值得进一步考证。黄雪蕾接着对不同版本进行了比较分析，发现故事的核心始终未变，故事情节充满耸动、煽情的元素，使得全球各地的读者与观众组成了一个由感伤主义文学所形塑的虚拟的"情感社群"[④]。这一考察思路开阔，借用媒体景观、情感社群等其他领域的概念和成果，从外部历史背景与内部人类精神结构两方面深入挖掘了该故事在全球流行的深层原因，充分利用了插图和剧照等文本以外的资料寻找突破点。但该考察缺乏细致的文本分析，只探讨了不同版本之间的共同点，而对于这些版本之间的不同点，尚未进行详尽的论述。在此基础上，潘少瑜从 2013 年开始关注小说《空谷兰》的翻译与跨界旅行，在论文《近代翻译家庭小说中女性身份的解离与重构——从〈女人之过〉到〈空谷兰〉》(2016)中具体探讨了从《女人之过》到《野之花》和小说《空谷兰》的翻译，指出了《女人之过》在

---

① FAN V. From the shadow paly to electric shadows[M]//BELL J. Electric shadows: a century of Chinese cinema. 2014: 8-13.

② 董新宇 . 看与被看之间：对中国无声电影的文化研究[M]. 北京：北京师范大学出版社，2000：81-83.

③ 黄雪蕾 . 跨文化行旅，跨媒介翻译：从《林恩东镇》(East Lynne)到《空谷兰》，1861—1935[J]. 清华中文学报，2013(10)：125.

④ 黄雪蕾 . 跨文化行旅，跨媒介翻译：从《林恩东镇》(East Lynne)到《空谷兰》，1861—1935[J]. 清华中文学报，2013(10)：130-146.

19世纪末的英国看来思想观点偏于保守，而被译介到东亚后却成了具有前瞻性的启蒙文本①。该论文进行了一定的文本比较，并结合当时的社会文化背景和译者的其他作品分析了译者的翻译策略，为本研究提供了很多有益的参考。杨文瑜、邹波同样指出《野之花》底本为克莱的小说《女人之过》，并对两部小说进行了文本比较，分析了开头部分、人名、地名、情节的译法，得出的结论为《野之花》为一部译述小说，而非翻案小说，在忠实翻译原作故事情节的同时也进行了一些增删②。但对文本的比较以及时代背景的分析明显不如潘少瑜细致深入。神田一三详细考证了《野之花》英文底本的发现过程，并考察了英、日、中三个文本的叙事顺序和添加部分，指出包天笑的翻译是依据日译本进行的自由创作③。这三篇论文为本研究提供了有益的参考，但也存在一些问题，如《野之花》在家庭小说流行的明治30年代如何定位、连载时与《万朝报》其他栏目的关系如何、“贞女”这一概念从何而来，等等。此外，小说《空谷兰》在连载时与《时报》其他栏目的关系如何、小说中蕴含的思想与当时的女性运动存在何种关系等也未被涉及。本研究将围绕这些问题展开对日译本《野之花》和中译本《空谷兰》的论述，以期能对现有研究进行补充。值得注意的是，文学界关于《空谷兰》底本研究的最新成果并没有引起电影界的足够关注，从而使得电影《空谷兰》的研究还停留在底本为《里恩东镇》的基础上。因此，突破学科界限、进行跨界研究是本研究的出发点之一。

目前对《空谷兰》的研究大多集中于相关影片。封敏提到为了契合中国当时的社会生活与传统观念，影片《空谷兰》改变了出场人物的关系与结局，但文中并未具体说明影片对小说进行了怎样的改动④。董新宇通过对无声电影《空谷兰》叙事视角的分析，认为影片后部讲述了在感伤氛围中的窥视故事，而《空谷兰》在戏剧和电影上的不断改编正是因为其共有的感伤模式感染了观众⑤。这一分析与黄雪蕾的结论可谓有异曲同工之妙，都认为《空谷兰》故事

① 潘少瑜．近代翻译家庭小说中女性社会身份的解离与重构：从《女人之过》到空谷兰》[M]//彭小妍．跨文化流动的吊诡：晚清到民国．台北：中国文哲研究所，2016：51-79.

② 楊文瑜，鄒波．『野の花』の種本と黒岩涙香の訳述に関する考察[J]．東アジア日本語教育・日本文化研究，2016，19(3)：175-195.

③ 神田一三．包天笑漢訳クレイ『空谷蘭』について——涙香訳『野の花』の原作[J]．清末小説から，2021，141(4)：6-33.

④ 封敏．包天笑与中国早期电影[J]．当代电影，1997(1)：48.

⑤ 董新宇．看与被看之间：对中国无声电影的文化研究[M]．北京：北京师范大学出版社，2000：71-73.

中的感伤因素吸引了观众，但并未对无声电影《空谷兰》之外的其他版本进行文本分析。艾青沿袭董新宇的叙事视角分析，同样认为无声电影《空谷兰》在感伤氛围的衬托下，“以戏剧性和夸张手法完成了鼓励道德的满足感”①。徐红②和虞吉③从电影学的角度分析了《空谷兰》，但未涉及《野之花》在我国翻译和接受过程中的变异。薛峰分析了无声电影《空谷兰》的叙事内核与美学风格，认为其经典的叙事内核满足了观众的各种精神需求，是《空谷兰》享誉国内外的根本原因，而以《空谷兰》为代表的 20 世纪 20 年代社会言情电影作品群的美学风格来源于我国的古代戏曲与小说，并被传承至今④。该研究对无声电影《空谷兰》的故事内核与美学风格的独到分析提供了有益的参考，但并未对小说与影片的文本进行对比分析，而且对美学风格与古代戏曲和小说的关系只是略有提及，并未展开论述。朱婧雯基于以无声片《空谷兰》的首映及其有声片的重摄为代表的电影史实，指出《空谷兰》承继了晚明以来的“情教”范式，同时推动了中国电影场域下传统“情教”思想体系的现代性转型，成为中国传统抒情文艺思想在电影领域内发生现代延展、改良变革并重塑进程的重要历史节点⑤。该研究同样未对小说与影片的文本进行对比分析，且未关注影片拍摄的时代背景。饭塚容讲述了黑岩泪香的《野之花》被翻译成中文小说《空谷兰》并在之后登上文明戏舞台、拍成影片的全过程⑥，但对改编的考察并不全面。之后，饭塚容又以丰富的史料回顾了《空谷兰》由舞台上公演的文明戏至搬上银幕的经过⑦。濑户宏指出文明戏《空谷兰》的故事情节、服饰和舞台背景虽呈现为西式风格，但人名却是中式的，体现了中国传统的伦理观，因而完全被当时的观众所接受⑧。然而，饭塚容和濑户宏都未详细考证文明戏《空谷兰》上演的史实，以及文明戏与小说之间的异同。

---

① 艾青．明星影片公司探析[M]．上海：东方出版中心，2017：362.

② 徐红．西文东渐与中国早期电影的跨文化改编 1913—1931[M]．北京：中国电影出版社，2011：60－69.

③ 虞吉．“影像传奇叙事”范式的延续与扩展：基于《空谷兰》史实与本事、字幕本的史论研读[J]．文艺研究，2013(5)：90－96.

④ 薛峰．改良现实主义：中国电影史语境中的包天笑[J]．当代电影，2018(10)：94－96.

⑤ 朱婧雯．“情教”观念谱系下中国早期电影抒情意旨的现代转型(1921—1937)——以《空谷兰》及其有声片重摄史实为中心的考证[J]．北京电影学院学报，2023(4)：93－101.

⑥ 飯塚容．『空谷蘭』をめぐって——黒岩涙香『野の花』の変容——[J]．中央大学文学部紀要，1998，170(3)：93－115.

⑦ 饭塚容．被搬上银幕的文明戏[J]．戏剧艺术，2006(1)：46－50.

⑧ 濑户宏．中国话剧成立史研究[M]．厦门：厦门大学出版社，2015：71.

关于地方戏《空谷兰》，目前仅见笔者所作《重现传统 品味古典——论改编沪剧〈幽兰夫人〉》①一篇论文，该论文将1980年版沪剧《幽兰夫人》与小说《空谷兰》、原著《野之花》进行了文本比较。此外，各地戏曲志、戏剧史、报纸等对地方戏《空谷兰》略有提及，但除1980年和2010年版沪剧外尚未见完整的剧本，这与地方戏的流动性与通俗性强、留存史料少等因素不无关系。同样，粤语片《空谷兰》(1954)与香港国语片《空谷兰》(1966)在香港电影史乃至中国电影史的相关文献中鲜有提及，已然被大众乃至学者遗忘。这不得不说是学界的一大遗憾。

由此可见，目前对《野之花》在中国译介和接受过程中发生变化的考察并不全面，而且缺乏对变化产生的原因和影响的分析。本研究将试图揭开这些尘封已久的历史记忆，尽可能真实客观地还原这一系列的文化纪录。

## 二、关于伯莎·M. 克莱的研究

“伯莎·M. 克莱”这一名称是美国廉价小说在19世纪70至80年代迅猛发展的产物。在当时，因廉价小说的流行，出版商雇用了一批职业作家，以通用的故事模式炮制大量类似的小说。纽约的斯特里特和史密斯出版社(Street and Smith)凭借一份为期10年的特殊合同，以高出两倍的价钱从邦纳(Bonner)抢走了在英国广受欢迎的作家夏洛特·M. 布莱姆(Charlotte M. Brame，1836－1884)②，并将其首字母“CMB”反过来改为“BMC”，重新包装成伯莎·M. 克莱并推向市场，以规避她与英国出版商达成的协议。夏洛特·M. 布莱姆在英国文学史上默默无闻，鲜有记录，但她为英国较低阶层的读者创作了不少伤感爱情小说，且风靡一时。换言之，克莱不是真实的名字，而是“小说生产工厂”下的一个笔名，由数个匿名作者组成③。以“克莱”为名创作的大量小说以系列丛书出版或在故事报纸上连载，因其价格低廉、情节感人，深受普通读者喜爱，成为美国大众文化的重要内容。

埃尔温在1934年曾指出，当时克莱的小说已然被遗忘④。慕莱的论文《寻找伯莎·M. 克莱》可谓是真正研究克莱的开始，其中统计了夏洛特·M.

① 张玉．重现传统 品味古典：论改编沪剧《幽兰夫人》[J]．戏剧文学，2018(2)：69－76.

② CARR F L. All for love：gender，class，and the woman's dime novel in nineteenth-century America[D]. Fairfax：George Mason University，2003：33.

③ BRENNAN S C. Gogol，Miriam，ed. “Theodore Dreiser：beyond naturalism” (book review)[J]. Studies in the novel，1998，30(3)：458.

④ ELWIN M. Victorian wallflowers[M]. London：Jonathan Cape，1934：230.

布莱姆自己创作的 73 部作品，包括短篇小说、中篇小说以及刊登在英国故事报纸上的小说①。美国北伊利诺伊州大学图书馆开展了关于比德尔与亚当斯廉价小说数字化项目的研究，并将部分研究成果公布于其创建的学术网站上，其中便有对克莱背后的真实作者布莱姆一生的简短介绍。

卡尔在其博士论文《为爱而生：19 世纪美国的性别、阶级与女性廉价小说》中将克莱定位为女性廉价浪漫小说的代表人物之一，指出不同于之前的男性主题浪漫小说，克莱的小说更关注年轻的女主人公，这一主题的转变标志着一个重大的社会变化，与新兴的话语和对年轻女性的行为期盼有关②。卡尔还专门为“美国女性廉价小说项目”创建了研究网站【注1】。吉尔伯特指出克莱作品的叙事要点是苦难，为当时的读者提供了一种被忽视的叙事模式：感伤主义③。“感伤主义”的提出可谓是这篇论文的一大贡献，为克莱小说故事内核的分析提供了很好的角度。汉娜的博士论文注意到在廉价小说的“黄金时代”(1860 至 1915 年)，一个作家经常使用三四个名字，或者六个作家共用一个化名，该论文首次通过目录的形式整理出了 19 世纪使用女性笔名创作小说的男性的详细资料，并分析了男性作家使用女性笔名的动机。在此基础上，汉娜指出“伯莎·M. 克莱”由大约 12 名男性作家使用，以便写出足够多的“克莱小说”来满足大众对阅读浪漫小说的需求④。这进一步证实了克莱只是众多职业作家所使用的化名。

关于克莱的研究在欧美虽并不多见，在日本却受到了一定程度的关注。在日本，最早提及克莱的是《万朝报》社员绪方维岳，他在著作《青眼白眼》中写道，“伯莎·M. 克莱精力无双，著作有 80 余种。她又名夏洛特·M. 布莱姆，在文坛匿名称之。晚近泪香连译《画中人》《古王宫》《雪姬》《野之花》《人之妻》等皆为该人作品。而且末松清萍博士所译《山谷间的百合花》，原作《朵拉·索恩》的作者亦是此人”⑤。之后，注意到克莱与日本文学关系的是木村毅。他因末松谦澄的《山谷间的百合花》、菊池幽芳的《乳姊妹》都译自克莱的《朵拉·索

① MOORE A. Searching for Bertha M. Clay：problems in researching the topic and areas for further study[J]. Dime novel round-up，1991，2：10－15.

② CARR，F L. All for love：gender，class，and the woman's dime novel in nineteenth-century America[D]. Fairfax：George Mason University，2003：152.

③ GILBERT P K. Genre fiction and the sensational[M]//BEHLMAN L，LONGMUIR A. Victorian literature：criticism and debates. New York：Routledge，2015：144－147.

④ HANNAH H A. Male use of female pseudonym in nineteenth-century British and American literature[D]. Perth：Murdoch University，2018：168.

⑤ 緒方維嶽. 青眼白眼[M]. 東京：星光社，1902：163.

恩》(*Dora Thorne*)，开始对克莱产生浓厚的兴趣，之后从丸善书店预订了约100本克莱的作品[①]。木村毅指出，“虽然伯莎·M. 克莱在美国是廉价小说的非一流作家，但与日本明治文学的发展有着非常重要的关系”，尾崎红叶的《不言不语》和《金色夜叉》、菊池幽芳的《乳姊妹》的底本都是克莱的作品，因此不能只停留在对一流名作的评论分析，还应该关注那些“很低俗但风靡天下的小说”，这需要追溯到伯莎·M. 克莱[②]。之后，木村毅注意到与菊池幽芳相比，黑岩泪香更早地将克莱的作品译为小说刊载在报纸上，而且克莱前期的作品比后期有趣[③]。

在木村毅研究的基础上，堀启子2002年完成了题为《红叶、泪香、谦澄与伯莎·M. 克莱》(紅葉・涙香・謙澄とBERTHA M. CLAY)的论文，考证了尾崎红叶的《金色夜叉》和《不言不语》、黑岩泪香的《画中人》和《雪姬》以及末松谦澄的《山谷间的百合花》的底本均为克莱的作品，并对原作与译作之间的关系进行了论述，她还翻译了《双罪之间》(*Between Two Sins*)，后附克莱作品列表，其中的大部分章节已发表在不同的学术杂志上。堀启子指出，19世纪末收录了大量克莱作品的美国廉价小说系列被引进日本，当时主营外国书籍的丸善书店的进口书目上便有大量采购这些廉价图书的纪录[④]。克莱的作品受到当时年轻文人，如武藤山治、黑岩泪香、小栗风叶、德田秋声、菊池幽芳、尾崎红叶等的热捧，他们不仅将这些作品作为学习英语的范本，还对其进行了翻译，其中不乏像《金色夜叉》这样的绝世佳作，因此堀启子赋予了美国廉价小说极为重要的地位，将其视为日本近代文学发展的一大里程碑[⑤]。堀启子经考证指出尾崎红叶《金色夜叉》的底本是克莱小说《弱于女子者》(*Weaker than a Woman*)，这引起了巨大轰动，成为“明治文学研究划时代的成果”[⑥]。2012年，堀启子出版著作《穿着和服的维多利亚文学——尾崎红叶的〈不言不语〉及其原作》(和装のヴィクトリア文学——尾崎紅葉の「不言

---

① 藤井哲．木村毅と英文学[J]. 福岡大学人文論叢，2017，48(4)：1320.

② 木村毅．東京：文明開化遺跡漫歩[M]. 東京：光文社．1958：241－245.

③ 木村毅．バーサ・クレーと明治文学——私の思い出を通して——[M]//島田謹二教授還暦記念会．比較文学比較文化．東京：弘文堂，1961：387－405.

④ 堀啓子．アメリカの廉価小説が生んだ明治のベストセラー 尾崎紅葉とバーサ・M・クレー[J]. 書物学，2017(11)：30.

⑤ 堀啓子．アメリカの廉価小説が生んだ明治のベストセラー 尾崎紅葉とバーサ・M・クレー[J]. 書物学，2017(11)：31.

⑥ 小森健太朗．英文学の地下水脈 古典ミステリ研究～黒岩翻案原典からクリーンまで～[M]. 東京：東京創元社．2009：62.

不語」とその原作），在重新评价布莱姆作品的基础上，她指出尾崎红叶《不言不语》的原作是布莱姆的《双罪之间》(*Between Two Sins*)，并附有该小说的日译本。2011 至 2017 年东海大学纪要文学部连载了堀启子翻译的布莱姆小说《朵拉·索恩》。

从明治 20 年代初期开始，日本文人纷纷选定克莱的小说为蓝本来翻译，译作广受读者欢迎。正因为克莱这一原作者的默默无闻使得当时的翻译奔放且大胆，从而成为明治文学中最耀眼的尝试①。通过译作与原作的文本比较，堀启子指出尾崎红叶、末松谦澄、菊池幽芳等作家在翻译时将重视妇德这一女性观贯彻到女主人公身上，从而使译作发挥了教育读者的功能；虽然克莱这一名字现在早已被人忘却，但在明治时期却对日本众多读者产生了不可忽视的德育影响②。

此外，堀启子着眼于黑岩泪香的家庭小说，将其家庭小说与克莱原作进行了比较，指出黑岩泪香之所以翻译克莱小说，是因为克莱小说与其自身意欲教育大众的志向不谋而合③，为了增加报纸的购买人数，泪香并未追求原作的知名度和翻译的准确性④。堀启子还指出黑岩泪香拥有“推理小说”“妇女教育论”“曝光报道”三张面孔，而且三者并非完全独立⑤。这一观点对泪香小说的研究极为重要，在考察泪香的小说时，必须将推理小说、妇女教育、曝光报道放在一起来考虑。堀启子从泪香报人的身份出发来考察其家庭小说与原著作者克莱的关系，为黑岩泪香小说的研究提供了新的角度，但不可否认的是，堀启子的研究仍存在一些不足。比如，曝光报道与妇女教育有无关系、泪香翻译的克莱小说在当时的家庭小说热中如何定位、“贞女”这一概念从何而来等问题未得到充分解答。弥补这些不足也是本研究的目的之一。

除堀启子外，松井洋子也关注到了克莱作品在日本的翻译。松井洋子分

---

① 堀啓子．明治中期の翻案小説[J]．日本比較文学会東京支部研究報告，2014，11(9)：46－51.

② 堀啓子．明治期の翻訳・翻案における米国廉価版小説の影響[J]．出版研究，2007(38)：27－44.

③ 堀啓子．黒岩涙香の翻訳小説——Bertha M. Clay 原作の「古王宮」をめぐって[J]．芸文研究，2006，91：34－51.

④ 堀啓子．明治翻訳界のフロンティア——黒岩涙香の余裕訳[J]．文学，2012，13(4)：40－55.

⑤ 飯塚浩一．大衆ジャーナリズムの創造力(東海大学文学部叢書プロジェクト シンポジウム「読み物」＝としての新聞の魅力を探る——ジャーナリスト、新聞小説、そして「萬朝報」)[J]．東海大学紀要文学部，2008，89：132－141.

析了《乳姊妹》与其底本——克莱的小说《朵拉·索恩》在故事情节上的不同，指出改编自西方流行小说的日本小说在明治时期并没有多少文学价值，主要是为了娱乐读者；但改编小说促进了自然主义严肃文学的发展，同时也确立了通俗文学的主导地位①。之后，她在另一篇论文中考察了克莱的小说《被困扰的日子》(*A Haunted Life*，1887)与黑岩泪香《妾之罪》(1889)之间的文本关系，认为泪香利用克莱作品的通俗性与故事性，将《被困扰的日子》小说中的悬念抽离出来，翻案为侦探小说《妾之罪》，该作品的后半部分为泪香的创作②。小森健太朗同样指出泪香小说《妾之罪》的原作是《被困扰的日子》，但小说后半部分与原作相差很大，这一叙述策略受到了克莱另一部作品《双罪之间》的影响；而且，泪香小说《人之妻》的原作极有可能是克莱的《另一个男人的妻子》(*Another Man's Wife*)③。由此可知，克莱的小说在日本的翻译情况不断得到考证，因此有必要建立并完善克莱作品在日本的翻译目录。鬼头七美将末松谦澄的《山谷间的百合花》、菊池幽芳的《己之罪》与克莱的《朵拉·索恩》进行了细致的文本比较，发现比起《朵拉·索恩》，《己之罪》的文本叙述更接近《山谷间的百合花》，从而证明了菊池幽芳参照《山谷间的百合花》的结构、表达等，加入基于爱情的家庭模式创作出了《己之罪》，从而使得《己之罪》在之后被归为家庭小说④。此外，山田奈奈子详细介绍了布莱姆的生平，指出布莱姆小说中故事的发生地就是她的出生地，时间为英国工业革命后社会结构发生变化的近代，故事围绕着落后于时代发展的乡村中历史悠久的宅邸的继承权而展开⑤。而饭塚容的研究将克莱小说从日本延伸到中国，他考察了克莱小说《朵拉·索恩》到末松谦澄的翻译作品《山谷间的百合花》(1888—1890)、菊池幽芳的翻案小说《乳姊妹》(1903)、新派剧的《乳姊妹》(1904—1909)、陆镜若春柳剧场的《姊妹花》(1914)、欧阳予倩笑舞台的《乳姊妹》

① MATSUI Y. A study of Japanese reception of "Dora Thorne" adapted stories in the Meiji[J]. Comparative literature studies, east-west issue, 1998, 35(2): 139-145.

② 松井洋子．バーサ・クレー作品の日本大衆小説，家庭小説における受容について 黒岩涙香の『妾の罪』再考[J]．国際関係学部研究年報，2002，23：233-239.

③ 小森健太朗．英文学の地下水脈 古典ミステリ研究～黒岩翻案原典からクリーンまで～[M]．東京：東京創元社．2009：33-118.

④ 鬼頭七美．書き換えられた「女の道」——『谷間の姫百合』から『己が罪』へ——[J]．日本女子大学大学院文学研究科紀要，2011，17：41-53.

⑤ 山田奈々子．翻案小説の木版口絵考——バーサ・M・クレイと富岡永洗——[M]//川戸道昭・榊原貴教，図説翻訳文学総合事典第5巻日本における翻訳文学(研究編)．名古屋：ナダ出版センター，2009：354-369.

(1916)和郑正秋电影《姊妹花》的演变过程[①]。这一研究注意到克莱小说在日本及中国的接受情况，为研究克莱提供了更开阔的思路和有益的借鉴。

在国内出版的相关文献中，伯科维奇提到克莱乃是出版社下的名字[②]。潘少瑜将克莱定位为英国"维多利亚时期著名的通俗女作家"[③]，这一论断明显失之偏颇。除此之外，笔者尚未见其他相关研究。可以看出，"伯莎·M.克莱"这一名字在国内学界仍未引起足够的重视，相关研究亟待开展。

## 三、有关黑岩泪香及其小说的研究

黑岩泪香(1862—1920)出生于高知县安芸郡川北村，是日本明治时期著名的报人、翻译家、小说家、思想家、评论家，本名黑岩周六。他17岁时进入大阪英语学校学习英语，次年来到东京，先后进入成立学舍、庆应义塾学习。但他几乎未曾专注于学校的课程，而是将大量精力投入国外的政治与法律书籍及侦探小说的阅读，且沉迷于政治演讲。后来他放弃从政的志向，转而走上了记者之路，先后担任《东京舆论新志》《同盟改进新闻》《绘入自由新闻》《都新闻》等多家报社的主笔，发表了诸多评论文章；1892年创办了《万朝报》，发行量一度为全国之最。得益于对英语的精通和对外国书籍的广泛涉猎，黑岩泪香一生翻译了约百部外国小说，还进行过侦探小说的创作，被誉为"日本侦探小说之父"。其侦探译作曾风靡一时，其中译作《死美人》使"泪香热"升到沸点，作品风行一时，几呈洛阳纸贵之势。黑岩泪香的翻译分为两个时期：前半期(1888年至1893年)几乎全部为侦探小说，如《法庭美人》《人耶鬼耶》《有罪无罪》《片手美人》《无惨》《三根头发》等；后半期(1893年之后)主要为通俗小说、人情小说或家庭小说，如《画中人》《雪姬》《野之花》《人之妻》等。明治20年代日本侦探小说的流行全凭黑岩泪香一人之力[④]。明治20年代和30年代，泪香的作品《巨魁来》《人耶鬼耶》《舍小舟》《武士道》等被改编成新派剧，多次上演，各大报纸、杂志的剧评应接不暇，热闹非凡。泪香的小

① 飯塚容. もうひとつの『姊妹花』——『ドラ・ソーン(谷間の姫百合)』の変容[J]. 中央大学文学部紀要 言語・文学・文化，2008，219：141-154.

② 伯科维奇. 剑桥美国文学史 第三卷 散文作品 1860—1920年[M]. 蔡坚，张占军，鲁勒，译. 北京：中央编译出版社，2010：19.

③ 潘少瑜. 近代翻译家庭小说中女性社会身份的解离与重构：从《女人之过》到《空谷兰》[M]//彭小妍. 跨文化流动的吊诡：晚清到民国. 台北：中国文哲研究所，2016：52.

④ 中島河太郎. 日本推理小説史[M]//日本推理小説大系第1巻 明治大正集. 東京：東都書房，1960：276.

说不仅风靡明治时代，而且深刻影响着之后的日本大众文学，江户川独步、横沟正史、吉川英治、前田曙山、中里介山、佐藤红绿等作家纷纷借用泪香小说的情节进行创作。此外，他兴趣广泛，在演说、棋艺、长歌等方面也颇有建树。

### (一)日本相关研究

同时代评论家对黑岩泪香的侦探小说表现出了关注的态度，但褒贬不一。有评论家称“在侦探小说领域里黑岩泪香一直掌握专卖权，无人敢踏入这一领域”①；当时“文学界寂寥无声，但环顾人世间，泪香的侦探小说所到之处啧啧声不断，备受称赞(欢迎)。盖其受欢迎固有受欢迎的价值所在。在文学界默默无名的泪香小说彻头彻尾是面向人类而非魔界的”②。田山花袋也说，自明治 23 年开始的 7 到 8 年里，黑岩泪香的侦探小说极受欢迎，“砚友社诸士慨叹欲破此风气需使人们对侦探小说生厌，因此由春阳堂率先出版了侦探小说丛书。但泪香小说依然人气不减”③。而且泪香的小说“译笔奔放自如”④，“文笔平淡但不俗，已出神入化。读之不厌，细细品味颇有教育意味……每家早晨喜迎《万朝报》只因想一睹小说之快……《野之花》《古王宫》《画中人》都是有教育意义的作品。作为家庭读物，其价值实在《不如归》《己之罪》之上”⑤。换言之，泪香开拓了侦探小说这一领域，虽其美学价值不被文学界认同，但因其文笔不俗，且具有教育意义，深受大众欢迎。但也有评论认为泪香译作“多少有些血腥”⑥，“虽内容有趣，但文章拙劣不堪”⑦，“无心去读”⑧。

黑岩泪香去世之后，在其三周年祭日之际，泪香会出版了《黑岩泪香》一书作为纪念，内容包括泪香所作评论、名士们对泪香的评价文章、《万朝报》社员的文章、泪香年谱等，成为了解多面泪香的重要资料。杂志《侦探趣味》

① 鄭澳生．探偵小説と冒険小説と[J]．早稲田文学，1893，36：3－25.

② 無署名．近頃の小説(雑報)『帝国文学』[M]//中島国彦．文藝時評大系 明治篇 第 3 巻(明治 30 年—明治 31 年)．東京：ゆまに書房，2005：194.

③ 田山花袋．小説作法[M]．東京：博文館，1909：205－206.

④ 高山樗牛．文芸時評 無題録(五)『太陽』[M]//中島国彦．文藝時評大系 明治篇 第 6 巻(明治 35 年)．東京：ゆまに書房，2005：107.

⑤ 緒方維嶽．青眼白眼[M]．東京：星光社，1902：142－157.

⑥ 風雨楼主人．新聞小説・新作と批評[N]．世界之日本，1896－8－10.

⑦ 仙巖．甘言苦語(其一)『新声』[M]//中島国彦．文藝時評大系 明治篇 第 7 巻(明治 36 年—明治 37 年)．東京：ゆまに書房，2005：41.

⑧ 大町桂月．珊瑚船を評す(時文)『文芸倶楽部』[M]//中島国彦．文藝時評大系 明治篇 第 7 巻(明治 36 年—明治 37 年)．東京：ゆまに書房，2005：50.

在泪香七周年祭日之际发行了“泪香追忆号”，刊载了多篇回忆泪香的文章。之后的黑岩泪香研究在20世纪30至60年代以柳田泉、江户川独步、木村毅为中心展开，20世纪70年代至2000年初以伊藤秀雄为中心，2000年以后则以堀启子、小森健太朗为中心。

在20世纪30至60年代，柳田泉的《黑岩泪香著译小说目录》(1935)成为泪香小说研究的基本资料之一，他在《从泪香之前到泪香》中指出泪香是与坪内逍遥、二叶亭四迷等走向不同的文学天才，泪香小说的意义在大众文学史上不容忽视①。木村毅在《泪香全集第七卷 严窟王前篇》中评论泪香的《严窟王》之所以经久不衰，是因为泪香的翻译切中要害，可在短时间内领会原作的精神②。江户川乱步在《幻影城》中高度评价了泪香的小说创作，认为《无惨》是“侦探小说史上值得特别关注的作品”③。野村胡堂对泪香给予了高度评价，认为“泪香才是大众小说中兴之祖，是不尽的兴趣之源”④，阿川参悠评论泪香的《严窟王》“被称赞为明治、大正、昭和大众文学的最高峰”⑤。中岛河太郎则认为，“使明治20年代文学史写下侦探小说流行这一节全凭黑岩泪香一人之力，可谓风靡一世”⑥。人见园吉在《近代文学研究丛书第十九卷》中呼吁泪香在新闻界“作为文化指导者和经世济民之人的功绩”、在文学史上“打下大众文学根基的功绩”应得到高度评价⑦。八波直则制作了更为详尽的黑岩泪香著作目录⑧。濑沼茂树在《大众文学略史》中评述道，“黑岩泪香开创了明治时期大众文学的新时代”，“泪香创办《万朝报》后，与思轩携手打造了大众文学之城。之后翻译雨果的《噫无情》和大仲马的《严窟王》扩大了疆域，成为近代大众文学的范例”⑨。可见这一时期的黑岩泪香研究主要围绕泪香著译小说目

① 柳田泉．涙香以前から涙香へ[J]．日本古書通信，1956，21(3)：1-5.

② 黒岩涙香．涙香全集七巻 厳窟王前篇[M]．東京：春陽堂，1933.

③ 江戸川乱歩．幻影城[M]．東京：岩谷書店，1951：180.

④ 野村胡堂．涙香に還れ[M]//黒岩涙香．厳窟王上巻．東京：愛翠書房，1948：304.

⑤ 阿川参悠．涙香の「厳窟王」について[M]//黒岩涙香．厳窟王上巻．東京：愛翠書房，1948：306.

⑥ 中島河太郎．日本推理小説史[M]//黒岩涙香，幸田露伴，泉鏡花 ほか．日本推理小説大系第1巻明治大正集．東京：東都書房，1960：276.

⑦ 昭和女子大学近代文学研究室．近代文学研究叢書第十九巻[M]．東京：昭和女子大学，1962：416-496.

⑧ 八波直則．黒岩涙香著作目録——高知県佐川町西谷文庫本を中心にした——[J]．学苑，1962(3)：61-71.

⑨ 瀬沼茂樹．大衆文学略史[J]．国文学一月臨時増刊．1965，10(2)：12-17.

录的制作、在日本文学史上的定位、作为报人的功绩等展开，黑岩泪香在日本明治时期侦探小说乃至大众文学史上的重要地位几成学界定论。

20世纪70年代至2000年左右的黑岩泪香研究以伊藤秀雄为中心，并取得了丰硕的成果。伊藤秀雄(1925年— )在川崎市政府工作之余，从20世纪60年代开始长年从事黑岩泪香作品的收集和研究工作。他通过文献考证、采访泪香亲属和相识人员等方法进行了详尽的研究，成果颇丰，涉及黑岩泪香评论、作品收集、探求原作、明治大正时期侦探小说史的整理、深受泪香影响者(野村胡堂、江户川独步、吉川英治、横沟正史、泉镜花等)的考察、黑岩泪香小说的解说等。其著作《黑岩泪香：小说的全部》(1971)及其修订版(1979)、《黑岩泪香传》(1975)、《黑岩泪香研究》(1978)、《明治侦探小说》(1986)、《黑岩泪香：侦探小说始祖》(1988)、《大正侦探小说：从泪香、春浪到乱步、英治》(1991)、《泪香外传》(1995)、《黑岩泪香的研究与书志：黑岩泪香译作总览》(2001)、《筑摩文库 明治侦探冒险小说集1(黑岩泪香集)》(2005)等在泪香评传、著译作品出版信息、小说解说方面进行了翔实的研究，成为黑岩泪香研究的基本资料。

此外，《侦探实话黑岩泪香》(1992)也是一部讲述多面泪香(社会活动家、思想家、小说家、爱好广泛者)的评传。鹤见俊辅分别对黑岩泪香的生平、创办《万朝报》的经历、广泛的兴趣、小野小町论等进行了论述，指出已经到了把泪香看作跨越艺术、政治、思想史诸领域的文化综合者的时候了①。尾崎秀树指出泪香翻案小说的特质在于"凸显了全世界人类共通的人性问题的意识"，"在大众传媒史中重新探讨泪香功绩的同时也需要在明治文化史上采取与以往不同的角度来重新考察泪香"②。长谷部史亲、绳田一男在《日本推理一世纪》一书中把日本推理小说史的起点定为泪香最早的翻案推理小说《法庭美人》的发表之年，即明治21年，指出泪香翻译侦探小说之时恰逢日本"为成为近代国家急需法律的完善与普及"，以及因明治10年代坪内逍遥等发起的文学改革运动而诞生了新的读者群③。

目前关于报人泪香的研究一致认为，泪香是富有反抗精神的天才报纸经营者，他特立独行，以简单、明了、痛苦为口号，凭借尖锐的评论、对丑闻

① 鶴見俊輔．鶴見俊輔著作集第四巻[M]．東京：筑摩書房．1975：250.

② 尾崎秀樹．黒岩涙香の登場——翻訳推理小説の流行[J]．国文学：解釈と教材の研究．1975，20(4)：107-111.

③ 長谷部史親，縄田一男．日本ミステリーの一世紀 上巻[M]．東京：廣済堂出版，1995：485-488.

的揭露和侦探小说的翻译使《万朝报》销量升至第一【注2】。在此基础上，佐藤林平认为泪香是大众主义者，站在大众报纸经营的立场上创办了《万朝报》①。高桥康雄重新审视了《万朝报》上的丑闻曝光报道，认为这是有意在促进女性的意识改革②。

综上所述，20世纪70年代至2000年左右的黑岩泪香研究除了在泪香评传、著译小说的出版信息方面有了翔实可观的成果之外，也对泪香翻案侦探小说的特征、报人泪香等进行了考察。“应该把泪香看作跨越艺术、政治、思想史诸领域的文化综合者来看待”这一观点对本研究提供了有益的参考。

进入21世纪之后，黑岩泪香的研究以堀启子、小森健太朗为中心展开。此前的泪香研究多集中在侦探小说方面，堀启子则着眼于泪香的家庭小说，将其家庭小说《娘一代》《古王宫》《画中人》与克莱的原作进行了比较研究。此外，她还比较了泪香的《白发鬼》、乱步的《白发鬼》与原作*Vendetta*，结合各自的时代性、文坛背景考察了其中的不同。如前所述，堀启子所做的工作，如从泪香报人的身份出发考察其家庭小说与原作者克莱的关系，以及对两部《白发鬼》的文本进行比较，为泪香小说的研究提供了新的角度。但是也不可否认，堀启子的研究仍存在不足之处。小森健太朗在《黑岩泪香侦探小说选》的解说中指出了泪香在文学史研究中遇冷的情况，泪香虽被称为“侦探小说始祖”，深深影响了之后的大众文学，但他在多个方面所取得的成就仍未被全面研究，“与其他明治时期的文豪不同的是，其庞大的著作、书稿仍未以全集的形式加以整理”③。究其原因，在于“在文学史上，外国小说的翻案作为大众读物有被轻视的倾向”“明治时期的书面语体对习惯口语体的读者来说比较难读”④。但他未提及在文学史上大众读物为何不被重视，因此有必要回顾大众文学史来分析原因。

河村民部指出黑岩泪香《人之运》的原作是伊丽莎白·布拉顿(Elizabeth Braddon)的《奇幻世界》(*A Strange World*)，第71回至最后为泪香的创作，并指出泪香的翻案使得一部煽情小说变为侦探小说⑤。全美星通过对泪香的

---

① 佐藤林平．黒岩涙香と萬朝報[J]．英学史研究，1979，12：129-135.

② 高橋康雄．「スキャンダル」の裏側(解説)[J]．広告批評，1994(171)：22-27.

③ 黒岩涙香．黒岩涙香探偵小説選Ⅰ〔論創ミステリ叢書18〕[M]．東京：論創社，2006：253.

④ 黒岩涙香．黒岩涙香探偵小説選Ⅰ〔論創ミステリ叢書18〕[M]．東京：論創社，2006：254.

⑤ 河村民部．黒岩涙香譯述『人の運』——原典の発見および原典との相違について——[J]．渾沌＝Chaos：近畿大学大学院文芸学研究科紀要，2013，10：119-156.

《铁假面》与闵泰远的《铁假面》进行对比，考察了泪香的《铁假面》在韩国的接受情况[①]。权文卿考察了黑岩泪香部分作品在20世纪20年代朝鲜的翻案情况[②]。古尾谷志步结合《万朝报》与理想团的宗旨，从人物塑造和叙事结构两个方面对《噫无情》与英译本进行了文本比较，摒弃了只关注文本内部的研究，提供了可供借鉴的研究思路[③]。稻垣直树从报纸连载小说的娱乐性出发考察了《噫无情》对原作的摘译情况[④]。可见，近年来日本学界已开始关注黑岩泪香译自雨果《悲惨世界》的畅销小说《噫无情》。

新闻界的泪香研究尝试着重新认识泪香。堀启子从学习英语、创办报纸、立志提高女性地位三个方面考察了福泽谕吉与黑岩泪香的异同，将黑岩泪香视为与福泽谕吉一样推动日本近代化的人物[⑤]。冈田方郎写道，尚未受到正当评价的泪香是一位富有侠气的评论家，以其服务精神与高度的技巧吸引了读者[⑥]。原田敬一从评论家泪香、文学家泪香、哲学家泪香、社会活动家泪香四个方面展开论述，呼吁应从泪香的各个侧面重新对其加以认识[⑦]。

由此可知，进入21世纪之后，研究界开始重新审视一直受到冷遇的黑岩泪香，呼吁应该综合考察多面泪香，这一观点为本研究提供了有益的借鉴。而关于泪香的小说，21世纪后的研究者则主要从比较文学的视角开展研究，通过比较泪香的家庭小说与原作、考察泪香作品在朝鲜半岛的接受情况来重新认识泪香。只不过，泪香的作品数量庞大，对原作的考证及在各国的接受情况也颇为复杂，因此尚留有不少研究的空白。这也为今后的泪香研究提供了新的可能性。

---

① 全美星．翻案小説の「翻訳」戦略——閔泰遠『鉄仮面』と黒岩涙香『正史実歴　鉄仮面』の比較を通して——[J]．文芸論叢，2014，82：17－32.

② 權文卿．黒岩涙香の受容と一九二〇年代朝鮮の翻案小説[J]．植民地文化研究：資料と分析，2016，15：52－64.

③ 古尾谷志歩．『噫無情』に見る黒岩涙香の翻案方法[J]．国文，2022，136(7)：22－34.

④ 稲垣直樹．『レ・ミゼラブル』包括論：世紀を越える神話創造[M]．東京：平凡社，2023.

⑤ 堀啓子．明治の近代化を牽引した二人：福沢諭吉と黒岩涙香[J]．福沢手帖，2017，172(3)：1－9.

⑥ 岡田芳郎．広告・メディア界の礎を築いた人々[J]．宣伝会議，2011，826(12)：100－103.

⑦ 原田敬一．黒岩涙香——社会を刺激し続けた奇才[M]//趙景達，原田敬一，村田雄二郎 ほか．講座 東アジアの知識人第2巻 近代国家の形成．東京：有志舎，2013：246－262.

## (二)中国相关研究

清末民初时期，中国出现了黑岩泪香的翻译热潮，1902 至 1916 年间，黑岩泪香小说的中文译作有 50 余部，具体翻译情况见本书附录。这一现象从《徐兆玮日记》中也可见一斑：

> 1906 年 1 月 29 日　杰现译《噫无情》一书，乃法国文豪嚣俄所著，日本黑岩泪香译者，出版未及一月即行售罄，可知其书之价值矣。又侦探小说名《人外境》者，亦泪香所译，共三册，未知《小说林》及时报馆有无翻译，乞为探听，将来亦拟译之也①。

在这些翻译小说中，《空谷兰》经由文明戏、无声电影、有声电影、地方戏形式的变化传播最广，《梅花落》也相继被改编成文明戏、无声电影和有声电影，但影响不如《空谷兰》。此外，《鸳盟离合记》和《夺嫡奇冤》也被改编为文明戏继续传播。

民国时期的学者对黑岩泪香在日本文学史上的评价褒贬不一。谢六逸在《万有文库第一集一千种　日本文学》(1929)、《日本文学史下卷》(1929)中提及黑岩泪香翻译的侦探小说，高度评价其“译文的势力普及一般民众，直到如今，为‘民众文学’的渊源”②；但泽民与鸣田却认为黑岩泪香翻译的侦探小说只不过是为了迎合当时读者的需要，并没有重大价值③。除黑岩泪香的小说家身份之外，他的报人身份也受到些许关注。1943 年初版的《新闻学集成第六辑》提到黑岩泪香创办的《万朝报》是“大众新闻”时代的代表④。

20 世纪 80 年代之后，中国学者对黑岩泪香的研究呈现多元化态势。首先，在日本文学史研究领域，很多学者都认为日本侦探小说的源头是黑岩泪香，其创作的《无惨》是日本第一部侦探小说【注3】。而且王克非在《翻译文化史论》中写道，黑岩泪香的翻译为译述型，他大量阅读国外侦探小说，凭借记忆不看原文信笔翻译，译笔通俗易懂且感人；而且他怀有济民思想，欲借翻译小说来进行社会教育、启蒙民众⑤。他的这一叙述被后人多次引用，建构了

---

① 徐兆玮．徐兆玮日记 1[M]．合肥：黄山书社，2013：579.

② 谢六逸．万有文库第一集一千种 日本文学[M]．上海：商务印书馆，1929：120.

③ 泽民，鸣田．近代文学概观(下册)(合编)[M]．上海：商务印书馆，1923：53－54.

④ 管翼贤．民国丛书第 4 编 46 文化教育体育类 新闻学集成第六辑[M]．北京：中华新闻学院，1943：13.

⑤ 王克非．翻译文化史论[M]．上海：上海外语教育出版社，1997：324.

中国学界对黑岩泪香译述特点的认识。此外，王成把黑岩泪香的小说家身份与报人身份相结合，将《万朝报》的黑岩泪香定位为日本近代新闻小说家①。

其次，在中国翻译文学史领域，不少学者都提到黑岩泪香的小说在清末民初时期被大量译介到中国，但对翻译作品的数量说法不一【注4】，仍有待考证。梁艳考证了陈景韩的《逸犯》译自黑岩泪香的《噫无情》，并指出翻译的动机旨在启蒙民众②。国蕊通过一手资料系统考证了陈景韩小说的底本，更新了近代翻译文献目录，其中涉及5部黑岩泪香的作品③。此外，樽本照雄翻译文学目录的更新为考察黑岩泪香作品的底本与中译本提供了有益参考④。

在具体作品的分析上，相关研究不多。如前所述，关于黑岩泪香的《野之花》的研究可见黄雪蕾、潘少瑜、杨文瑜、邹波、董新宇、饭塚容等学者的论文。此外，李艳丽指出徐念慈的《黑行星》是黑岩泪香日译本《暗黑星》的复译，并简要对比了徐译本与泪香译本的不同⑤。陈爱阳详细对比了黑岩泪香的《无惨》与陈景韩的中译本，指出陈景韩译本从结构到行文，虽颇尊重原著，但也有若干基于中国文化语境及社会状况的细节变化⑥。

由上可见，中国学界一致认为黑岩泪香是日本侦探小说的源头，且注意到他的作品在清末民初被大量译介到中国，但现有研究较为零星疏散，且对译作的来源尚不清晰，难以对其中的具体文本变异情况及发生变异的原因和影响进行研究。

最后，在新闻界，不少研究都指出创办《万朝报》的黑岩泪香是日本新闻史上的重要人物【注5】，他的新闻精神“眼中无王侯，手中有斧钺”为后世所称道，他热衷于揭露上层社会的丑闻⑦。高西峰称黑岩泪香是明治时期记者的杰出代表，指出了黑岩泪香的文学家身份与新闻记者身份、政治活动者身份

---

① 王成．“修养时代”的文学阅读：日本近现代文学作品研究[M]．北京：北京大学出版社，2013：9.

② 梁艶．清末民初における欧米小説の翻訳に関する研究——日本経由を視座として[M]．福岡：花書院，2015：114－145.

③ 国蕊．近代翻译文学中日本转译作品底本考论：以陈景韩的转译活动为例[J]．文学评论，2019(1)：205－213.

④ 樽本照雄．清末民初翻訳小説目録第15版[M]．大津：清末小説研究会，2024.

⑤ 李艳丽．清末科学小说与世纪末思潮：以两篇《世界末日记》为例[J]．社会科学，2009(2)：157－167．

⑥ 陈爱阳．日本最初原创现代侦探小说的中文译介：《无惨》翻译的文本研究[J]．汉语言文学研究，2011，2(3)：77－85.

⑦ 张昆．中外新闻传播史[M]．北京：高等教育出版社，2008：157.

的结合[①]。王润泽、王鲁亚将《万朝报》的揭黑报道与美国的黄色新闻潮进行对比，视角新颖，其中提及了黑岩泪香在《万朝报》连载的人气小说[②]，但未深入分析连载小说与《万朝报》的关系。由此可见，新闻学界普遍关注到了黑岩泪香在日本新闻史上的重要地位及其特立独行的新闻精神和独特视角，也关注到了黑岩泪香的记者身份与文学家身份的结合，但都只是略微提及，缺乏深入分析。

综上所述，在清末民初时期，中国掀起了黑岩泪香的翻译热，之后一些作品通过戏剧、电影等媒体形式的变化扩大了其传播的范围。20 世纪 80 年代之后，黑岩泪香作品在中国的翻译与清末民初时期形成巨大反差，但在研究上呈现多元化、提及式态势，但除文学界对其作品有零散分析外，新闻界的研究只是略微提及，缺乏应有的深度和广度。而且学界之间缺乏关联性，未将黑岩泪香的各种身份结合起来进行研究，因此也可以说呈现封闭性的特点。此外，在文学界，对“中国译者翻译了黑岩泪香的哪些作品”这一问题还未达成共识。这些都为今后的黑岩泪香研究提供了更多的可能性，即应该将黑岩泪香的报人与小说家身份相结合，对其翻译作品进行细致的文本分析和文化解读，由此来进一步探讨清末民初黑岩泪香翻译热的原因；在此基础上，可从多媒体角度分析黑岩泪香作品的改编和传播情况，考察黑岩泪香作品在清末民初时期的影响。

## 四、有关包天笑及其小说的研究

包天笑(1876—1973)是我国 20 世纪著名的报人、小说家、翻译家，翻译、创作长篇与短篇小说上百部，主编与参编了 17 种报纸、杂志[③]，被誉为“通俗文学之王”。据统计，包天笑自 1901 年至 1919 年共翻译多种类型的小说 82 部[④]，其中“以教育小说为最”[⑤]，如《儿童修身之感情》(1905)、《馨儿就学记》(1909—1910)、《孤雏感遇记》(1910—1911)、《埋石弃石记》(1911—1912)、《苦儿流浪记》(1912—1914)等教育小说不仅深受读者欢迎，还获得清

① 高西峰．记者、小说与知识分子关系：以日本明治末期小说为中心[M]．北京：中央编译出版社，2015：29-30.

② 王润泽，王鲁亚．“知识阶层的精神伴侣”到“民众生活的必需品”：以社会动员为角度考察日本近代报纸的大众化[J]．辽宁大学学报(哲学社会科学版)，2017，45(6)：5-6.

③ 沈庆会．包天笑及其小说研究[D]．上海：华东师范大学，2006：1-2.

④ 李青．包天笑译介教育小说研究[D]．北京：北京师范大学，2015：1.

⑤ 范烟桥．最近十五年之小说[M]//芮和师，范伯群，郑学弢，等．鸳鸯蝴蝶派文学资料(上)．北京：知识产权出版社，2010：247.

政府与北洋政府的认可，作为教育宣传材料在全国推广①。他翻译的言情小说除备受关注的《迦因小传》之外，还有《梅花落》(1908—1909)、《古王宫》(1908)、《空谷兰》(1910—1911)等。其中，“《空谷兰》《梅花落》——有正书局出版——几于走遍全国”，虽译自外文，“然能移其风俗人情于中国，泯然无迹”②。这两部翻译小说之后被多次改编成戏剧、电影等文艺形式，颇受大众欢迎。

包天笑一直被视为鸳鸯蝴蝶派作家，因而长期受到五四以来新文学的猛烈批判。直到20世纪80年代中期以后，学界开始重新审视通俗文学，作为鸳鸯蝴蝶派主将的包天笑才开始得到关注。范伯群呼吁重新定位旧派文学，这类文学因能感知时代脉搏、广受大众喜爱，在中国近现代文学史上应有自己的位置③。他还在《现代通俗文学的无冕之王——包天笑》中对包天笑在我国文学史上的地位予以高度评价，视其为“中国现代通俗文学的无冕之王”④。栾梅健的著作《通俗文学之王包天笑》依据包天笑的回忆录与大量其他史料，详细梳理了包天笑的一生，为有关包天笑的研究提供了丰富而翔实的资料，并将包天笑誉为中国文学史上的“通俗文学之王”⑤，对包天笑的研究具有里程碑式的意义。

沈庆会和王晶晶分别在其博士论文中系统研究了包天笑的文学生涯。沈庆会的论文《包天笑及其小说研究》对包天笑的人生进行了分期，并对其报刊编辑、翻译小说(《迦因小传》《馨儿就学记》《六号室》《空谷兰》)、创作小说(《一缕麻》《补过》《上海春秋》)的阶段进行了论述。最终结论指出，包天笑在创作小说和编辑报刊时向传统文化道德适当的遵从与归依使得读者范围最大化，但这种“亦新亦旧”又阻碍其成为一代大家⑥。该论文将包天笑的小说创作与报刊编辑相结合来考察的方法值得借鉴。此外，该论文对言情小说《空谷兰》的探讨也值得关注，文中写到《空谷兰》原作作者为“英国亨利荷特(Mrs.

① 范烟桥．最近十五年之小说[M]//芮和师，范伯群，郑学弢，等．鸳鸯蝴蝶派文学资料(上)．北京：知识产权出版社，2010：1.

② 范烟桥．最近十五年之小说[M]//芮和师，范伯群，郑学弢，等．鸳鸯蝴蝶派文学资料(上)．北京：知识产权出版社，2010：247.

③ 范伯群．包天笑、周瘦鹃、徐卓呆的文学翻译对小说创作之促进[J]．江海学刊，1996(6)：174－175.

④ 栾梅健．现代通俗文学的无冕之王：包天笑[M]．南京：南京出版社，1994：11－32.

⑤ 栾梅健．通俗文学之王包天笑[M]．上海：上海书店，1999.

⑥ 沈庆会．包天笑及其小说研究[D]．上海：华东师范大学，2006：134.

Thomas Hardy)”[①]，如前所述，可知该论断有误。之后，作者借译文文本来分析《空谷兰》进行了怎样的改写，但这部分论述是在“未能阅读原作因而不能两相比较”[②]的前提下进行的，这对翻译小说的研究来说不得不说是一大漏洞。沈庆会随后发表了一系列关于包天笑的论文，如《“通俗文学之王”包天笑的报刊编辑生涯》[③]、《“自由文笔”下的“自由翻译”——包天笑翻译小说研究》[④]、《西方教育小说的近代译介与接受》[⑤]、《包天笑编辑出版活动与清末民初通俗文学》[⑥]，这些文章都是其博士论文的延伸与扩充。

王晶晶的博士论文《新旧之间——包天笑的文学创作与文学活动研究》考察了包天笑的翻译、小说创作及报刊编辑活动，提出他的翻译小说和短篇小说表现出“求新求变”的现代化冲动，而长篇小说则趋于保守[⑦]。作者选用了《馨儿就学记》和《六号室》作为翻译小说的考察对象，具体论述也分别以单篇论文的形式呈现出来，即《双向“再诠释”——论包天笑的译作〈馨儿就学记〉》[⑧]、《翻译“现代主义”——包天笑的译作〈六号室〉》[⑨]。

包天笑的教育小说备受学界关注，相关论文有梅家玲的《包天笑与清末民初的教育小说》[⑩]、陈宏淑的《译者的操纵：从 *Cuore* 到〈馨儿就学记〉》[⑪]、陈宏淑的《包天笑与民初“教育小说”概念的建构——以“日文中译”为视角的考

---

① 沈庆会．包天笑及其小说研究[D]．上海：华东师范大学，2006：88.

② 沈庆会．包天笑及其小说研究[D]．上海：华东师范大学，2006：90.

③ 沈庆会．“通俗文学之王”包天笑的报刊编辑生涯[J]．文教资料，2007(11)：16-19.

④ 沈庆会，孔祥立．“自由文笔”下的“自由翻译”：包天笑翻译小说研究[J]．明清小说研究，2011(3)：205-219.

⑤ 沈庆会，孔祥立．西方教育小说的近代译介与接受[J]．小说评论，2012(6)：193-199.

⑥ 沈庆会．包天笑编辑出版活动与清末民初通俗文学[J]．中国出版，2017(6)：63-66.

⑦ 王晶晶．新旧之间：包天笑的文学创作与文学活动研究[D]．上海：上海师范大学，2012.

⑧ 王晶晶．双向“再诠释”：论包天笑的译作《馨儿就学记》[J]．新文学史料，2012(3)：181-189.

⑨ 王晶晶．翻译“现代主义”：包天笑的译作《六号室》[J]．中国比较文学，2013(2)：74-84.

⑩ 梅家玲．包天笑与清末民初的教育小说[J]．中外文学，2006，35(1)：155-183.

⑪ 陈宏淑．译者的操纵：从 Cuore 到《馨儿就学记》[J]．编译论丛，2010，3(1)：41-68.

察》[①]、李青的博士论文《包天笑译介教育小说研究》[②]及其单篇论文《在传统与“新民”之间——包天笑译教育小说〈儿童修身之感情〉研究》[③]等。其中，李青的博士论文《包天笑译介教育小说研究》在利用各种史料勾勒出包天笑教育小说全貌的基础上，选取代表性的教育小说《儿童修身之感情》《馨儿就学记》《埋石弃石记》，结合时代大背景将小说与其底本进行了细致的比较分析。这种开阔的研究视野、翔实的史料考证及细致的文本分析在研究方法上值得借鉴。

贯穿包天笑翻译生涯的教育小说数量之多、影响之大，不得不令人思考包天笑翻译的言情小说《空谷兰》与同时代翻译的教育小说及其教育思想之间是否存在互文关系。潘少瑜在《近代翻译家庭小说中女性社会身份的解离与重构——从〈女人之过〉到〈空谷兰〉》一文中注意到包天笑翻译《空谷兰》时正是他译述教育小说最多的时期，通过对《女人之过》《野之花》《空谷兰》中女主角形象的对比，潘少瑜指出《空谷兰》重视教育的意义，“不仅涉及女子教育，也探讨了女性的自我成长，颇具教育价值”[④]。该论述有一定的参考价值，但在文本分析中只限于情节框架的比较，缺乏更为细致的文本分析和对时代脉搏的把握，留下了进一步的研究空间。与《空谷兰》并称为“姐妹花”的小说《梅花落》亦是由日文转译的英国小说，陈凌虹对英、日、中三个文本进行了比较，指出黑岩泪香日译本大刀阔斧的改编为包天笑中译本的“脍炙人口”提供了前提条件，而包天笑的巧妙译笔和文化植入使中译本彻底本土化，并成为当时的佳作[⑤]。

包天笑在 1924 至 1929 年担任明星影片公司编剧，创作了 10 多部电影剧本。汪黎黎通过史料梳理呈现了包天笑 20 世纪 20 年代电影文学创作的整体面貌，指出其创作开拓了言情片的思想深度，体现了通俗文学在我国电影发轫期的引擎作用[⑥]。该研究为概观式梳理，缺乏小说与电影文本之间的具体

---

① 陈宏淑．包天笑与民初“教育小说”概念的建构：以“日文中译”为视角的考察[J]．翻译学研究集刊，2013，16：1－15.

② 李青．包天笑译介教育小说研究[D]．北京：北京师范大学，2015.

③ 李青．在传统与“新民”之间：包天笑译教育小说《儿童修身之感情》研究[J]．日语学习与研究，2016(5)：17－25.

④ 潘少瑜．近代翻译家庭小说中女性社会身份的解离与重构：从《女人之过》到空谷兰》[M]//彭小妍．跨文化流动的吊诡：晚清到民国．台北：中国文哲研究所，2016：71.

⑤ 陈凌虹．跨越三种语言的文本旅行：包天笑译《梅花落》[J]．中国比较文学，2022(3)：93－109.

⑥ 汪黎黎．论二十世纪二十年代包天笑的电影文学创作[J]．中国现代文学论丛，2021(2)：193－203.

比较，尚未深入挖掘文学与早期电影文本之间的互动方式。

通过对相关文献进行整理，可以看出关于小说《女人之过》在中日两国的文本旅行研究近年来已经有了一定程度的展开，但仍留有进一步拓展的空间：

第一，目前的研究主要集中在对《女人之过》《野之花》《空谷兰》小说的比较及对《空谷兰》无声电影的论述上，鲜有对《野之花》在日本的接受情况与《空谷兰》文明戏、地方戏、香港电影改编的研究，难以勾勒出《女人之过》在中日两国的文本旅行全貌。

第二，在英、日、中三个小说文本的比较研究方面，现有研究进行了一定的文本分析及时代背景考察，但仍缺乏更开阔的大时代背景和更为细致的文本分析，如未涉及《野之花》在家庭小说流行的明治 30 年代如何定位、其中的"贞女"思想从何而来，以及翻译小说《空谷兰》中蕴含的女性思想与当时的时代背景存在何种关系等问题。

第三，黑岩泪香与包天笑身兼报人、小说家、翻译家多种身份，应该将这些身份结合起来进行考察。因此，《野之花》在连载时与《万朝报》其他栏目的关系如何，《空谷兰》在连载时与《时报》其他栏目、主编的杂志关系如何，与包天笑同时期的教育小说有无互文关系等问题，同样值得深入挖掘。

第四，《女人之过》在中日两国的文本旅行中展现了将廉价小说这一大众文学作品经典化的过程，尤其在中国，《空谷兰》故事更多地以电影、戏剧这些非纸质媒介进行传播，时至今日还以地方戏这种民间文艺形式上演。揭示这一现象背后所隐藏的大众性与民间性、呈现迄今为止并未被关注的大众文学史的不同面貌将成为本研究的一个重要部分。

## 第三节　研究方法与研究设想

基于上述遗留问题，本研究将全面梳理克莱的《女人之过》在中日两国文本旅行的历史，考察这一大众文学作品在不同国家、不同时期、不同媒介下文本变异的原因及影响，阐明不同社会文化对这一文本的操纵作用，尝试探求不同文化中大众的接受情况。针对这一目标，本研究将挖掘大量史料，试图从三个重要方面进行探究：(1)《女人之过》在明治 30 年代经由转译者黑岩泪香的翻译所发生的文本变异、背后的社会原因及与当时日本的家庭小说热的关系。这直接影响了文本在中国的接受情况，成为探讨文本旅行史的出发点。(2)中译本《空谷兰》在中国的文明戏与无声电影的改编，以及这些改编的大众接受情况。这是小说《空谷兰》在中国的最初改编形式，成为打开各阶层接受核心故事框架的关键一环。(3)《空谷兰》在中国内地的地方戏改编、在中国香港地区的电影改编，以及这些改编的大众接受情况。这一点在目前的研究中有所阙如。本节主要介绍解决这些问题的方法与构想。

## 一、研究方法

为了考察小说《女人之过》的越境与跨界旅行、探讨不同文化语境中的大众接受情况，本书拟借鉴文本旅行理论与接受美学的研究方法。

萨义德在《世界·文本·批评家》中提出了“理论旅行”理论：“正像人们和批评学派一样，各种观念和理论也在人与人、境域与境域，以及时代与时代之间旅行”，这种旅行滋养和维系了文化与智识生活①。

> 而任何理论或者观念的旅行方式都需要经历四个步骤。
>
> 第一，需要有一个源点或者类似源点的东西，即观念赖以在其中生发并进入话语的一系列发轫的境况。第二，当观念从以前某一点移向它将在其中重新凸显的另一时空时，需要有一段横向距离(distance transversed)，一条穿过形形色色语境压力的途径。第三，需要具备一系列条件——姑且可以把它们称之为接受(acceptance)条件，或者，作为接受的必然部分，把它们称之为各种抵抗条件，使之可能引进或者得到容忍，而无论它看起来可能多么地不相容。第四，现在全部(或者部分)得到容纳(或者融合)的观念，就在一个新的时空里由它的新用途、新位置使之发生某种程度的改变了②。

包含着某种独特情节与思想观念的小说文本作为源点，经过“一段横向距离”流通到具备接受条件的不同境域之中，在“各种抵抗条件”的作用下发生了不同程度的变化，从而在新的境域中展现新的生命力。毋庸置疑，萨义德的“理论旅行”理论为研究小说《女人之过》的越境与跨界之旅提供了重要的理论依据。

而接受美学，又称文本接受理论，于20世纪60年代后期由德国学者姚斯与伊塞尔共同提出。姚斯引入“期待视野”概念，认为“第一个读者的理解将在一代又一代的接受之链上被充实和丰富，一部作品的历史意义就是在这过

① 萨义德．世界·文本·批评家[M]．李自修，译．北京：生活·读书·新知三联书店，2009：400.

② 萨义德．世界·文本·批评家[M]．李自修，译．北京：生活·读书·新知三联书店，2009：401.

程中得以确定，它的审美价值也是在这过程中得以证实”①；另一方面，一部作品“唤醒以往阅读的记忆，将读者带入一种特定的情感态度中，随之开始唤起‘中间与终结’的期待”②。

小说《女人之过》在中日两国的翻译与接受过程中，译者与改编者作为“第一个读者”，在各自的阅读与审美经验的影响下对原作进行了独特的阐释，并将各自新的阐释融入翻译或改编的文本，进而影响了之后的读者或观众，唤醒其以往的阅读记忆，文本便在一代又一代的接受过程中不断被丰富。不同的译者或改编者如何利用其阅读与审美经验对文本进行翻译或改编，是本书的研究重点之一，而接受美学为解决这一问题提供了理论基础与方法论上的借鉴。

## 二、研究设想

为解决本节开头部分提出的关键问题，本研究具体将从以下五部分展开：

第一章探究《女人之过》在日本的翻译与接受情况。本章拟首先梳理克莱小说在日本明治时代的翻译情况及泪香所译克莱作品的目录，其次在明治 30 年代家庭小说热潮的大背景下分析从《女人之过》到《野之花》的翻译过程中文本所发生的变异。黑岩泪香作为《万朝报》的创办人，一直关注女性的贞操问题。他在《万朝报》上连续曝光名人的蓄妾问题，在明治 29 年募集“现代版女子大学”，明治 44 年出版专著《小野小町论》，明治 45 年发表《妇人觉醒第一步》。贯穿黑岩泪香家庭小说甚至侦探小说中的“贞女”思想究竟从何而来？本章将结合明治 20 至 30 年代的时代背景、黑岩泪香的新闻思想等，深入探究这一问题。对于《野之花》在日本的接受情况，本章将从故事情节、女性形象塑造、插图等多方面分析佐藤红绿少女小说《越过那座山》与《野之花》的文本差异，考察《野之花》在昭和时期的文本接受情况及其影响因素。佐藤红绿在《少年俱乐部》《少女俱乐部》上发表了大量的少年小说与少女小说，而被称为《野之花》模仿作品的少女小说《越过那座山》深深地影响了同时代的少女们。两个小说文本在日本不同时期存在何种变异且为何会出现这些变异？本章将从佐藤红绿的创作思想、昭和时期的时代背景、连载杂志《少女俱乐部》的办刊方针入手，对此问题进行分析。

---

① 姚斯，霍拉勃．接受美学与接受理论[M]．周宁，金元浦，译．沈阳：辽宁人民出版社，1987：25.

② 姚斯，霍拉勃．接受美学与接受理论[M]．周宁，金元浦，译．沈阳：辽宁人民出版社，1987：29.

第二章探究《野之花》在中国的翻译与最初改编情况。首先，本章将对照《野之花》与《空谷兰》的小说文本，考察在翻译过程中出现的文本变异，并分析译者进行改写的原因。《野之花》由包天笑于1910至1911年译成中文并在《时报》上连载，由此开启了《野之花》在中国的文本之旅。黑岩泪香的《野之花》在我国清末民初时期为何被翻译成小说，与原作相比发生了何种变异？译者作此选择是出于怎样的个人原因和内在的社会文化根源？本章将围绕这些问题，通过文本比较分析法，考察翻译过程中发生的文本变异，并结合译者的个人体验、其他译著小说、连载杂志《时报》的办报宗旨、当时的社会文化背景等来分析译者作此选择的原因及其历史性和社会性意义。其次，本章将考察《空谷兰》的文明戏(早期话剧)改编情况。现有研究中关于文明戏《空谷兰》的史料尚未被充分挖掘，其上演的详细情况仍有待充实，关于文明戏《空谷兰》与小说之间的文本差异尚不清晰。鉴于此，本章将结合当时的时代背景，挖掘文明戏《空谷兰》的相关史料，还原其上演的原貌；在此基础上，通过文本对比详细分析文明戏与小说之间的差异，并探究文明戏改编的原因与观众的反响。最后，本章拟探索《空谷兰》的无声电影改编情况。小说《空谷兰》1925年由张石川的明星影片公司改编成同名无声电影，票房收入创造了无声电影时代的最高纪录。20世纪20年代正值上海大众文化生产与消费热潮，译自《野之花》的小说《空谷兰》在这一时代语境下为何被改编成无声电影？在改编过程中发生了怎样的文本变异？当时的观众反响如何？本章将在解读当时的时代背景及编剧和导演创作思想的前提下，对文本的变异进行深入的剖析。

第三章考察《空谷兰》的地方戏改编。本章首先将探究抗战时期上海地方戏《空谷兰》的改编情况。尽管各地戏曲志、戏剧史、报纸等对地方戏《空谷兰》略有提及，但关于地方戏《空谷兰》的史料尚未被充分挖掘，其演出的详细情况仍有待充实，而且地方戏《空谷兰》的材料来源尚不清晰，且缺乏细致的文本比较。因此，本章充分挖掘了地方戏《空谷兰》的相关文献资料，力求还原其演出的史实；在此基础上，通过文本比较详细分析其中的变化，探讨改编的原因与影响。其次，本章将结合社会历史背景，详细分析1980年版沪剧《幽兰夫人》的改编及观众的接受情况。上海长宁沪剧团于1980年将《空谷兰》改编为沪剧《幽兰夫人》上演，该戏与小说《空谷兰》《野之花》相比发生了怎样的变化，观众反响如何？这些问题将在本章中得到解答。

第四章考察《空谷兰》在中国香港的电影改编情况。1940年香港中南影片公司摄制粤语版时装剧《空谷兰》，1954年10月大观声片有限公司摄制的电影《空谷兰》在香港上映，1966年易文导演的电影《空谷兰》在香港上映。鉴于资料收集情况，本章分为两个部分：一是1954年粤语片《空谷兰》的改编，二是1966年国语片《空谷兰》的改编。译自《野之花》的小说《空谷兰》为何在不同年代多次被改编成电影，在改编过程中发生了怎样的文本变异，当时的观众反响如何？本章将在解读当时的时代背景及编剧和导演创作思想的前提下，对文本的变异进行深入的剖析。

终章拟在前面四章论述的基础上，系统地勾勒出克莱廉价小说《女人之过》在东亚地区的文本旅行地图，分析这部小说在不同地域、不同时期、不同形式的变化中引发了怎样的效果，以及为重新审视迄今为止尚未引起足够关注的大众文学史提供了怎样的思考维度。

**本章注解：**

【注1】该研究网站为：http：//chnm. gmu. edu/dimenovels。

【注2】佐藤林平的《黑岩泪香与万朝报》(1979)、秋山专一的《大正时期报人的气骨——泪香、素川、六鼓》(1987)、胜田吉太郎的《叩问媒体本质》(1987)、加来耕三的《黑岩泪香》(1990)、平山大介的《怪记者·黑岩泪香》(1992)、高桥康雄的《“丑闻”的背面(解说)》(1994)和山本夏彦的《丑闻报道鼻祖——报人泪香》(1994)等论文都对此进行了论述。

【注3】详见陈德文的《日本现代文学史》(1991)，张海鹏、臧宏和时惠荣《当代社会科学大词典》(1995)，何乃英的《日本当代文学研究》(1997)，于洪笙的《重新审视侦探小说》(2008)，刘立善的《日本近现代文学流派史》(2007)，陈国伟的《越境与译径：当代台湾推理小说的身体翻译与跨国生成》(2013)，以及常大利的《世界侦探小说漫谈》(2014)。

【注4】郭延礼的《中国近代翻译文学概论》(1998)，陈平原的《陈平原小说史论集(中册)(1997》，王向远的《东方各国文学在中国：译介与研究史述论》(2001)与《二十世纪中国的日本翻译文学史》(2001)，以及郭延礼的《文学经典的翻译与解读西方先哲的文化之旅》(2007)等都关注到了黑岩泪香小说在清末民初时期的译介情况。

【注5】稻叶三千果和新井直之的《日本的报业理论与实践》(1985)、余家宏和宁树藩的《新闻学词典》(1988)，以及张昆的《传播观念的历史考察》(1997)与《中外新闻传播史》(2008)等著作都对此进行了论述。

# 第一章 《女人之过》在日本的翻译与接受情况

## 第一节 伯莎·M. 克莱与日本近代文学

如前所述，伯莎·M. 克莱是美国纽约斯特里特和史密斯出版社旗下由数个匿名作者组成的笔名。该笔名的出现有赖于美国廉价小说热潮的产生。

美国第一部廉价小说《马来斯卡：白人猎人的印第安妻子》(*Malaeska: The Indian Wife of the White Hunter*)于 1860 年问世，其销量之大堪称书商历史上的奇迹。在巨大商业利润的吸引下，大量廉价小说相继被推出。在 19 世纪 70 至 80 年代，廉价小说迎来了其最为繁荣的时期，成为当时美国大众流行文化的重要组成组分。然而，20 世纪初电影的出现直接导致了廉价小说的消亡①。为了使读者成为习惯性消费者，廉价小说出版商雇用了一批职业作家，以通用的故事模式炮制大量类似的小说，而"伯莎·M. 克莱"便是这一策略的产物。

"伯莎·M. 克莱"这个笔名最早出现在 1876 年 12 月 11 日出版的《纽约周刊》第 32 卷上，有一段广告称"伯莎·M. 克莱所著的《扔向世界》(*Thrown on the World*)或《被抛弃的妻子》(*The Discarded Wife*)将于 1876 年 12 月 2 日出版"。之后，以"克莱"为名创作的作品频繁出现在美国的许多系列小说和故事报纸上，风靡大西洋两岸，吸引了大量的工人阶级女性、中产阶级女性、士兵等普通民众购买，掀起了一股女性浪漫小说的旋风，成为美国大众文化的重要内容。在克莱背后的真正作者夏洛特去世后，斯特里特和史密斯出版社一直到 20 世纪 30 年代初仍在使用这个名字②。克莱最有名的作品是《朵拉·索恩》，"朵拉·索恩"甚至成为克莱的代用名，被视为城市煽情主义的一

① CARR F L. All for love：gender，class，and the woman's dime novel in nineteenth-century America[D]. Fairfax：George Mason University，2003：20.

② CARR F L. All for Love：gender，class，and the woman's dime novel in nineteenth-century America[D]. Fairfax：George Mason University，2003：81.

个流行部分①。在1917年的报纸上还曾出现过以下报道：在堪萨斯州的托皮卡各个营地的士兵男孩被禁止阅读“垃圾旧小说”，以免被其扰乱思想，即使一些托皮卡女子俱乐部的女性被允许读这些小说。托皮卡的一个委员会从镇上各家各户收集了约12000本书，这些书将被带到州议会大厦，但其中有些书被扔了出来，其中就有伯莎·M. 克莱的作品②。由此可知，克莱的书在20世纪初仍受到大众的喜爱，但被军队认为是“垃圾小说”。

明治维新以来，日本自上而下推行欧化主义，日本文学界在明治10至20年代掀起了翻译西方小说的热潮。在此热潮的影响之下，19世纪末收录了大量克莱作品的美国廉价小说系列“Seaside Library”“Lovell's Library Series”等被引进日本，并受到武藤山治、黑岩泪香、小栗风叶、德田秋声、菊池幽芳、尾崎红叶等当时年轻文人的热捧，他们不仅将这些作品作为学习英语的范本，还对其进行翻译③，这些译作在日本明治文坛中占据重要地位。

最早翻译克莱作品的是后为伊藤博文女婿、历任伊藤内阁大臣的末松谦澄。他在英国留学时读了当时风行于欧美的克莱代表作《朵拉·索恩》，回国之后将其翻译成《山谷间的百合花》，于明治21年(1888年)由金港堂出版发行。出版后不仅“大受江湖称赞”④，而且成为皇后爱读之书⑤，甚而成为菊池幽芳创作《己之罪》(明治32年)的参照⑥。《朵拉·索恩》的影响力经久不衰，明治36年又由菊池幽芳译述为《乳姊妹》，在《大阪每日新闻》上连载，轰动一时，彻夜等待连载报纸送达的读者比比皆是⑦。

小说家尾崎红叶同样爱读克莱的作品，他的小说《不言不语》及传世经典之作《金色夜叉》均以克莱的作品为底本。经堀启子考证得出，《金色夜叉》的

① BRENNAN S C. Gogol, Miriam, ed. Theodore Dreiser: beyond naturalism (book review)[J]. Stephen C. Studies in the novel, 1998, 30(3): 461.

② Anon. Can't read "trashy" novels[N]. Trench and Camp: Edition for Camp Travis, 1917-12-24.

③ 堀啓子. アメリカの廉価小説が生んだ明治のベストセラー 尾崎紅葉とバーサ・M・クレー[J]. 書物学, 2017(11): 24-31.

④ 鬼頭七美. 書き換えられた「女の道」——『谷間の姫百合』から『己が罪』へ——[J]. 日本女子大学大学院文学研究科紀要, 2011, 17: 43.

⑤ 鬼頭七美. 書き換えられた「女の道」——『谷間の姫百合』から『己が罪』へ」——[J]. 』日本女子大学大学院文学研究科紀要, 2011: 17: 43.

⑥ 鬼頭七美. 書き換えられた「女の道」『谷間の姫百合』から——『己が罪』へ——[J]. 日本女子大学大学院文学研究科紀要, 2011, 17: 48.

⑦ 鬼頭七美.「家庭小説」ジャンルの生成——菊池幽芳「乳姊妹」とその周辺[J]. 国文目白, 2013, 52(2): 55.

底本为《弱于女子者》，前半部分情节与《弱于女子者》极为相似，而后半部分为尾崎红叶的创作[①]。而这半译半作的《金色夜叉》在连载时就大受欢迎，不管男女老幼都沉迷于小说的优美文笔与跌宕起伏的情节[②]。之后，小说《金色夜叉》屡次被改编成戏剧、电影等大众喜闻乐见的形式，在日本社会影响深远。

日本侦探小说之父、翻译家黑岩泪香曾在大阪英语学校学习，嗜书如命，经常挑灯夜读至天亮，所读之物以西洋小说最多，汉籍次之[③]。克莱的作品也出现在他阅读的大量外文书当中，克莱作品中教育大众的思想与泪香不谋而合，因此泪香以克莱的小说为底本译述了《女子一代》(嬢一代，明治 26 年)、《画中人》(絵姿，明治 32 年)、《古王宫》(古王宮，明治 32 年)、《雪姬》(雪姫，明治 32 年)、《人之妻》(人の妻，明治 33 年)、《奇谈花菖蒲》(椿説花あやめ，明治 35 年)，并在《万朝报》上连载。《万朝报》社员绪方维岳曾评论道，泪香的小说“文笔平淡但不俗，已出神入化。读之不厌，细细品味颇有教育意味……每家早晨喜迎《万朝报》只因想一睹小说之快……《野之花》《古王宫》《画中人》都是有教育意义的作品。作为家庭读物，其价值实在《不如归》《己之罪》之上”[④]。《万朝报》得益于这些连载小说，于明治 33 年销量一度升至东京报界第一，读者遍及所有阶层[⑤]。

由上可知，这样一位非一流的廉价小说作家的非经典作品不仅风靡欧美，也吸引了日本明治维新时期的文人，为日本明治时代的文坛注入了新生力量，留下了一部部深受当时大众读者欢迎的作品。依据目前的研究，克莱小说在日本的翻译情况可整理如下：

明治 21 年《山谷间的百合花》(谷間の姫百合，末松谦澄，金港堂出版) *Dora Thorne*

明治 23 年《妾之罪》(妾の罪，黑岩泪香，载《都新闻》) *A Haunted Life*[⑥]

明治 26 年《女子一代》(嬢一代，黑岩泪香，载《万朝报》) *Irene's Vow*

---

① 堀啓子．明治中期の翻案小説[J]．日本比較文学会東京支部研究報告，2014(11)：49.

② 尾崎紅葉．金色夜叉[M]．東京：新潮社，2009：582.

③ 緒方維嶽．青眼白眼[M]．東京：星光社，1902：169.

④ 緒方維嶽．青眼白眼[M]．東京：星光社，1902：142-157.

⑤ 山本武利．近代日本の新聞読者層[M]．東京：法政大学出版局，1981：95.

⑥ 松井洋子．バーサ・クレー作品の日本大衆小説，家庭小説における受容について——黒岩涙香の『妾の罪』再考——[J]．国際関係学部研究年報，2002，23：233-239.

明治28年《不言不语》(不言不語，尾崎红叶，载《读卖新闻》)*Between Two Sins*

明治30年《金色夜叉》(金色夜叉，尾崎红叶，载《读卖新闻》)*Weaker than a Woman*

明治32年《画中人》(絵姿，黑岩泪香，载《万朝报》)*Ingledew House*

明治32年《古王宫》(古王宮，黑岩泪香，载《万朝报》)*At War with herself*

明治32年《雪姬》(雪姬，黑岩泪香，载《万朝报》)*Repented at Leisure*

明治33年《人之妻》(人の妻，黑岩泪香，载《万朝报》)*Another Man's Wife*①

明治33年《野之花》(野の花，黑岩泪香，载《万朝报》)*A Woman's Error*

明治35年《奇谈花菖蒲》(椿説花あやめ，黑岩泪香，载《万朝报》)*Her Mother's Sin*

明治36年《乳姊妹》(乳姉妹，菊池幽芳，载《大阪每日新闻》)*Dora Thorne*②

## 第二节　理想家庭形象的重构
## ——从《女人之过》到《野之花》

《野之花》是黑岩泪香据美国廉价小说《女人之过》译述的小说，于1900年(明治33年)3月10日至11月9日在《万朝报》上连载，之后由扶桑堂出版了单行本。该故事的曲折离奇引人入胜，悲欢离合动人心弦。连载之时曾有“一位华族老人为《野之花》而伤心”，专门致电《万朝报》“询问《野之花》何时再连载”③；当时的评论亦称“《古王宫》《幽灵塔》《野之花》为晚近最受好评之作”④。《野之花》在当时受欢迎的程度由此可见一斑。

1900年恰逢日本明治30年代家庭论争与家庭小说言论高涨时期，黑岩

① 小森健太朗．英文学の地下水脈 古典ミステリ研究～黒岩翻案原典からクリーンまで～[M]．東京：東京創元社，2009：118.

② 堀啓子．明治期の翻訳・翻案における米国廉価版小説の影響[J]．出版研究，2003，38：31.

③ 緒方維嶽．青眼白眼[M]．東京：星光社，1902：142.

④ 緒方維嶽．青眼白眼[M]．東京：星光社，1902：152.

泪香为何在此时翻译连载《野之花》?《野之花》与原作《女人之过》相比发生了怎样的变化?译者又为何如此翻译?本节通过文本比较分析法考察从《女人之过》到《野之花》的翻译过程中文本发生的变化,并结合《万朝报》的报道思想、当时的家庭论争与家庭小说热潮及社会文化背景等史料来分析翻译的原因及其历史性和社会性意义。对这些问题的实证性研究不仅可以为理解美国廉价小说与日本明治时期文学翻译活动的互动提供新的史料与思考,还可以重新认识黑岩泪香在日本文学史上的定位,为研究当时的家庭论争与家庭小说热潮提供不同的视角。

## 一、明治30年代的家庭论争与家庭小说热潮

日本传统的家族制度"以武家时期的家族为蓝本",是一种"大家长式家族制度,把父亲对子女的支配、丈夫对妻子的压制加以制度化"①。之后,以明治时期的文明开化为契机,西欧的家庭概念被引进到日本。

> "家庭(home)"这个词出现了,展现出与以往家族不同的全新家族形象,明治20年代家庭(home)被频繁论及。最早的讨论是在明治21年(1888年)2月至3月连载的《女学杂志》社论"日本的家族"。两年后,《女学杂志》写道:"近来home一词变得普遍起来,数年前我们发表了《日本的家族》等数篇社论,初次宣扬home一词,岁月使得这一小小的种子不断发育长大,现今已到处可闻听其声。"由此可见其普及之势……家庭一词在明治20至30年代以非常之势流传开来②。

明治22年7月27日,严本善治在《女学杂志》第172号的一篇社论中论述道:

> 及至近两三年西洋的home备受日本人喜欢,即使不懂英语的人也明白sweet home这一外语单词指的是和美圆满的家庭。我们在前些年对"日本的家族"大加批判之时还未如此,然而如今对日本家

① 熊原理恵.近代家族と家父長制[M]//井上俊[ほか].岩波講座現代社会学第19卷.東京:岩波書店,1996:139-140.

② 小山静子.家庭の生成と女性の国民化[M].東京:勁草書房,1999:29-30.

制不满只顾羡慕西洋家庭的人甚多①。

由此可知，当时 home 一词作为批判传统日本家制的概念而被人们接受。随着家庭论争的盛行，“从明治 20 年代后半期开始，冠以‘家庭’为名的杂志相继刊行”，如德富苏峰的《家庭杂志》《日本乃家庭》、堺利彦的《家庭杂志》等；综合杂志《太阳》也在明治 27 - 35 年开设了“家庭”栏目，《大阪每日新闻》于明治 31 年开设“家庭指南”栏目；此外虽未冠以“家庭”一词，但以女性为主要读者的杂志，如《女性杂志》《女鉴》《妇女新闻》《女学世界》《妇人世界》等也刊载了大量有关家庭的文章，通过这些媒介，“何谓家庭”“家庭应该是怎样的”这类话题被人们广泛讨论②。

明治 24 年 3 月 7 日，《国民新闻》刊登了题为《一种新小说》的报道。该报道呼吁“一种新小说为何物，乃塑造吾辈家庭之小说”，自此“家庭”这一概念逐渐成为新的文学主题③。自明治 27 年起，“文坛不振”成为日本文学界的流行语，为打破这一局面，人们纷纷提倡家庭小说的创作。明治 29 年《帝国文学》12 月号刊载题为《家庭与文学》的文章，呼吁作家“作为社会的一分子，应分担几分提高家庭趣味与促进家庭和谐的任务”；《太阳》杂志于明治 30 年 1 月 20 日刊登了题目同为《家庭与文学》的文章，其中也提倡用文学来助益社会、利于家庭，追求旨在一家团圆的“高尚”文学。换言之，文学界所期待的以“家庭小说”为名的文学乃提高家庭趣味且家人可以一起阅读的具有道德性、思想性的小说④。但这时的家庭小说只是一个缺乏“实体”作品的“理念”⑤。明治 30 至 34 年这段时间虽在当时被认为是“文坛不振”的时期，但也正是之后被归为“家庭小说”的佳作在报纸上连载之时，其中《金色夜叉》于明治 30 至 35 年连载于《读卖新闻》，《不如归》于明治 31 至 32 年连载于《国民新闻》，《己之罪》于明治 32 至 33 年连载于《大阪每日新闻》，《无花果》于明治 34 年连载于《大阪每日新闻》。这些作品并非以家庭小说之名被创作和阅读，却讲述

① 厳本善治．犠牲献身　八真正のホームを論ず[J]．女学雑誌，1889，172：3.

② 小山静子．家庭の生成と女性の国民化[M]．東京：勁草書房，1999：30.

③ 河北瑞穂．家庭小説の背景——明治二十年代前半期『女学雑誌』の周辺——[J]．三重大学日本語学文学第 2 号，1991：94.

④ 鬼頭七美．「家庭小説」と読者たち：ジャンル・メディア・ジェンダー[M]．東京：翰林書房，2013：43.

⑤ 飯田裕子．彼らの物語[M]．名古屋：名古屋大学出版会，1998：38 - 39.

了“启蒙家庭的故事”[①]，连载时虽在文学评论杂志上鲜有提及，但连载报纸上却刊载了大量相关读者来信，说明这些作品引起了广泛的关注，深受读者喜爱。《家庭小说 乳姊妹》（明治 36 年连载于《大阪每日新闻》）因其题名前首次写有“家庭小说”，从而确立了家庭小说这一类别[②]。

明治 33 年连载于《万朝报》的《野之花》恰处于家庭论争与家庭小说言论高涨时期，“在何谓‘家庭(home)’的摸索时期，家庭小说吸收西欧家庭要素，描绘了带有现实意味的模范家庭形象”[③]。那么，《野之花》为当时的读者描绘了怎样的家庭形象？下文将通过对英文原作与日译本的文本比较进行细致的考察。

## 二、移情别恋：子爵形象的改写

《野之花》讲述的是英国子爵濑水洌不顾门第悬殊和母亲的反对，与乡村老律师之女澄子结婚，但好景不长，澄子因不谙上层社会的交际礼仪，屡屡遭人耻笑。加之子爵的表妹品子对子爵素有情钟，欲取代澄子而登子爵夫人之位，故处处刁难澄子，使澄子在子爵府处境艰难。子爵因澄子频频出丑，对澄子的感情日渐冷淡，转而迷恋处事干练得体的品子。后澄子发现二人隐情，伤心之下，携婢女直奔车站欲回父家，却遭遇火车事故。子爵误以为澄子车祸身亡，几年后续娶品子。但品子因心中仇恨澄子，时常虐待澄子的儿子良彦。品子沽名钓誉，在子爵领地创办学校。澄子离开子爵府后，乔装打扮成寡妇，隐名改姓担任乡村教师，广施善行，受人尊敬。澄子思子心切，后经人推荐阴错阳差地来到品子创办的学校担任事务长。在此澄子见到了朝思暮想的儿子良彦和子爵。品子后来生了自己的儿子品彦，她为了帮助品彦夺得子爵的继承权，把医生给重病中的良彦开的最后一支救命药偷走，欲置良彦于死地，不料被悉心看护良彦的澄子发现。澄子不惜一切抢回药物，并向品子亮明身份。品子见阴谋败露，欲毒害澄子，遂乘马车去买毒药。不料途中马车翻下山崖，品子身负重伤而死。澄子抛弃一切恩怨，为品子料理后事，悉心抚育品彦。子爵的母亲看穿了澄子的身份，说服澄子与子爵重归于好，续写幸福生活。

在原作《女人之过》中，子爵维维安(Vivian)出身于英国贵族。他是高贵

---

① 鬼頭七美.「家庭小説」と読者たち：ジャンル・メディア・ジェンダー[M]. 東京：翰林書房，2013：91.

② 鬼頭七美.「家庭小説」と読者たち：ジャンル・メディア・ジェンダー[M]. 東京：翰林書房，2013：207.

③ 玉井朋.良妻賢母論の受容と「家庭」(ホーム)の形成——明治後半期の『家庭之友』『家庭女学講義』『婦人之友』を中心に——[J]. 藝文考 9，2004：27.

的绅士，一直深爱着自己的妻子，把妻子视为自己最初且唯一的爱。“尽管在他们之间出现了乌云与阴冷，他依旧深爱他的妻子胜过世界上的其他人”①。在子爵见到在车祸中遇难的妻子时，他大声喊道：“躺在这里的她是我深爱的妻子，我从未停止且永远不会停止去爱的人!”②

因子爵的表妹碧瑞思(Beatrice)要回英国，子爵府在碧瑞思回国前夕举办了大型宴会。子爵与表妹共舞之后，来到花园的长椅上休息。在此表妹对子爵进行了深情的表白：“你是我的全部，我离开你之后，将离开我的世界。”③子爵做梦也没想到罪恶的爱意已经占据了表妹碧瑞思的心，而是深信她的话是在谈论兄妹之情。子爵对表妹说自己的婚姻生活不快乐是自己的原因，是自己的错误让妻子承受了很大的痛苦，而并非妻子之故，他并未责怪妻子，也没说妻子一句坏话④。

在两人分别之际，子爵以兄妹之礼亲了一下表妹的额头。

> 他俯下头亲了她的额头，就像她的哥哥会做的那样。请记住，他们曾像同胞兄妹一样，共同生活了多年⑤。

原作中，子爵与表妹分别之际，表妹有意但子爵无情，子爵只把二人的关系单纯地理解为兄妹之情。与此相对，《野之花》把这一幕进行了改写，将子爵塑造成了移情别恋者。

表妹品子替子爵打抱不平：“澄子又是那样的人，在你担心的时候，我真想在你身边帮你。”⑥子爵冽听到这一番话，不知是为了搪塞还是吐露真情，笑着说：“早知如此，当初如果跟你结为夫妻该多好啊!”随后的评论写道：“作为玩笑话太不必要了。”品子红着脸说“又开那样的玩笑”，由此可见这个话

① CLAY B M. A woman's error[M]. Chicago：M. A. Donohue&Company，[1920]：125.

② CLAY B M. A woman's error [M]. Chicago：M. A. Donohue&Company，[1920]：129.

③ CLAY B M. A woman's error [M]. Chicago：M. A. Donohue&Company，[1920]：107.

④ CLAY B M. A woman's error [M]. Chicago：M. A. Donohue&Company，[1920]：107.

⑤ CLAY B M. A woman's error [M]. Chicago：M. A. Donohue&Company，[1920]：108.

⑥ 黒岩涙香．縮刷涙香集第四編 野の花[M]．東京：扶桑社，1916：148.

并非第一次说。洌又笑着说："这可不是玩笑。"品子一边说着"你这是造孽呢"，一边站起来。洌也站起来，径直抱紧了品子，说："这是真的要分别了吗？"品子说："嗯，在出发之前恐怕没有时间细细聊天了，就此告别吧。"洌一边说着"真是遗憾啊"，一边亲了一下品子的额头。相比可知，原作中表妹虽主动暗示，但子爵仍单纯地将表妹的暗示之语理解为兄妹之情，并无任何非分之想；而在译作《野之花》中，子爵主动地多次表达希望与表妹结为夫妻的想法，且增加了"径直拥抱"的场景，而表妹品子却表现得克制、羞涩，并未进行主动的暗示或迎合。加上之后译者的评论"如果是从小像兄妹一样一起长大的话，在这种场合接吻也不足为怪，但两人若被人看到这样，难道一点也不会脸红吗"①，由此可以读出译作中的子爵对表妹的感情已非单纯的兄妹之情，而夹杂了男女私情，"已有妻室的男子，对着别的女子说'如果跟你结为夫妻该多好啊'，这就算是玩笑话，也不是开玩笑的场合，既然不是这种场合却说了这样的话，那就是心中的确有这种想法"②，尽管子爵自己也无法解释为何一时疏远澄子而对品子产生了爱慕之情③。

子爵夫人澄子虽然之前隐约感觉到了子爵对自己已渐生冷淡之情，但直到偶然间瞥见子爵与表妹分别一幕，听到子爵对表妹的一席话才真正明白子爵的心思。因此，她深受打击，毅然决定离开子爵府，从而引发了之后一连串的曲折故事。所以，子爵的移情别恋是整部小说的关键之处，译作通过这一改写使得故事的冲突更加强烈。

## 三、贞操：男性道德之美

澄子在携婢女离家出走的途中遭遇火车事故，被误以为身亡。失去妻子后，子爵续娶品子为妻。关于这一点，原作中明确写道，子爵虽然一如既往地如兄长般对碧瑞思好，但"并没有爱情"④。在子爵的母亲告诉子爵碧瑞思一直深爱着他时，子爵简直不敢相信。加上所有人都劝子爵为了子爵城和孩子应该续弦，子爵认为既然再婚能让碧瑞思和母亲高兴，那他只能作此选择，但这并非自己的本意⑤。而在《野之花》中，子爵却是因为失去妻子之后，内心寂寞，而品子恰能慰藉其寂寞之情，于是思虑再三，决定续娶品子为妻。

---

① 黒岩涙香．縮刷涙香集第四編 野の花[M]．東京：扶桑社，1916：148-149.
② 黒岩涙香．縮刷涙香集第四編 野の花[M]．東京：扶桑社，1916：150.
③ 黒岩涙香．縮刷涙香集第四編 野の花[M]．東京：扶桑社，1916：188.
④ CLAY B M. A woman's error [M]. Chicago：M. A. Donohue&Company，[1920]：142.
⑤ CLAY B M. A woman's error [M]. Chicago：M. A. Donohue&Company，[1920]：144.

有人说女人仿佛鸦片一样。虽然有很多人一次也没娶过妻，单身度过一生，但是曾娶过妻的人在失去妻子之后，不再娶妻就很难了。这看起来跟吃过一次鸦片后就很难不再吃是一个道理。良彦在身旁时还没觉得，自从良彦开始上学后，例就感到“寂寞”。而最能慰藉这寂寞之情的，不是别的，正是品子①。

另一方面，澄子作为妻子的忠贞不渝与子爵的不贞形成鲜明的对比。澄子不经意间发现了子爵的移情别恋，作为妻子，为还子爵自由之身，当即离开子爵府欲回父家。

此身离世而去正是为了丈夫，为了给丈夫自由之身。她一心想的是，只要有一丝爱夫之心，这便是作为妻子必须做的事。这并非怨恨，亦非嫉妒，正是为女之道②。

澄子在被误以为遇难之后，隐姓埋名隐居偏远山村多年，在当地担任乡村教师，后经人推荐到品子创办的学校担任事务长，在此得知子爵已经续弦。为了不让丈夫犯重婚罪，澄子打算效仿古时的烈女，绝不表明自己的身份，始终自称河田夫人而不介入子爵的婚姻生活。品子图谋害死良彦，不巧被澄子发现。之后，品子在买毒药的途中身负重伤而死。澄子抛弃一切恩怨，为品子料理后事，悉心抚育品彦，并与子爵重归于好。澄子因此被誉为“古今第一贞女”，她的故事被各大报纸争相报道，最终子爵夫妇得到女皇陛下的召见。译作在字里行间中透露出这样一种思想：女性坚守贞操直接关系到 家的幸福乃至国家的荣誉。

贞女思想始终贯穿在黑岩泪香的小说里。堀启子曾指出，泪香的《嬢一代》(明治 26 年)使得女性讲述女性成长与独立的故事引进日本后，变成了男性讴歌贞女这一妇德的故事③。从这里可以看到泪香通过小说进行妇女教育的一面。泪香的小说《古王宫》(明治 32 年)中就写有“移情别恋便不是贞女，

① 黒岩涙香．縮刷涙香集第四編 野の花[M]．東京：扶桑社，1916：224.

② 黒岩涙香．縮刷涙香集第四編 野の花[M]．東京：扶桑社，1916：147-148.

③ 堀啓子．黒岩涙香『嬢一代』と Bertha M. Clay 作 Irene's Vow[J]．英語青年，2006，151(12)：741-745.

一旦心有所属，就应至死尽忠”①、“成为妻子后，若移情别恋则性同奸淫”②这样的话。此外，泪香在其著作《小野小町论》中，通过对和歌的实证分析，指出小野小町因爱慕只能在梦中相见的深草御门(之后的天皇)，“谢绝了其他一切亲事”③，终身不嫁，在千余年前便体现了“一夫也不侍”的崇高贞操观，可谓“贞操的女神”④。泪香写道，小野小町“一旦心有所许，便不再变心”⑤，“简直就是奇迹。恐怕是上天为了让世界上不知贞操为何物的女子们迷途知返的一记警钟”⑥。换言之，泪香认为贞操即一旦心有所属，便不可再移情别恋。《野之花》中的澄子便是这种贞女，而子爵与此相反，虽有妻室却移情于表妹，还在失去妻子后不甘寂寞续娶品子为妻，乃不贞之人。

在日本，性观念一直比较开放。平安时代的日本人并没有爱情神圣的观念，实行一夫多妻制，男性与多个女子保持关系、女子在男子变心后爱上别人在当时司空见惯⑦。贞操观是与武士道精神一同确立起来的。自平安时代中期起，武士在外征战，妻子则留守家中教育子女，为了确保家系一脉相传，妻子须在丈夫不在时坚守贞操。随着镰仓幕府的建立，日本迎来了武家时代，这也是日本历史上最显著的“妻子贞操”时代。妻子不管何时都要奉献贞操和纯爱，与丈夫同呼吸共命运⑧。赖朝的长女大姬宫因丈夫惨遭非命，一人回到镰仓，虽被一条高能追求，却独守贞操，余生未再嫁；淡河时治之妻(《太平记》十一卷)、镰田之妻(《平治物语》)为夫而死⑨；还有嫁与信长的齐藤秀龙之女、嫁给浅井长政的信长之妹都是当时坚守贞操的女性代表。室町时代的武家也要求妇女具有贞操观念。在江户时代，“女子道德教训书《女四书》《女庭训》《女今川》《女大学》《女实语教》《女子训》，以及宣传孝妇节妇的假名体《列女传》等被广泛作为教材使用”⑩。其中，江户时代儒学家贝原益轩的

---

① 黒岩涙香．古王宮[M]．東京：扶桑社，1900：108.

② 黒岩涙香．古王宮[M]．東京：扶桑社，1900：297.

③ 黒岩涙香．現代教養文庫 1556 小野小町論[M]．東京：社会思想社，1994：37.

④ 黒岩涙香．現代教養文庫 1556 小野小町論[M]．東京：社会思想社，1994：4.

⑤ 黒岩涙香．現代教養文庫 1556 小野小町論[M]．東京：社会思想社，1994：162.

⑥ 黒岩涙香．現代教養文庫 1556 小野小町論[M]．東京：社会思想社，1994：4.

⑦ 伊藤千真三．日本国民道徳史[M]．東京：東京宝文館，1925：250－251.

⑧ 斎藤玉男．結婚の新倫理[M]．東京：白揚社，1941：174.

⑨ 伊藤千真三．日本国民道徳史[M]．東京：東京宝文館，1925：289.

⑩ 张德伟，徐蕾．日本儒教的贤妻良母主义女子教育观及其影响[J]．东北师大学报(哲学社会科学版)，1996(4)：89.

《女大学》是当时最为流行的女子教育教科书①，书中写道，女子“一旦嫁人，终生守家，此乃女子之道”②，“女子应以夫为天”③，勿忤逆。《女实语教》主张“贞女名不朽”④。《鉴草》也提到“女子应心洁正派，勿被情欲迷惑，独爱丈夫一人，而勿贪恋他人”⑤。

但贞操一直以来仅是对女性单方面的道德要求，男性却未受这一道德的约束。早在日本明治维新之前，上层武士间就流行蓄妾，而且被社会所默许。及至明治初期，蓄妾之风仍存，“一些官僚和资本家等名士为了继嗣也无所顾忌地蓄妾”⑥。这一风气从当时的文学作品也可窥一二。尾崎红叶《三人妻》(明治25年)描写了富商葛城余五郎与一位妻子、三位小妾的故事，余五郎信奉女色乃“世间男子之极乐”，于是运用金钱之力，除正房麻子之外还纳娶了三位小妾：才藏、红梅、阿艳。但麻子并不在意丈夫续妾，不仅主动安排与妾在赏花会上见面，还对三位妾提议今后要经常走动、密切联系。之后，她还“就妾室与正房、妾室彼此间如何和睦相处的问题发表了完美的演说：‘互思朋辈之谊，常和睦相处，彼此关切，永不离弃’”⑦。麻子在赏花会结束后，在返家路上还与丈夫一起兴致勃勃地对三位小妾评头论足，丝毫没有显露任何嫉妒之心⑧。换言之，作为妻子的麻子面对丈夫的滥情，不仅不嫉妒，反而极力维护与妾室的关系，可见蓄妾在当时不足为怪。在《金色夜叉》(明治30至35年)中，间贯一的老板娘阿峰说她的丈夫鳄渊：“男人嘛，本来就都是这样，娶个小老婆也就算啦。不过，对方如果是个艺伎也好，小妾也好，我都没有话说……”⑨。在《不如归》(明治31至32年)中，知名富商山木兵造“那么大年纪，女人左一个，右一个，活像换双袜子似的……”⑩，“他八方藏娇，应该用‘娉婷袅娜’这类字眼来形容的一些美女在等待着他轮流光顾。这

---

① 谭建川．贝原益轩教育理论述评[J]．日本研究论集，2003：282.

② 貝原益軒．女大学[M]．東京：高輪裁縫女学校，1909：4.

③ 貝原益軒．女大学[M]．東京：高輪裁縫女学校，1909：7.

④ 加藤咄堂．国民思想叢書(民衆篇・女実語教)[M]．東京：国民思想叢書刊行会，1929：29.

⑤ 伊藤千真三．日本国民道徳史[M]．東京：東京宝文館，1925：291.

⑥ 江新兴．近代日本家族制度研究[M]．北京：旅游教育出版社，2008：50－51.

⑦ 佐伯顺子．爱欲日本[M]．韩秋韵，译．北京：新星出版社，2016：84.

⑧ 佐伯顺子．爱欲日本[M]．韩秋韵，译．北京：新星出版社，2016：85.

⑨ 尾崎红叶．金色夜叉[M]．吴元坎，译．重庆：重庆出版社，2009：95.

⑩ 德富芦花．不如归[M]．于雷，译．沈阳：沈阳出版社，1989：24.

一点，妻子心里也并不糊涂”①。由此可见，不仅是在明治初期，直至明治30年代初，男性蓄妾之风仍未消退，而且在当时，妻妾成群是男性成功的象征②，妻子也不会因为丈夫的移情别恋而心生间隙甚至离家出走。显而易见，《野之花》中澄子因发现子爵与表妹的隐情而离家出走这一情节描写，与当时的婚姻伦理观念形成强烈的反差，对当时的读者来说应该非常有冲击力。

从明治初期开始，受西方文化的影响，日本有识之士开始提倡一夫一妻的贞操观。明治5年11月21日，司法卿江藤新平、司法大辅福冈孝悌二人指出“蓄养小妾，与妻子同列为二等亲”的习俗“不仅与天命配合之理相背，往往也破坏了家门和睦之道”，建议“自今起废除小妾的身份，实施一夫一妻制”；曾参与自由民权运动的植木枝盛在明治22年也极力倡导“一夫一妻乃人伦之根本”③。在尾崎红叶的《二人比丘尼色忏悔》(明治22年)中，女主人公芳野对未婚夫守实说起他的多个恋人时，守实矢口否认，认为不仅女子要忠贞不渝，男子也不能做丢掉贞操之事。明治37年3月28日，《万朝报》刊登了译作《逸话人情美》，讲述了男性坚守贞操的故事。在芝公园附近的某酒店举行的晚宴上，一位绅士站着说道：“虽说贞女不侍二夫，但我认为丈夫也不该有二女。英国著名的文人阿文在青年时期思恋一佳人，不幸的是这位佳人在结婚前死去了。阿文坚守着对这位佳人的贞操终生未娶。此乃男子道德之上的美。”④从这部小说可以看出泪香的贞操观，即不仅是女性，男性也应该坚守贞操【注1】。

《野之花》中的子爵虽有妻室却一时情迷于表妹，还在失去妻子后不甘寂寞续娶品子为妻，这与坚守贞操的澄子形成鲜明的对比，也没有像《逸话人情美》中的阿文一样体现“男子道德之美”，成为泪香抨击的对象。

## 四、重婚：婚姻的丑闻

在《女人之过》中，子爵夫人误会子爵与表妹有隐情，随即离家出走而遭遇火车事故，被误以为死亡之后，子爵为了使表妹和母亲高兴，选择续娶表妹为妻。之后，隐姓埋名的子爵夫人因无比思念丈夫与儿子，来到新子爵夫人的学校任职，在此才得知子爵已经再婚。这一消息令她无比震惊，她从未

---

① 德富芦花．不如归[M]．于雷，译．沈阳：沈阳出版社，1989：24.

② 佐伯顺子．爱欲日本[M]．韩秋韵，译．北京：新星出版社，2016：81.

③ 佐伯順子．近代化の中の男と女：「色」と「愛」の比較文化史[D]．東京：東京大学，1992：43.

④ 黒岩涙香．現代教養文庫1556 小野小町論[M]．東京：社会思想社，1994：192.

想过子爵会因为她的死而再婚，她也没有问过自己，如果子爵那样做的话，他的第二任妻子和自己可怜无助的孩子会是怎样的命运。

但在她听到曾经憎恨并伤害过自己的碧瑞思取代了自己的位置时，她开始怀疑自己为还丈夫自由之身而离家出走的决定是否正确。

> 她第一次怀疑之前作出的牺牲是否正确……她的内心深处浮现出一个疑问：把秘密深藏在心底是为了确保丈夫和儿子获得幸福，还是让自己从无法忍受的状态中解脱出来?①

而在《野之花》中，子爵没有守住贞操，虽有妻室却一时情迷表妹，澄子发现二人隐情决然离家出走，被误认为遭遇车祸死亡，之后子爵不甘寂寞，与表妹品子再婚。澄子得知子爵再娶之后，陷入了深深的自责与恐惧之中。她意识到，自己当时因不想让自己的卑微身份和不谙上流社会习俗的蠢笨行为拖累丈夫和儿子而选择离家出走，并因交通事故被列入死者名单，这一事件使得子爵在不知不觉中犯了重婚罪，即作为子爵前妻的自己尚在世，但子爵已经再婚。不仅如此，因为前子爵夫人仍在人世，素以贵族这一高贵身份自居的品子作为子爵夫人的身份也成为假身份，她并不能成为堂堂正正的妻子，实际上是私通者。

《明治民法》第766条规定："有配偶者，不得重婚。"②子爵误以为妻子离世，而与表妹结婚，虽是在不知情的情况下所做，但的确犯了重婚罪。上流人士子爵犯了重婚罪、素以贵族身份自居的品子成为私通者，这堪称一大婚姻丑闻。澄子为了不使丈夫与品子成为无处可逃的重婚者、私通者，她决定不改初心，继续隐姓埋名，不揭露这一丑闻，让二人在毫不知情的情况下永远幸福地生活下去。

由上可知，译作《野之花》中增加了原作中并未出现的"重婚""私通"这些字眼，把子爵与品子的再婚定性为不能见光的"重婚"，而且认为该罪无法饶恕，被揭露后无处可逃。因此，善良的澄子即使看到可怜的儿子因受继母虐待而无比思念死去的母亲、心爱的丈夫因儿子病重而心力交瘁，也只能抑制住公开身份的冲动，极力隐瞒实情，直至儿子的救命药被品子抢走时才向品

① CLAY B M. A woman's error [M]. Chicago: M. A. Donohue&Company, [1920]: 161.

② 梅謙次郎 . 改訂增補第二十版 民法要義卷之四 親族編[M]. 東京：私立法政大学、中外出版社、有斐閣書房，1910：89.

子亮明身份。在品子死后，澄子决定继续隐瞒身份，直至被子爵母亲看穿了身份，才听从劝说与子爵重归于好，子爵因此也免于重婚大罪。《野之花》采用全知视角，不仅揭露了子爵移情别恋和再婚时的心理活动，也揭露了子爵前妻尚在却再娶的重婚行为。这恰好表现了《万朝报》善于揭露上流社会丑闻的特征。小说中子爵府丑闻的层层揭露与现实生活中上流社会丑闻的揭露形成联动机制，激发了读者极大的阅读兴趣。

明治 31 年 7 月 4 日《万朝报》刊登广告称："现今政治变动已告一段落，时局逐渐平稳，在此之际《万朝报》将于 7 号起报道让社会震惊之事。此事既非政治也非实业，乃最为紧急的男女风俗问题，以促使全社会关注。"同月 7 日《万朝报》刊登了题为《男女风俗问题》的社论，称今日日本妇人为男子玩物，连民法都间接承认一夫多妻，今日起将报道蓄妾实例数百例，揭露世间兽行兽欲，以叩问社会之羞耻心。

从 7 月 7 日到 9 月 27 日，《万朝报》共连载了 510 例上流社会的蓄妾实例，涉及政治家、文人、子爵、律师、政府官员、银行行长、寺庙住持、店主、将军等各个职业。知名的有犬养毅、森鸥外、勋三等医学博士北里柴三郎、元帅大将侯爵山县有朋、矿业大王古河市兵卫、伯爵井上馨、侯爵伊藤博文、原敬、高田早苗、旧琉球王侯爵尚泰、男爵末松谦澄等，"足以证明蓄妾弊风在上流社会几乎无一例外地蔓延"①。《万朝报》派记者实地探访，报道中写有蓄妾者的真实名字、妾的真实名字和年龄，以及蓄妾的住所，如"(一九二)原敬 大阪每日新闻社长原敬于在京中芝区爱宕町二丁目十一番地另设别院，私养菅野孙太郎长女阿萨(二十八)为妾，今年春天结伴去了大阪"②。

1898 年 7 月 16 日施行的《明治民法》在 6 月 10 日解散的第 12 次议会上审议，其中第 827 条规定："(一)对私生子，其父或母可以认领。(二)父认领的私生子为庶子。"③"庶子当然与父亲是亲子关系，那与丈夫的妻子(嫡母)之间也发展为亲子关系，这样就在事实上承认了妾的存在"④，即变相地承认了一夫多妻制。作为"社会改革者"的泪香"担忧一夫多妻会成为扰乱家庭与社会的

---

① 黒岩涙香．現代教養文庫 1427 弊風一斑 蓄妾の実例[M]．東京：社会思想社，1992：185.

② 黒岩涙香．現代教養文庫 1427 弊風一斑 蓄妾の実例[M]．東京：社会思想社，1992：65.

③ 梅謙次郎．改訂増補第二十版 民法要義巻之四 親族編[M]．東京：私立法政大学、中外出版社、有斐閣書房，1910：254.

④ 奥武則．明治のスキャンダル——国民を創るためのレッスン[M]．東京：筑摩書房，1997：208－209.

弊风”[1]，因此从7月7日起在《万朝报》开始报道蓄妾实例。泪香在《我有志于报纸的动机》一文中曾写道：“我素来相信一夫一妻乃人间正道，我坚信且实行，我只想以信奉之事来矫正社会风气，绝不是想胡乱伤人骂人。”[2]换言之，泪香通过在《万朝报》揭露上流社会的蓄妾丑闻来宣扬一夫一妻制，试图改良社会风气。同样，1900年在《万朝报》连载的小说《野之花》也以揭露子爵不贞、重婚的丑闻来倡导一夫一妻的贞操观。泪香通过翻译时的改写，把子爵的形象从纯洁的贵族重新塑造成不守贞操的移情别恋者和重婚者，与澄子的善良忠贞形成鲜明的对比，而且主张重婚罪被揭露后无处可逃，由此宣扬了男女关系应该是一对一的忠贞关系，同时抨击了《明治民法》间接承认一夫多妻的婚姻伦理观念，意欲纠正当时蓄妾的不良之风。从这个意义上来看，黑岩泪香的确为推动日本的近代化作出了一定的努力[3]。

## 五、结语

在明治30年代家庭论争与家庭小说言论高涨时期，美国廉价小说《女人之过》在日本的流行得益于资本主义工业带来的交通运输业的发展，汽船、火车等交通工具使得该小说从美国被运到太平洋彼岸的日本。因其价格低廉、内容有趣，该小说由明治时期精通英语的报人、翻译家黑岩泪香译述为《野之花》，并在当时知名的大众报纸《万朝报》上连载，从而以数以万计的倍数进行复制与传播。黑岩泪香利用自己的双语能力将接触到的西方家庭模型进行改造，并通过出版印刷向日本民众宣传自己想象中的理想家庭。泪香将单纯的贵族维维安改写成移情别恋者，虽有妻室却移情于表妹，并在失去妻子后不甘寂寞续娶表妹为妻。这一不贞的形象与妻子澄子的坚贞不渝形成鲜明对比，成为泪香批判的对象。《野之花》中还增加了英文原作中并未出现的“重婚”“私通”等字眼，采用全知视角揭露了子爵前妻尚在却再娶的重婚行为，与《万朝报》揭露上流社会蓄妾实例形成联动机制，不仅激发了读者的阅读兴趣，而且宣扬了一夫一妻的忠贞观念。

《万朝报》读者广泛，“东京城内，上至绅士绅商，下至车夫马丁，多少识

---

① 黒岩涙香．現代教養文庫1427 弊風一斑蓄妾の実例[M]．東京：社会思想社，1992：197.

② 鶴見俊輔．現代日本思想大系12 ジャーナリズムの思想[M]．東京：筑摩書房，1965：117.

③ 堀啓子．明治の近代化を牽引した二人：福沢諭吉と黒岩涙香[J]．福沢手帖，2017，172(3)：1-9.

点字的人几乎没有不读该报的"①，"至少截至明治 33 年，在东京发行的报纸中，拥有最大的发行量……总之，由于该报在各个阶层都拥有读者群，因此得以保持最大的发行量"②，而这一发行量的保持与泪香的连载小说不无关系。从这个意义上说，泪香的译作《野之花》通过《万朝报》这一传播媒体，为众多日本民众所阅读，而由改写所重构的融入一夫一妻婚姻伦理观的理想家庭形象也渗透到众多日本民众的思想之中，在一定程度上推动了日本婚姻家庭变革的进程。

## 第三节 "母性"教育与隐秘的政治意图——从《野之花》到《越过那座山》

1935 年(昭和 10 年)7 月至 1936 年 6 月，杂志《少女俱乐部》连载了佐藤红绿(1874—1949)创作的长篇小说《越过那座山》，该小说被称为《野之花》的模仿作品③。小说《越过那座山》于 1936 年 5 月由讲谈社刊发单行本，《少女俱乐部》1936 年 6 月号刊登了发行单行本的广告，内容译成中文后如下：

> 《越过那座山》佐藤红绿著 富永谦太郎绘 定价一元 邮费十钱
>
> 大受全日本少女乃至她们的姐姐、母亲们欢迎的名著只此一部……这正是向少女们传授女性应尽之道、令家庭愉快幸福的少女必读之名著。

作为少年小说与少女小说的创作主力④，佐藤红绿在昭和时代前期以讲谈社的杂志《少年俱乐部》和《少女俱乐部》为阵地，发表了大量以小学四五年级至中学的少男少女们为目标读者的小说，这些小说被视为学校教育之补充，对当时日本青少年产生的影响不容忽视。管见所及，目前关于佐藤红绿少年小说与少女小说的研究并不多见，学者们一致认为其创作的少年小说与少女

---

① 中央公论，明治 34 年 6 月号。

② 山本武利．近代日本の新聞読者層[M]．東京：法政大学出版局，1981：95.

③ 伊藤秀雄．梅の家かほると涙香[J]．日本古書通信，2003，68(11)：20－21.

④ 上笙一郎．佐藤紅緑『紅顔美談』[J]．日本古書通信，2010，75(6)：36.

小说贯穿了“立身出世主义”，“鼓舞和激励着当时的少年们”[①]。而《越过那座山》“是一部体现红绿少女观(女性观)的作品”，“促使《少女俱乐部》的读者们学着思考成人社会的结构”[②]。但目前的研究仅从文本内部出发，忽略或遮蔽了小说创作时的社会背景，严重影响了对作品与作家评论的客观性与全面性。

小说《越过那座山》在连载与发行单行本之际，正值日本侵华战争不断扩大之时。在此时局下，佐藤红绿通过小说塑造了怎样的女性形象，又为当时的少女读者们指出了怎样的“女性应尽之道”？本节拟立足时代背景，回到历史现场，对《越过那座山》与《野之花》两部作品进行详细的文本比较，考察《野之花》在昭和时代如何被解构与重构，并在接受与传播过程中发生了何种变化，以期为日本战时女性的社会教育研究提供独特的视角。

## 一、“报恩”书写中“母亲”之发现

《野之花》由125个章节组成，《越过那座山》仅有12个章节，标题分别为“海之女”“贵夫人”“一轮明月”“回乡下”“父母心”“新老师”“我的家”“两个母亲”“照片”“恶魔与天使”“是人是鬼”“母亲与母亲”，讲述了贫穷的渔夫之女澪子与东京富家子弟园池一郎结婚后的成长故事。园池一郎在乘船途中遇险，幸而得到澪子的救助与悉心照料。一郎不顾出身悬殊，执意与纯真善良的澪子结婚。但澪子因出身鄙陋之乡，不懂东京上层社会的社交礼仪，屡遭嘲笑。惨遭婆婆与丈夫嫌弃的澪子深感自身修养不足，决意携侍女离家出走而投身学业。侍女乘船时遇难，园池家误以为澪子身亡，遂续娶东京名媛京子。澪子一边工作一边刻苦学习，从医院陪护做起，五年后取得护士资格证，并晋升为护士长；后又从幼儿园保姆做起，三年后取得教师资格证，不断积累为人母的学问。多年后，澪子因思子心切，隐姓埋名、乔装改扮到园池家附近的幼儿园任职，广受学生爱戴。在此她见到了朝思暮想的儿子松男，得知松男受到后母京子的悉心抚养，也对京子之子竹男温柔以待，并在竹男被拐骗之后，全力相救。后京子因病去世，澪子与一郎重归于好，一边经营幼儿园，一边抚养松男与竹男。

《越过那座山》明显借用了《野之花》的故事框架：乡村女子与富家子弟成

---

① 佐藤忠男．佐藤紅緑論[M]//佐藤紅緑．佐藤紅緑全集上巻 少年倶楽部名作．東京：講談社，1967：867-868.

② 根本正義．解説(佐藤紅緑——作品世界と少年少女観などのこと——)[M]//紀田順一郎，根本正義．少年小説大系第16巻 佐藤紅緑集．東京：三一書房，1992：476-477.

婚—屡被夫家嘲笑乡野鄙陋之气—离家出走—被误以为遇难—丈夫续娶后妻—乔装返回夫家—后妻去世—夫妻重归于好。但《野之花》围绕子爵、澄子与品子的三角恩怨展开，详细描述了两个女人之间的嫉妒与憎恨，而《越过那座山》却将其改写成一段报恩的故事。

小说开篇的情节便是一郎海上乘船时遇险，幸由澪子相救。一郎因“救命之恩、受照顾两个月之恩，加之相互倾诉如同兄妹一样亲密纯真的友情”①，深深地被澪子的美好品性所吸引，进而向澪子父亲提亲，之后返回东京与母亲商量娶亲一事。由此，《野之花》中因战死印度的兄长而相识的乡村女子与子爵这一对主人公，在《越过那座山》中变为在大海中险些遇难的“东京一流”富家子弟与好心施救的渔夫之女，其中明显地加入了报恩的因素。

此外，在《野之花》中，子爵的表妹品子本欲登子爵夫人之位，遂对澄子心生嫉妒，处处刁难，屡次使之当众出丑；且在澄子离家出走后，时常虐待其子良彦以解心中怨恨，甚至把医生给良彦开的最后一支救命药偷走，欲置良彦于死地，品子的恶毒令人憎恶。与此相对，《越过那座山》中同样设有本想与一郎结婚的京子这一人物，她也在澪子出现后对其嫉妒不已，屡屡故意为难并嘲笑澪子。在澪子离家之后，京子如愿与一郎结婚，但并未虐待澪子之子松男，反而是温柔相待、悉心培养。已担任幼儿园园长的澪子看到这些，不禁对京子充满感激之情，故而决定要竭尽全力照顾并教育在上幼儿园的京子之子竹男。在竹男被拐骗之后，澪子更是全力相救：“现在正是报答京子恩情之时。而作为幼儿园园长，正是尽天职之时。为了报恩与尽职，即便牺牲生命也在所不惜。下定决心的澪子宛如金刚力士一般紧握双拳、伸直双腿继续划船前行”②。原本心胸狭隘的京子为何变化如此之大？她在临死前，对澪子说出了实情：

> 自从生下竹男之后，我的想法突然发生了变化。我的孩子很可爱。没有什么比孩子更可爱的了。只有生下孩子之后才懂得人间真正的爱……既然觉得自己的孩子可爱，那为何要夺走他人孩子的幸福呢？啊，真对不起！我做了不可挽回之事……正因为此，为了赎罪，让我代你来爱松男吧。虽然我对他没有像亲生母亲那么深的感情，但我会尽心尽力让松男幸福。为了做到这一点，我下定决心用

---

① 佐藤紅緑．少年小説大系第16卷 佐藤紅緑集[M]．東京：三一書房，1992：252.

② 佐藤紅緑．少年小説大系第16卷 佐藤紅緑集[M]．東京：三一書房，1992：357.

待竹男之心来对待松男。我的品性正是从那时开始为之一变①。

换言之，原本深陷嫉妒之情的京子在生下孩子、为人母之后，切身体会到母子之爱，同时认识到自己之前的错误，找到了“为人的正道”②，故而用心对待继子以赎前罪。可以说，《越过那座山》彻底解构了《野之花》中良彦惨遭后母虐待的故事要素，改写成继母用心教育继子的故事。无独有偶，佐藤红绿的另一部少女小说《夹竹桃花开》(1930)也讲述了类似的故事情节。少女照子自幼丧母，由温柔善良的阿浜用心抚养，养母待她如亲生女儿，宁可饿着自己也要让孩子吃好。照子的父亲在美国挣了一大笔钱后回国寻找妻子与女儿，才发现妻子早已病逝，女儿照子由他人抚养。经过一番苦口婆心的劝告，照子回到亲生父亲身边，之后迎来了漂亮且有学识的继母。继母非但没有虐待照子，反而像亲生母亲一样处处为她的幸福着想，时时关注她交的朋友，纠正她的不当言行，教育她要自立，用心陪伴她成长。从故事情节来看，佐藤红绿特意摈弃了女人嫉妒、继子受虐等不利于少女成长的故事情节，刻意塑造了接近完美的理想继母形象，构建了乌托邦似的美好家庭愿景。

不难发现，这一改写与小说连载杂志《少女俱乐部》“旨在培养贤妻良母”③的创刊宗旨不谋而合，少女小说缺乏艺术性、刻意说教的特质暴露无遗。

《少女俱乐部》由大日本雄辩会(讲谈社的前身)创刊，社长野间清治担任过小学教师，他认为：“少女将来不仅要成为有教养的女性，还必须成为贤妻良母。我所谓的‘国民性的启发与涵养’对日本的少女们也是有必要的。”④正因为此，野间清治屡次对杂志编辑人员说：

> 我想通过《少女俱乐部》来塑造优秀的少女。因为这份杂志旨在弥补学校教育之不足，所以我们要充分研究，尽量将这一意图融入小说或故事之中，或者巧妙地引入漫画或随笔之中⑤。

---

① 佐藤紅緑．少年小説大系第16巻 佐藤紅緑集[M]. 東京：三一書房，1992：367.

② 佐藤紅緑．少年小説大系第16巻 佐藤紅緑集[M]. 東京：三一書房，1992：367.

③ 講談社社史編纂委員会．物語講談社の100年 第一巻[M]. 東京：講談社，2010：247.

④ 中村孝也．野間清治伝[M]. 東京：凸版印刷株式，1944：543.

⑤ 中村孝也．野間清治伝[M]. 東京：凸版印刷株式，1944：555.

旨在补足学校教育短板、培养贤妻良母的杂志《少女俱乐部》与作家佐藤红绿一道，在小说中重新塑造出他们心目中的理想女性形象，借此来教育少女读者成为将来的“贤妻良母”。而这一“贤良”的理想女性形象必与嫉妒、恶毒绝缘，应是懂得报恩且一心为孩子着想的母亲。

## 二、“贤妻良母”之“母性”凸显

细读文本会发现《越过那座山》对“贤妻良母”形象的塑造更加突出“母性”，反复强调“母性之爱”。如前所述，《野之花》与《越过那座山》的故事框架中都出现了离家出走一幕，但其原因却大相径庭。在《野之花》中，女主人公澄子出身乡下，不谙贵族社会繁缛礼节，或在宴会上不合时宜地穿错衣服，或在歌唱、戏剧表演方面笨拙，或在拜见女王时洋相百出，因而屡屡遭人耻笑，丈夫对其渐生冷淡之情，转而迷恋做事干练得体的表妹。后澄子偶然间窥见丈夫与表妹的隐情，深受打击，毅然决定离开子爵府。换言之，丈夫的移情别恋成为女主人公离家出走的主要原因。与此相对，在《越过那座山》中，佐藤红绿特意将三角恋这一少女不宜的故事情节改写成了为提升女性修养而离家投身学业的故事。

女主人公澪子同样出身乡下，在嫁入东京一流富贵之家前，澪子的父亲便语重心长地教育她嫁到东京并非去享乐，而是要“刻苦修行，努力成为优秀的人”①。澪子虽秉性纯良，但从未接受过为人妻为人母的女性教育，在嫁入夫家之后，挑剔的婆婆便为其安排了语言、步态、穿和服、坐姿、茶道、礼仪、插花等日本传统礼仪和技能训练的系列课程。在训练过程中，澪子因语言使用不当、缺乏审美品位等原因屡遭婆婆与京子的耻笑。但每次失败后，丈夫一郎都会温柔地鼓励她：“只要肯学必定能成功。”②丈夫的鼓励给了澪子无穷的力量，为了丈夫她苦练技能。在生下儿子松男后，澪子更是深感肩上责任之重，为了将儿子培养成“优秀的男性”，“作为母亲”的她下定决心“为了丈夫和孩子”，必须“更加努力学习”③。在一次宴会上，婆婆因澪子的打扮不合时宜、不善交际且毫无古典文学修养而勃然大怒，对儿子一郎说：“如果当初娶京子的话就不会受此屈辱了。怎么样？看到京子今晚在众人之中应对自如，优雅地待人接物，我无比懊悔。这真是天壤之别。难道你不这么认为

① 佐藤紅緑．少年小説大系第16巻 佐藤紅緑集[M]．東京：三一書房，1992：262.

② 佐藤紅緑．少年小説大系第16巻 佐藤紅緑集[M]．東京：三一書房，1992：273.

③ 佐藤紅緑．少年小説大系第16巻 佐藤紅緑集[M]．東京：三一書房，1992：274.

吗？”一郎则答道：“我也这么认为，但是……”[1]如此被婆婆嫌弃甚至被丈夫蔑视的滢子无比绝望，深刻意识到“做妻子应有妻子的修养，做母亲要有母亲的修养”：

人最重要的是要正直。但只靠正直并不能立足于世。没有智慧的正直是无法发光的。若兴趣不广则缺乏色彩。若无礼节训练则显得品位低下。若不培养女德则不受他人尊敬[2]。

认识到自身缺点的滢子忍痛离开儿子，暗下决心要努力学习，以提升作为女人的修养。滢子在离开夫家之后，彻底放弃为人妻的身份，一心“只为成为人母”[3]而努力学习。作为松男的母亲，为了不再被人耻笑，她把对儿子的思念化为动力，甘愿忍受千辛万苦，从医院的陪护人员做起，5 年后取得护士资格证并晋升为医院的护士长，为提升自我积攒了一定的资本。之后，为了能够将来更好地教育自己的儿子，她不顾医院院长的盛情挽留，立志成为教育家，转而重新从幼儿园的保姆做起，且在工作之余坚持自学，3 年后如愿取得小学教师的资格证，不断地积累着为人母的学问。《少女俱乐部》1936 年 7 月号刊登的广告称，“这是一部描写不幸的母亲为了自己的孩子竭尽母性之爱的伤感故事……燃烧的母性之爱最终烧尽了一切苦难”。由此可见，《野之花》经过佐藤红绿的改写，原有的三角恩怨与倡导一夫一妻忠贞关系的婚恋伦理因素已全然消解，着重凸显“母性之爱”[4]。小说一再强调为更好地教育孩子，母亲应提升自身各方面的素养。

做母亲首先要培养人格。然后是学问、兴趣、裁剪、厨艺，在此基础上为了使生活更美好还要学习音乐、文学、园艺等，这并非易事。但作为女人必须要学习这些[5]。

这无疑是在通过小说中的具体情节对当时的少女读者进行教育，告诉少女们在接下来的人生阶段应该如何为成为“贤妻良母”作准备，尤其是“良母”。

① 佐藤紅緑．少年小説大系第 16 巻 佐藤紅緑集[M]．東京：三一書房，1992：281.
② 佐藤紅緑．少年小説大系第 16 巻 佐藤紅緑集[M]．東京：三一書房，1992：282.
③ 佐藤紅緑．少年小説大系第 16 巻 佐藤紅緑集[M]．東京：三一書房，1992：287.
④ 佐藤紅緑．少年小説大系第 16 巻 佐藤紅緑集[M]．東京：三一書房，1992：291.
⑤ 佐藤紅緑．少年小説大系第 16 巻 佐藤紅緑集[M]．東京：三一書房，1992：292.

这不仅需要培养小说中反复强调的“正直”“孝敬父母”“宽容”“博爱”等品格，还要拥有“智慧”“学问”“兴趣”，修习“礼法”“裁剪”“厨艺”“音乐”“文学”“园艺”等各种技能。追溯日本女性教育史可知，日本早在奈良、平安时代，就对贵族和武士阶层的女子进行和歌、书道、茶道、插花、裁缝、礼法、待人接物等方面的教育，之后逐渐重视妇德教育①。至此，佐藤红绿在《越过那座山》中所呈现的女性教育不免有退回传统之嫌，但他对女性形象的塑造并未止步于此，而是进一步迎合时局，对少女读者进行错误的诱导与毒化。

## 三、时局隐喻与隐秘的政治意图

英文原作《女人之过》中出现了子爵带着夫人与表妹前往伦敦拜谒女王的场景，但只是一笔带过，只提到子爵夫人“在这件事上的表现，最好的评价是并不成功”②。而在日译本《野之花》中，黑岩泪香加入了更多的细节描写，表达了对女王的忠诚，而女王称前来拜谒的两位女士为“孩子”，期待看到她们的忠良③。毋庸置疑，日译本中的英国女王实为日本天皇的隐喻，她俨然一家之长，视臣民为子，与臣民构成了“模拟亲子关系”④，渗透着“家”的伦理，强调臣民对国君之“忠良”。而这一“忠君爱国”思想在《越过那座山》中被进一步渗透给少女读者。

> 对孩子而言，母亲的作用比父亲更重要，母亲的言行直接影响着孩子。因此女性必须从少女时期就开始积累日后做母亲的素养。而日本能成为今日世界第一强国不只因男性强大。历来的母亲们好好教育孩子的功劳并不亚于男性。⑤

换言之，佐藤红绿在向少女读者灌输的行动逻辑可理解为，做好母亲一职是女性将自身价值与国家利益相结合的重要途径，因此应在少女时积累做母亲的素养，日后好好教育子女，以助力日本成为“第一强国”，字里行间透

① 张德伟，徐蕾．日本儒教的贤妻良母主义女子教育观及其影响[J]．东北师大学报(哲学社会科学版)，1996(4)：88－92.

② CLAY B M. A woman's error [M]. Chicago：M. A. Donohue&Company，[1920]：67.

③ 黒岩涙香．野の花[M]．東京：扶桑社，1924：84.

④ 江新兴．近代日本家族制度研究[M]．北京：旅游教育出版社，2008：101.

⑤ 佐藤紅緑．少年小説大系第16卷 佐藤紅緑集[M]．東京：三一書房，1992：291.

露着尽职做“母亲”是可与男性媲美的“光荣”职业，极具反动性与煽动性。实际上，明治以来形成的贤妻良母思想将以知识修养为中心的“欧式贤母论”与传统妇道等思想和以“尊皇爱国”为核心的国家主义理念结合在一起，经过大正时期的进一步强化，在昭和战争时期表现为“军国之母”①，“母性”与军国主义、国家主义联系在一起，其反动性昭然若揭。

《越过那座山》连载之时正值日本侵华战争不断扩大之际。1931 年日本发动了九一八事变，侵占了中国东北地区；1932 年日军进攻上海；1937 年 7 月 7 日日军在北平挑起事端，发动全面侵华战争。在长达 14 年的侵华战争中，日本政府不断强化军国主义体制。为迎合“国策”，日本国内文化界纷纷为日本的侵略行径摇旗呐喊，蛊惑民众，煽动战争狂热情绪。讲谈社社长野间清治深受“忠君爱国”思想的毒害，一直将“成为忠良的皇国臣民”视为“正道”，早在“《少年俱乐部》创刊号中便刊载了不少忠臣孝子、英雄伟人、勇将烈士的故事”②，以培养少年“忠孝一致”的国家观念与臣民思想。在日本发动侵略战争后，讲谈社更是主动迎合时局，用“杂志报国”的方式协助战争，不仅在旗下杂志大量刊载反映“时局”的报道与照片③，大肆宣传侵略战争，挑起民族情绪，还将《少女俱乐部》1932 年 6 月号策划为“军国美谈特别号”，为少女读者们灌输军国主义思想，粉饰日军的侵略暴行，为侵略推波助澜。

佐藤红绿同样深受明治以来国家主义思想的影响，被讲谈社以“国士”相待。他有一本封面写有“遗言稿”的笔记本，中缝上赫然写着“不管处于何种情势之下，对皇室的忠爱之道应为人世第一要义”④。这也不难解释他的文学理念，即“毫无国家观念的文学便是一纸空文，不以道义为基础的技巧文学则为无生命的文学”⑤。正因为佐藤红绿的“忠君爱国”思想使得他非但没有对讲谈社迎合时局、协助战争的行为进行批判，反而与讲谈社沆瀣一气，将“国家观念”融入小说创作中，主动迎合国策话语下的“母性”风潮，在少女小说中大肆宣扬国家主义下的“母性之爱”，借此对少女读者进行错误的诱导与毒害。他的小说中还充斥着“上海”“大连”“军舰”“军刀”等隐喻时局的字眼，就连溥子

① 李炜．从“贤妻良母”到“军国之母”——近代日本女性的军国主义思想建构[J]．日本侵华南京大屠杀研究，2020(2)：35－45.

② 中村孝也．野間清治伝[M]．東京：凸版印刷株式，1944：428－429.

③ 佐藤卓己．『キング』の時代——国民雑誌の公共性[M]．東京：岩波書店，2002：297.

④ 佐藤愛子．花はくれない 小説佐藤紅緑[M]．東京：講談社，1968：343.

⑤ 佐藤愛子．花はくれない 小説佐藤紅緑[M]．東京：講談社，1968：9.

的服装也特意被描写成类似“国防妇人会”【注2】穿的宽大和服裤，再配上“魅力等同于创作”①的插图，从视觉与思想上时刻提醒少女读者目前处于何种局势，强化其对侵略战争的心理认同。

值得一提的是，小说中特意增加了澪子决定去东京而朝电车走去的场景，并进行了详细的描写。

> 村民们围着藤平与澪子朝电车方向赶去。村长也来了。和尚也来了。老婆婆、女孩们比男人们多。
>
> ……
>
> “仿佛像欢送士兵出征一样”，村长说。
>
> “女人出嫁正如男人当兵一样，都是义务。男人为国家劳动，女人为丈夫劳动，正因为如此日本才能成为世界第一的国家。”②

这段改写牵强附会地将文学与政治相结合，毫无艺术性可言，将拙劣的政治意图表露无遗，不仅隐喻并再现了侵略战争时期日本国内普通民众欢送士兵出征的场景，而且将女子出嫁与国家利益相结合，诱导女性要心甘情愿地支持丈夫，为丈夫乃至国家作贡献，充分展现了佐藤红绿对军国主义侵略行为毫无批判、主动迎合与美化的附逆姿态。

随着侵略战争的不断扩大，日本政府号召“男性上前线，女性去工作”，提倡女性应将“母性”这一特质延伸到社会与国家的公共领域，连女校的教科书也开始教育女性要走出家庭，走入社会③。翻开《少女俱乐部》便会发现，小说《越过那座山》在连载时，每期都刊登着产婆养成讲义录、护士养成讲义、早稻田高等女学讲义、家庭女学讲习录、速成中学讲义录等广告，而广告上登载的内容都是在呼吁女性自学知识与技能，如不能去“上学”的女性可以一边工作，一边通过函授教育、讲义录等方式“在家学习，只需少许费用和时日便可获得与女校同等的实力”④。“近来的女性需要掌握不依靠男性而独立生活的技能。而成为护士或产婆便可以获得不亚于男子的收入与社会地位，是

① 講談社社史編纂委員会．講談社の歩んだ五十年(明治・大正編)[M]．東京：講談社，1959：532.

② 紀田順一郎，根本正義．少年小説大系第16巻　佐藤紅緑集[M]．東京：三一書房，1992：264.

③ 小山静子．良妻賢母という規範[M]．東京：勁草書房，2010：212-219.

④ 少女倶楽部，1935(9)：121.

最好不过的了，现今自学也可以轻松地获得资格证书。”①而小说的女主人公澪子便是最好的例子，她将爱子之情化为动力，8 年中历尽千辛万苦，一边工作、一边自学，最终取得了护士与小学教师的资格证，先后成为独立自强的护士长和幼儿园园长。可见，连载小说与广告形成有机互动，以现身说法的方式，激励少女读者掌握工作技能，为走入社会作好准备。

不难想象，这些少女读者在 3 至 8 年后(即 1938 至 1944 年)正好步入成年，在经过护士、产婆或其他技能训练之后，便可以充实日本侵略战争前线与后方的人力。事实上，随着日本侵华战争的全面爆发，日本在全国实行战时总动员，各个阶层、不同职业的妇女(不少曾是《少女俱乐部》的读者)在政府全方位的“宣传教育”下，完全失去了是非判断能力，不仅积极参加“爱国妇人会”“大日本联合妇人会”“大日本国防妇人会”(1942 年三者合并为“大日本妇人会”，会员一度达到 1900 万人)，欢送士兵出征，为士兵制作慰问袋、写慰问信等，以多种形式协助战争，还主动充当“从军看护妇”，在前线救治伤员，纵容男性士兵屠杀平民百姓，为侵略战争服务。从这个角度来看，小说《越过那座山》与《少女俱乐部》的广告一道向少女读者们灌输了深受日本军国主义影响而变味的“贤妻良母”思想，号召广大日本妇女自觉地承担起各种工作，为侵略战争提供了人力资源、物质保证和精神动力②。可以说，如此协助侵略战争的逻辑是不留痕迹的思想渗透，具有极大的隐蔽性与伪装性，且危害性极强，误导少女读者从心理上认同侵略的行为逻辑，并在成年后付诸实践，在一定程度上助力了日本军国主义的发展。

佐藤红绿在《关于我的小说》(私の小説について)中写道：

> 小说即文学。文学有多种，概言之，引导读者的心灵走向美好且高尚之处的作品是最上乘之文学……我一直在努力使我的文学成为最善的文学……小说只凭有趣不能成为最上乘之文学。最重要的是有趣且有益。
>
> 为何少年小说很难写？一言以蔽之，是因为哪怕是一句话，都必须避开丑恶……我喜欢少男少女。我从心底里爱大家。我的这份爱啊！我希望我这份燃烧的热情能令大家高兴，让大家听到善言，

① 少女倶楽部，1936(5)：117.

② 孙立祥，韩立娟．日本妇女与侵华战争[J]．华中师范大学学报(人文社会科学版)，2014，53(1)：109－117.

激励大家做善行，让大家燃起想成为优秀人物的愿望。正因为有这个愿望，我的素材才会源源不尽①。

概言之，佐藤红绿努力使少年小说与少女小说的内容“避开丑恶”“有趣且有益”，意欲通过自己的小说使少男少女“听到善言”“做善行”。诚然，他在小说中反复强调“报恩”“孝行”“努力”，刻意删掉关于嫉妒、憎恨的故事情节，但他在小说中重塑的“贤妻良母”形象深受军国主义、国家主义毒化，误导少女们纷纷走入罪恶的深渊，甘愿为日本的侵略战争服务，而完全无视被侵略国家人民的痛苦。因此不得不说其形塑的“母性之爱”是狭隘且反动的，必须加以揭露与批判。

## 四、结语

如前所述，于 1935 年 7 月至 1936 年 6 月在《少女俱乐部》连载的长篇小说《越过那座山》为迎合杂志“培养贤妻良母”的宗旨，借用明治时期家庭小说《野之花》的故事框架讲述了另一个迥然不同的故事。小说解构了因三角恩怨而导致的嫉妒与一夫一妻婚姻伦理因素，看似为读者塑造了理想的“贤妻良母”形象，实质上即利用隐秘的时局隐喻与行为逻辑，凸显了深受军国主义毒化的“母性之爱”，强化少女读者对侵略战争的心理认同，并与杂志广告一道煽动少女读者主动走入社会，以多种形式协助战争，成为军国主义势力的后方支持力量。从这个意义上来说，《越过那座山》可谓是助力日后军国主义发展的少女教育小说，折射出战时日本女性教育的内核，其内在的反动性不容忽视。

在小说《越过那座山》连载之际，杂志《少女俱乐部》1936 年新年号的发行量为 481910 份，销售量为 432190 份，销售率高达 89.7%②，编辑部收到的读者来信络绎不绝。下文摘录了几条《少女俱乐部》的“好朋友俱乐部”(仲よしクラブ)栏目刊登的读者来信(画线部分为笔者所加)：

即使在这般酷暑时节，只要读起《少女俱乐部》来就毫无炎热之感。我从三年级开始到现在上女校，一直都是《少女俱乐部》的粉丝。

---

① 佐藤紅緑．私の小説について[M]//加藤謙一．佐藤紅緑全集 上卷．東京：講談社，1967：2.

② 講談社社史編纂委員会．クロニック講談社の90 年 1909～1999[M]．東京：講談社，2001：172.

《少女俱乐部》总是既有趣又有益，所以读起来很开心。《越过那座山》在我们班里评价很高。只要有一个人在读，马上就会有很多人黑压压地聚过来看。《少女俱乐部》真是太棒了！（兵库 雨濑笑子）①

在众多少女杂志中，我觉得没有比《少女俱乐部》更有意思的了……我很喜欢《越过那座山》《毬子》《爱之翼》等作品。妈妈也读了《越过那座山》，非常感动。妈妈说："《少女俱乐部》刊载的都是佳作，我也放心让你读。今后你要好好读书，成为好女孩。"我听了妈妈的这番话感动得哭了。记者们，感谢你们。今后也请多多关照。（冈山　久山かね）②

我从小学四年级开始，到现在读女校五年级，一直都喜欢读《少女俱乐部》。妈妈有时会笑我："都上女校五年级了还读《少女俱乐部》，美子真是幼稚啊！"但那上面总在刊登一些哀伤的、有趣的、有益的故事，让我爱不释手。我尤其喜欢《越过那座山》。拥有男子气概的澪子……令人佩服不已。妈妈也很喜欢这部小说，总说澪子很可怜。（兵库 永井美子）③

从这些读者来信中可以看出，佐藤红绿借用《野之花》的故事框架而创作的小说《越过那座山》，经过大量的复制印刷与运输，传播到日本各地被大量读者同时阅读，小说内容深深地吸引了各地的少女，被誉为少女的"范本"故事。同时，这些少女读者们又通过与同学的交流、读者来信等方式感知到全国有成千上万人与自己一样阅读着同样的故事，因此更加确信这个故事所塑造的人物的真实性，从而对其中的人物形象产生了深深的认同感。不得不说，这部小说借其重新塑造的看似美好实则扭曲、变味的"贤妻良母"思想误导了日本各地的少女，变相地误导她们服务于日后逐渐狂热的日本军国主义侵略势力。

不得不说，这类小说背后极具隐蔽性与伪装性的政治意图，至今尚未引起学界的关注。由此个案研究可知，不断扩大日本战争文学的研究半径、重新审视被忽略的文学文本、挖掘其背后的言说逻辑，是很有必要的。

① 少女俱楽部，1935(9)：207.

② 少女俱楽部，1936(3)：206.

③ 少女俱楽部，1936(6)：207.

**本章注解：**

【注 1】明治 45 年黑岩泪香转而认为只有女性有贞操，男性的贞操则指对自己的意见、对君主、对世间有节义。见黑岩泪香《妇人觉醒的第一步》(婦人覚醒の第一歩)，载《黑岩泪香》(黒岩涙香，1992)，日本图书中心(日本図書センター)出版，第 105－106 页。

【注 2】“国防妇人会”是 1932 年 10 月在东京成立的日本妇女盲从侵略战争的组织，1934 年突破 123 万人，1935 年底增至 255 万，1937 年会员达 685 万。见商学良《日本妇女盲从侵略战争问题研究》(2023)，山东师范大学硕士论文，第 14－15 页。

# 第二章 《野之花》在中国的翻译与最初改编

## 第一节 求新与守旧张力下的通俗化
## ——从《野之花》到小说《空谷兰》

黑岩泪香译述的家庭小说《野之花》由我国著名的小说家、报人包天笑翻译成中文言情小说《空谷兰》，于1910年4月11日至1911年1月18日(农历一九一〇年三月初二至十二月十八日)分234回在《时报》上连载(其间，八月初四至初六、八月二十日至十月初六中断连载，由冷血的短篇小说替代)，1912年由有正书局出版了上、下册两卷本。《野之花》乃至《女人之过》自此开启了在中国的文本之旅。言情小说《空谷兰》可谓是《野之花》在中国传播的起点与最初形态。

### 一、包天笑与小说《空谷兰》

包天笑(1876—1973)是我国清末民初时期著名文人、“鸳鸯蝴蝶派”小说代表作家之一。包家世代经商，曾为苏州城富户，至包天笑父亲一代家道中落。为重振家业，包天笑幼时便入私塾，熟读四书五经。他曾在苏州城内一所日本和尚开设的日文学堂学习了三个多月的日文，之后转为自学，取得更大进步。此外，包天笑还学过一段时间的英文、法文，但熟练程度不如日文。1901年，包天笑创办杂志《励学译编》，刊载文章大半译自日文①；之后不久创办《苏州白话报》。1906年，包天笑进入《时报》馆，担任“余兴”栏目主编，同时先后担任《小说时报》《小说大观》《小说画报》《妇女时报》等杂志的编辑，翻译并创作了大量小说。包天笑翻译的第一部小说是与杨紫麟合译的《迦茵小传》，风靡一时，从而“提起译小说的兴趣”②。包天笑的日文水平不高，所以经常委托留学日本的朋友在旧书店或图书馆搜集日本人译自西方的小说：

① 包天笑．钏影楼回忆录[M]．北京：中国大百科全书出版社，2009：166.

② 包天笑．钏影楼回忆录[M]．北京：中国大百科全书出版社，2009：174.

> 我知道日本当时翻译西文书籍，差不多以汉文为主的，以之再译中文，较为容易。我就托了他们，搜求旧小说，但有两个条件：一是要译自欧美的；一是要书中汉文多而和文少的①。

黑岩泪香的《野之花》译自美国小说，汉文多而和文少，完全符合包天笑选择翻译小说的两个条件。此外，包天笑自称因喜欢黑岩泪香的翻译小说《野之花》而将其译为《空谷兰》。

> 愚与冷血均喜日本黑岩泪香之译本而转译之，《空谷兰》一书，亦黑岩泪香所译也，原名曰《野之花》，不载原著者名字。愚易其名曰《空谷兰》，义即取野之花之意也②。

包天笑为何喜欢黑岩泪香的作品？其原因从两人相似的经历中可窥一二。黑岩泪香是日本明治时期有名的报人、翻译家，曾先后在《同盟改进新闻》《绘入自由新闻》《今日新闻》《都新闻》担任主笔，同时进行侦探小说翻译。黑岩泪香于 1892 年创办《万朝报》，一边通过时评严正批评时局，一边继续连载自己的翻译小说。自此，泪香翻译的侦探小说减少，转而翻译家庭小说、恋爱小说、探险小说、科学小说等，究其根本在于泪香欲通过翻译小说来教化普通民众，传播救世济民的思想③。泪香以“报纸乃社会之木铎”为座右铭，认为报人的本分是要促人觉醒并加以教导，因此报纸小说的大前提是有趣，且有启蒙意义④。包天笑是中国有名的报人，在《时报》任主笔时，先后负责论说、外埠新闻和短评，并连载翻译小说。除此之外，他还在《小说时报》等刊物上发表小说，以写小说为副业。包天笑同样认为写小说要“引人入胜”⑤，且“足以针砭习俗”⑥。包天笑还从事过私塾和新式学校教育，同样以启蒙民众为己任。可以说，包天笑的个人经历、小说观和人生价值观与黑岩泪香有相似之处，他从黑岩泪香的作品中读到的正是自己想要表达的东西，所以喜爱阅读

---

① 包天笑．钏影楼回忆录[M]. 北京：中国大百科全书出版社，2009：173.

② 天笑．空谷兰至今之历史[N]. 明星特刊，1926(8)：1.

③ 伊藤秀雄．黒岩涙香 その小説のすべて[M]. 東京：桃源社，1971：169.

④ 堀啓子．日本ミステリー小説史 黒岩涙香から松本清張へ[M]. 東京：中央公論社，2014：90.

⑤ 包天笑．钏影楼回忆录[M]. 北京：中国大百科全书出版社，2009：317.

⑥ 包天笑．钏影楼回忆录[M]. 北京：中国大百科全书出版社，2009：359.

黑岩泪香的译作。

此外，《野之花》这部小说是有益且"有味"的小说，刻画了一善一恶两个对立的人物形象，带有明显的劝善惩恶道德说教色彩，符合《时报》"惟小说非有益于社会者不录"(《时报・发刊例》)的标准；而且小说悬念丛生、故事情节曲折离奇，可以吸引报纸的读者。清末民初的小说读者群主要是生活单调无趣的市民阶层①，情节曲折、推理性强的小说不仅可以给他们的生活带来刺激感，还能激起他们本能的好奇心。人们边读边思考真相如何，这种推理和思辨增强了读者的阅读参与性，使得小说更有吸引力。而"小说与报纸的销路大有关系，往往一种情节曲折、文笔优美的小说，可以抓住报纸的读者"②。换言之，小说的情节与文笔能否吸引读者在很大程度上决定着报纸的销量。而《野之花》不仅情节曲折、文笔流畅，还带有推理意味，完全符合当时读者的阅读习惯和文化趣味，具备了抓住报纸读者的特征。

基于以上原因，包天笑选择翻译黑岩泪香译自美国的小说《野之花》，并在《时报》上连载，刊载后反响热烈。包天笑曾提及连载《空谷兰》时的一个小插曲，当时他应邀在苏州与一位朋友见面，这位朋友说他的母亲非常喜欢读《空谷兰》，已将每期刊登的小说剪辑成册，拟设宴请包天笑提前透露《空谷兰》中纫珠和柔云的结局。包天笑故意卖关子，说还是逐日阅读更有意思③。这也说明这部小说在当时确实牢牢地抓住了读者的心。

与黑岩泪香的《野之花》相比，小说《空谷兰》通过包天笑的翻译发生了何种变化？译者为何要这样翻译，其中有怎样的个人原因和内在的社会文化根源？本节聚焦于目前研究中的不足与漏洞，通过文本比较分析法考察翻译过程中产生的变化，并结合译者的个人体验、连载杂志《时报》的办报宗旨、当时的社会文化背景等史料来分析译者作此选择的原因及历史性和社会性意义，以期为研究包天笑小说乃至还原当时大众文化的本来面貌提供不一样的视角。

## 二、求新潮流中的通俗化

从文体来看，《野之花》连载于1900年，当时正值言文一致体复活期，且

① 范伯群．中国近现代通俗文学史[M]．南京：江苏教育出版社，2010：595.

② 包天笑．钏影楼回忆录[M]．北京：中国大百科全书出版社，2009：317.

③ 天笑．空谷兰至今之历史[N]．明星特刊，1926(8)：1.

黑岩泪香翻译时重点关注如何能使作品读起来浅显易懂，易于报纸读者接受①，因此采用了言文一致体。译作《空谷兰》连载之际，“写小说，以文言为尚，尤其是译文，那个风气，可算是林琴翁开的……不过如果写章回小说，每回都有回目，纯中国旧小说的体裁的，传统下来的是用白话文了”②。但包天笑放弃了当时崇尚的文言文，选择了非传统的白话文。究其原因，一方面包天笑无疑是受到了原作中言文一致体的启示和冲击；另一方面包天笑本身也提倡白话文，曾为了开通风气而创办《苏州白话报》(1901 年)，内容涉及白话论说、新闻、社会、故事、山歌等，追求“深入浅出，简要明白”，以便“令妇女孩童们都喜欢看”。该报的销路并非大都市，而是乡村城镇，而且销量极佳③。换言之，包天笑自创办《苏州白话报》之始便将城乡普通大众设定为目标读者，注重形式与内容的通俗化，从而深受大众欢迎。包天笑早期既有的通俗化理念也体现在小说《空谷兰》的文体选择上。此外，原作每一章节都有标题，包天笑在翻译时选用了章回体，但没有出现对偶或不对偶的回目，仅以“第一回”“第二回”等来标示。这是对原作和对“纯中国旧小说”体裁的一种“叛逆”。日本小说的章回体是受中国文学影响而产生的，包天笑作此选择无疑是想摆脱中国传统文学体裁的限制。而以“第一回”“第二回”等标示是为了便于报纸连载，更易于小说在普通民众中的传播。

从叙事结构来看，包天笑在翻译时也对《野之花》进行了改写。在《野之花》中，澄子(中译本为“纫珠”)在子爵家受尽委屈，与婢女一起逃出子爵家。与澄子身形、头发、面容极为相像的婢女乘上火车，在旅途中因病而亡。恰在此时造化弄人，火车发生撞车事故，婢女的脸血肉模糊，容颜已无法分辨，但从服饰、所带物品、头发等来看都被认定是子爵夫人澄子。子爵得知消息后立刻前往现场处理事故，随后为澄子举行葬礼。之后的情节发展以两条线展开，一条线以子爵为中心，一条线以澄子为中心。在葬礼举行后，小说已告知读者死去的并非澄子，而是婢女；而澄子在与婢女分别后逃往人迹罕至的山村，过着与世隔绝的生活。但在中译本中，包天笑却将纫珠逃到火车站之后真实的情节发展整体后移，先以子爵、柔云(《野之花》中称“品子”)为中心展开叙述，柔云如愿以偿与子爵结婚，成为子爵夫人，之后创办学校。学校事务长因故辞职，因此在报纸张贴招聘广告，并从应聘者中选出三人来进

① 堀啓子．日本ミステリー小説史 黒岩涙香から松本清張へ[M]．東京：中央公論社，2014：90.

② 包天笑．钏影楼回忆录[M]．北京：中国大百科全书出版社，2009：324.

③ 包天笑．钏影楼回忆录[M]．北京：中国大百科全书出版社，2009：169.

行面试，其中幽兰夫人表现颇佳，被选中。在《空谷兰》上册结尾处，包天笑添加了以下段落：

> 看官们你道这幽兰夫人是谁？自从这意大利火车失事之后做书的一向不曾说明纫珠的死活存亡，并不是做书的故作疑阵，实在这部书的章法如此，好在瞧我这部书的看官们都是眼明心细，不消在下说得，他们都知道死的不是纫珠，却是翠儿，就是在下也明明指着一条大路。临出子爵邸的时候这毛皮外套可不是翠儿穿的吗？其余指明的地方也不少，只是这纫珠到底往那里去了，可不是看官们大家要问的吗？①

在做此交代之后，中译本《空谷兰》采取倒叙手法，将故事情节又倒推到纫珠把火车票交给翠儿，自己则逃到偏僻山村之时，然后描写纫珠乔装改扮、隐姓埋名地在乡村过着艰苦朴素的教书育人、广施善行的生活，后因石田牧师的推荐来到了柔云创办的学校。在倒叙完成之处，译者写道："这是做书人的补笔。"②但中国传统小说"在叙事的时间顺序上，以顺叙的方式为主，按照时间发展的先后次序展开情节"③，而西方的小说则擅长倒叙④。许多中国译者在翻译时受传统影响喜欢将原作的叙事顺序进行一些改变。包天笑却逆向而为，冲破传统的顺叙手法，直接采用西方的倒叙方式，这无疑是受到了西方新的文学手法的影响。《百年一觉》1894 年译介到中国，采用了倒叙法；受此影响，梁启超的《新中国未来记》(1902)开始实践倒叙法；之后，翻译的侦探小说"以其富有艺术魅力的倒叙叙事模式唤醒了中国文学叙事传统中的倒叙因子"⑤。包天笑在 1908 年翻译了集言情、冤狱、侦探为一体的小说《梅花落》，这部小说处处设置悬念，后又多处采用倒叙手法讲述出场人物的身世与经历，令人读起来欲罢不能。《梅花落》刊载后颇受读者欢迎，之后还被改编为文明戏、电影等多种形式在民众中广泛传播。在《梅花落》热销之后，包天

---

① 包天笑．空谷兰上册[M]．上海：有正书局，1924：143－144.

② 包天笑．空谷兰下册[M]．上海：有正书局，1924：10.

③ 程国赋．中国古典小说论稿[M]．北京：中华书局，2012：56－57.

④ 杨义．中国古典小说的叙事原则[J]．河南大学学报(社会科学版)，2004，44(5)：96.

⑤ 赵纪萍．创造性叛逆视野下的清末民初文学翻译研究[D]．济南：山东大学，2015：114－115.

笑继续采用倒叙这一新的文学手法，改变了《野之花》的叙事结构，将故事情节描写得更加扑朔迷离、悬念丛生，令读者一步一步陷入推理之中，小说的吸引力进一步增强。

最后，从蕴涵的思想来看，翻译小说《空谷兰》在情节上较为忠实地再现了《野之花》中的恩怨情仇，但是《野之花》以揭露子爵不贞、重婚的丑闻来倡导一夫一妻的婚姻观念，而《空谷兰》则着重讲述英国子爵兰荪与乡村老律师之女纫珠这一门第悬殊的婚配。

在小说《空谷兰》的开篇，译者增添了以下文字：

> 常言道：国家的专制易除，社会的专制难除。这两句话正是感慨不少。要知道到了社会专制牢不可破的时候，政治法律都要退处无权。渐渐的真理也就磨灭。现在不讲别的，就这阶级一层便就坑死了多少好人。所以要说平等两字恐怕还要经好几个劫数才能到得万分之一呢。做书的这部书便隐隐含有这个主意在内。难为他苦口婆心要唤醒人间的痴迷。看官们不可辜负他这个意思啊①。

这段文字点明了翻译这部小说的目的，“唤醒人间的痴迷”，即要破除阶级、实现平等还需要很长时间。接下来，故事情节开始发展。乡村老律师之子时介的战死异域，其上司子爵兰荪为转达时介遗言与转交遗物，特地前往榭林乡拜访时介家人。在此，兰荪邂逅了时介妹妹纫珠，日久生情，子爵遂向纫珠求婚。但纫珠深知“英国的贵族专讲阶级，即便强合亦属非福”②，虽然“两个人的交情可称得契合无间，便是性情脾气也都相合”，无奈自己“是个乡村女子，子爵是勋爵华阀。第一件门第儿不相当”③，故而谢绝。但子爵一片真心，立下誓言“几百年几千年也不能夺我夫妇之爱”④，纫珠便答应了。兰荪与纫珠私自立下婚约后，兰荪便回家禀告母亲。因子爵家是英伦有名的勋阀，“历代以来总和那贵族结婚，没有娶过出身低微的媳妇”，所以兰荪的婚约遭到母亲的强烈反对：“罢罢罢，你不必说了。这就足够令我失望了！一个乡下律师的女儿上得什么台盘？我听了你的话足令我几年来给你筹划的心

① 包天笑．空谷兰上册[M]. 上海：有正书局，1924：1.
② 包天笑．空谷兰上册[M]. 上海：有正书局，1924：18.
③ 包天笑．空谷兰上册[M]. 上海：有正书局，1924：19.
④ 包天笑．空谷兰上册[M]. 上海：有正书局，1924：20.

如今都归泡影了。咳！再也不想你堕落一至于此。”①面对母亲的反对，在《野之花》中，子爵用感情来辩解：“母亲，这可是我初次爱恋的女子，你也不必那么憎恶她，我除了这个女子之外已心无他人。”②而包天笑则译为：

> 子爵道：“母亲以孩儿年纪而论，婚姻尽可自由。如今母亲一定要教孩儿退婚，可知孩儿心爱的只有这个女子，除了这个女子之外孩儿一概不复置念。没有这女子，孩儿情愿终身不娶，守着独身主义而终。”③

在这段文字中，子爵崇尚婚姻自由，而他母亲却因为门第之差而要求退婚，子爵为此决定要抗争到底，扬言“本来无种孩儿的意思就要破除这门第之见”④，集中体现了新旧思想的冲突。与《野之花》相比，《空谷兰》增添了“婚姻自由”“独身主义”等在当时看来反传统的字眼。

但是，追求“婚姻自由”而不顾门第悬殊和母亲反对的子爵兰荪与乡下律师之女纫珠结婚之后，终究还是难逃门第悬殊带来的苦果。由于纫珠不谙上层社会的交际礼仪，屡屡遭人耻笑。加之子爵的表妹柔云对子爵素有情钟，欲取代纫珠而登子爵夫人之位，故处处刁难纫珠，使纫珠在子爵府处境艰难。子爵因纫珠频频出丑，对纫珠的感情日渐冷淡，转而迷恋处事干练得体的柔云。后纫珠发现二人隐情，伤心之下，携婢女离家出走，却遭遇火车事故。子爵误以为纫珠车祸身亡，几年后续娶柔云。但柔云因心中憎恨纫珠，时常虐待纫珠的儿子良彦。后纫珠阴差阳错来到柔云创办的学校任教，见到了朝思暮想的儿子良彦和子爵。柔云欲毒害良彦之际，被悉心看护良彦的纫珠发现，柔云阴谋败露后乘坐马车坠落山崖而亡，纫珠终与子爵破镜重圆。由此可见，不顾阶级差别而只一味追求婚姻自由必会经历多番波折与重重苦难。

早前，清朝维新派与革命派抨击了旧式婚姻制度，如谭嗣同在《仁学》主张“夫妇择偶判妻，皆有两相情愿”⑤，胡适的《婚姻篇》指出中国传统婚姻制度使得男女婚姻受制于父母、媒妁与算命先生，导致婚姻不幸福者甚多，因

---

① 包天笑．空谷兰上册[M]．上海：有正书局，1924：27－28.

② 黒岩涙香．野の花[M]．東京：扶桑社，1909：31.

③ 包天笑．空谷兰上册[M]．上海：有正书局，1924：29.

④ 包天笑．空谷兰上册[M]．上海：有正书局，1924：30.

⑤ 谭嗣同．谭嗣同全集(增订本)下册[M]．北京：中华书局，1981：351.

此青年人不得不进行家庭革命①。陈独秀发表的《恶俗篇》、履夷发表的《婚姻改良论》同样提出了变革与改良婚姻家庭的方案。这些方案的共同点和主要目标是实行恋爱自由与婚姻自由，建立小家庭制②。受此影响，许多报刊纷纷刊登了崇尚婚姻自由的言论，如丁初我在《女子世界》(1904 年 4 月)发表了《女子家庭革命说》，称“终之以婚姻自由，为吾国最大问题，而必为将来发达女权之所自始”③。《女子世界》11 期(1905 年 2 月)发文称要从婚礼开始改造中国，并绘制了新式婚姻的理想蓝图：男女平等、一夫一妻，与挚爱的学堂知己结为夫妻，婚礼不再行对拜之礼，而是在主婚人的见证下交换戒指④。

虽然激进派宣扬婚姻自由，报刊媒体也主张“爱情神圣”“婚姻革命”“女权平等”，但当时的社会现实与这一理想相去甚远。在包天笑的短篇小说《友人之妻》(1917 年)中，赵伯先虽在西洋留过学，回国后仍要通过做媒之人寻觅佳偶。上海爱国女学在 1904 年校规中加入限制男女自由交往的内容，规定男子(包括校长与教师)均不能进入女学生宿舍，还告诫女学生不能因听到女权自由的言论就亲自实践，以致被家人、乡邻所不齿⑤。也就是说，学校并不赞成婚恋自由这一女权自由之说，反而认为这会让家人、乡里蒙羞。不难看出，婚恋自由、阶级平等只是当时激进派的口号与理想，而社会现实仍普遍处于保守状态。因此，从这个角度来说，包天笑翻译小说《空谷兰》并非潘少瑜所言“有意以西方新观念启蒙读者”，“提倡更文明的婚姻制度”⑥，而是意欲告诫读者“社会的专制难除”，“平等两字恐怕还要经好几个劫数才能到得万分之一呢”，以此来“唤醒人间的痴迷”⑦，号召人们要理性地正视社会现实。

综上所述，包天笑在翻译《空谷兰》时，在形式上采用了白话文、倒叙手法这些新形式来提高小说在普通民众中的可读性；在内容上着重讲述追求婚姻自由的男女主人公如何经历各种曲折才重归于好的故事情节；在思想上告诫读者婚姻的自由平等还需等待时日，从而将当时的婚姻革命话语理性地回归于保守方向，更加接近大众读者面对的日常现实。这样一来，整部小说从

---

① 沈卫威．胡适婚姻略论[J]．民国档案，1991(1)：81.

② 陈振江．简明中国近代史[M]．北京：中华书局，2013：419－420.

③ 转引自夏晓虹．晚清女性与近代中国[M]．北京：北京大学出版社，2004：88.

④ 转引自夏晓虹．晚清女性与近代中国[M]．北京：北京大学出版社，2004：45.

⑤ 转引自夏晓虹．晚清女性与近代中国[M]．北京：北京大学出版社，2004：40.

⑥ 潘少瑜．近代翻译家庭小说中女性社会身份的解离与重构：从《女人之过》到《空谷兰》[M]//彭小妍．跨文化流动的吊诡：晚清到民国．台北：中国文哲研究所，2016：73.

⑦ 包天笑．空谷兰上册[M]．上海：有正书局，1924：1.

形式、内容到思想上都体现了包天笑在清末求新潮流中向现实的理性回归，而这一回归更接地气，亦与其始于早期的通俗化理念相契合。

## 三、旧道德下的女性形象隐喻

《野之花》中的女主人公澄子不仅是一位为了丈夫的自由而甘于牺牲自己的女子，还是一名隐忍的母亲，这一形象符合旧道德对女性的要求。包天笑的翻译基本忠实于原作，但他在此基础上，也进行了进一步的改写。

在《野之花》中，品子因梦寐以求的子爵夫人之位被澄子占去，内心无比愤恨，于是处处令澄子难堪，并且巧舌如簧，极力挑拨子爵夫妇的关系。在一次宴会中，品子又借机向子爵抱怨澄子嫉妒自己，而且夸大事实，告诉子爵这已成为众宾客的共识。子爵最怕家丑外扬，顿觉颜面尽失，遂来质问澄子。澄子深知此乃品子毒舌所致，气愤地说："一切都因我的不周所致。因为我的不周到让你生气，实在是对不住。一想到这个，我就觉得我之前做的都是错误。"而子爵立刻反问道："什么？所谓之前做的都是错误，指的是我们二人结为夫妻一事吗？好，既然你这么说，我也不得不承认这是个过错。"①从这番对话可以看出二人的嫌隙已深，暗含着后悔结婚之意。

而《空谷兰》中这一段对话被译为：

> （纫珠）便道："如此说来你今日这一腔怒气都为着我。我也自己知罪，只是子爵你还记得当初咱们未结婚之前，我原说了好几遍门第不相当，恐怕有累勋爵家的盛望。蒙子爵不弃定了这婚约，如今儿子已经这么大了，只好请子爵担待些我吧。"②

《野之花》中澄子意识到二人的结合是个错误，子爵也表示同感，二人已无伉俪之情。而《空谷兰》淡化了二人的激烈冲突，改写成纫珠让子爵担待自己，突出了隐忍、顺从的传统女性特质。这或许也是包天笑把"澄子"译作"纫珠"（"纫"与"忍"音同）的原因。

由此可见，包天笑在《空谷兰》中将女主人公纫珠塑造成了符合传统旧道德标准的女性形象。包天笑曾在上海多所女子学校教书，频繁接触处在时代潮流前沿的女学生，但他在小说中颂扬的女性形象并非那些接受时代新思想的女学生，而往往是保留着传统旧道德的亦新亦旧之女性。包天笑创作的短

① 黒岩涙香．野の花・前[M]．東京：扶桑社，1909：134.

② 包天笑．空谷兰上册[M]．上海：有正书局，1924：91.

篇小说《一缕麻》(原载于 1909 年 11 月《小说时报》第 2 期)的影响延续至今，1916 年由梅兰芳改编为京剧，在京津沪等地上演；1927 年由明星影片公司改编为影片《挂名夫妻》，阮玲玉饰演女主角；1946 年又被改编为越剧在上海演出，引起轰动；2004 年越剧《一缕麻洞房》再次在上海演出①。在这部小说中，主人公“某女士”幼时被媒人所骗，与某豪富家“性不慧而貌尤丑”之子缔姻。“会吴中兴女学”，该女士“本邃旧学，又益以新知，而学益进”。她在接受了西方自由婚恋思想后，反对媒妁之言的娃娃亲，与某学堂高才生有“竹马总角之交”，最终却被迫嫁与幼时结亲之痴呆富家子，但婚后即染时疫。家中众人只有痴郎不避，悉心照料，却染疾而亡。“某女士”病退后，深感痴郎之恩，断绝与高才生之交往，终生为痴郎守节，其贞洁可“比之金石冰雪”②。至此，女主人公由崇尚西方婚恋自由的女学生变为甘心为痴郎守节终生的旧道德下的贞节之妇，这部作品也“从控诉盲婚一变而为宣扬‘从一而终’的封建伦理”③，呈现出求新与守旧的矛盾与张力。

与此相对，包天笑笔下的柔云则更“尖刻”④，更“胸有城府”⑤。她“恃着姑母钟爱，心想这个兰荪子爵家的一位爵夫人稳稳在他掌握之中，可算得骊龙颔下珠了”⑥，无奈子爵私自订婚，柔云“满腔的怨毒无可发泄，心想巴望他这位新人终有许多的缺点在人家眼里才好”⑦。因此，她处处为难纫珠以凸显自己的美貌与才干，挑拨子爵夫妻关系，最终使得子爵成为自己的囊中之物。纫珠因“生性长厚”⑧、处处隐忍，面对柔云的咄咄逼人屡次退让，就连局外人春海夫人都替纫珠打抱不平。

在《野之花》中有这样一段描写：

春海夫人：“主妇人的地位被他人抢夺绝不是好事。你为何不更强硬些呢?”澄子不觉心动起来说道：“我不知道应该怎样强硬。”夫人道：“真是的，凡事自己想怎样就怎样说到就行了。”⑨

① 范伯群．包天笑文言短篇《一缕麻》百岁寿诞记[J]．书城，2009(4)：63-68.
② 中国现代文学馆．包天笑代表作[M]．北京：华夏出版社，2011：47-49.
③ 范伯群．礼拜六的蝴蝶梦[M]．北京：人民文学出版社，1989：144.
④ 包天笑．空谷兰上册[M]．上海：有正书局，1924：22.
⑤ 包天笑．空谷兰上册[M]．上海：有正书局，1924：33.
⑥ 包天笑．空谷兰上册[M]．上海：有正书局，1924：22.
⑦ 包天笑．空谷兰上册[M]．上海：有正书局，1924：33.
⑧ 包天笑．空谷兰上册[M]．上海：有正书局，1924：63.
⑨ 黒岩涙香．野の花・前[M]．東京：扶桑堂，1909：111-112.

包天笑在翻译上段对话时通过改写来隐喻政治，针砭旧政制：

> “……你想譬如国家也有主权，你怎么如此放弃呢。”纫珠道：“大概我这放弃主权殊非一朝一夕之故。”春海夫人道：“可又来呢。因为主权已经放弃了便一任他放弃那就不到国破家亡不止。要是知道主权已经丧失了，赶紧收回还有补救之一日……你要是事事有决断，说得到做得到……只要接连几回，主权就收拾回来了。”①

包天笑借春海夫人批判纫珠之词隐喻一味放弃主权就会国破家亡，还针对如何收回主权提出了建议，字里行间渗透了救国思想，批判了清政府的软弱无能。

回顾当时的时代背景，翻译此小说的 1910 至 1911 年正值清政府执政末期、辛亥革命前夕，这是近代中国历史转型的一个关键时期。《辛丑条约》(1901 年)签订后，帝国主义纷纷掠夺我国的铁路、矿产等资源，洋务派和帝国主义势力控制了清朝的政局。清政府为巩固政治，1901 年开始推行“新政”，但不少措施成为一纸空文，新政的推行并没有真正改变清政府在国人心目中软弱无能、腐朽没落的形象。各地掀起了群众性的反帝爱国运动，同时资产阶级领导的收回路矿权的斗争继续发展。包天笑将收回主权、反对封建专制的政治主张融入译作《空谷兰》，以期启蒙当时的读者。

另一方面，小说《空谷兰》与《时报》其他栏目的内容相互联系，形成一个有机的整体。《时报》在连载小说《空谷兰》之时，曾刊有社论“论日俄新协约之原因”(1910 年 6 月 25 日)、“论官僚政治之进行与国民前途荣瘁之关系”(1910 年 7 月 7 日)，论说“论自治冲突之原因”(1910 年 4 月 24 日)，通信“满洲铁路与列国”(1910 年 4 月 23 日)，要闻“俄人越界开采六十余里之金矿”(1910 年 12 月 21 日)，译电“伦敦电 英美德法四国财政团体业将粤汉铁路借款合同签约”(1910 年 5 月 28 日)，来稿“辨瓜分风说之非”(1910 年 8 月 10 - 11 日)，署名“笑”的时评“国以民为本，民以食为天，食者人民养命之源也，故各处闹事之案无不由食而起，试观抢米抢面之案层见叠出，可知民乱之出于不得已耳”(1910 年 4 月 23 日)、“新政不能不办也，以办新政而闹风潮者比比也，然而闹风潮者非新政之过，而不善办此新政之人之过也。今有以闹风潮而诟厉新政者，则大足为新政前途之障碍耳”(1910 年 5 月 6 日)，等等。这些报道和

① 包天笑．空谷兰上册[M]. 上海：有正书局，1924：79 - 80.

评论均围绕时政展开，而同时刊载的翻译小说《空谷兰》也增添了《野之花》中未曾出现的涉及我国时政要闻的内容，可以使报纸读者从不同方面深入了解当时的时事政治和进步思想，符合包天笑“提倡新政制，保守旧道德”①的宗旨。

## 四、家国一体叙事中个人真实情感的凸显

英文原作《女人之过》的第一章描写了子爵向乡村律师之女求婚的场面：枝叶繁茂的树林、绿草茵茵的牧场、花香四溢的庭院，与亭亭玉立的少女、俯身交谈的少年构成了一幅令人赏心悦目的浪漫无比的画面。而日译本《野之花》开篇就为读者展示了一幅无畏的少年英勇为国捐躯的悲壮画面：未满十九岁的乡村律师之子时之介不顾父亲的阻拦报名入伍，一日自告奋勇地接受“万般危险”之任务，需将重要文件送往大本营。对于临危受命的情节，英文原作只描写了少年让上司相信自己的场面。

> “您派不出其他人”，他说，“那么请相信我，少校，我来送文件。”
>
> 少校斯莱顿犹豫了几分钟。
>
> “你非常勇敢”，他说，“这是一个危险的任务。”
>
> “相信我，”这是一个安静的回答，“您不会后悔这份信任的。”②

《野之花》将这一段进行了改写，塑造了一位“因心怀国家命运而无比勇敢”③的爱国少年。中尉的一句“成败关乎大英国命运”使得少年深感责任重大，眉宇间跃动着无以言表的兴奋④。少年在送密件途中遭遇敌军突袭，虽身负重伤，但心系“国家命运”，从而躲开敌军耳目艰难到达大本营，将密件安全呈递给将领后命丧异域。众将士皆为少年的英勇事迹而感动，其中比奈将军感慨地说：“我英国可以向列国引以为傲的绝不是财宝、财富、殖民地之广，而是拥有这样英勇义气的孩子。”⑤换言之，只有勇于为国捐躯的“英勇义气”的少年才是国家的财产。

在《女人之过》中，少年虽身负重伤，但仍坚持将密件安全送达兵营，这

---

① 包天笑．钏影楼回忆录[M]．北京：中国大百科全书出版社，2009：389.

② CLAY B M. A woman's error [M]. Chicago：M. A. Donohue&Company，[1920]：12.

③ 黒岩涙香．野の花[M]．東京：扶桑社，1924：5.

④ 黒岩涙香．野の花[M]．東京：扶桑社，1924：3－4.

⑤ 黒岩涙香．野の花[M]．東京：扶桑社，1924：6.

一故事情节与《野之花》相同，不同的是《女人之过》并未出现心系国家命运、肩负国家重任等表述，而是反复强调少年"履行了他的承诺"①、"完成了自己的任务"②。对比文本会发现，日译本《野之花》解构了士兵履行个人承诺的成分，加入了国家的因素，重构了一幅少年为国英勇捐躯的悲壮画面。

包天笑继承了这一改写，小说《空谷兰》的第一回同样描写了"血气方刚雄心勃发"③的少年陶村时介"骨暴沙场"④的英勇场面。不同的是，在《野之花》中，乡村律师并不同意唯一的儿子时之介报名入伍，因为"哪里的父母都不愿把心爱之子送去部队"⑤，因此老律师百般阻挠，无奈时之介胸怀大志，不听任何人的劝说，自己报名入伍⑥。而在《空谷兰》中，包天笑却删除老律师阻拦儿子入伍这一信息，改写为父亲虽心中不舍，但当面表示支持儿子为国家效力(下画线为笔者所加)：

> 到了临别的那一天，他便向老父辞行说："孩儿此去好歹也博个士官的职分回来。国家这一次征调也不过一年半载就要调回来的，孩儿便不能立什么大功，弄几个勋章胸前挂挂也好。"<u>他老子听了，点了点头说："你放心吧。家里横竖有你妹子也就可以伴我的老景了。本来男子志在四方，将来替国家出些子力也不枉你父亲训诲一场。"</u>他老子说虽如此说，心中到底有些舍不得。可怜自幼没有离过老父膝下，如今一出门就是几万里路，而且家里长丁只有这粒种子。<u>虽说替国家宣力，到底兵凶危事、枪林弹雨中的生涯，父母爱子之心怎么不难受，只是怕的挫了少年人锐气，不能不安慰他则个</u>⑦。

这一改写使得少年为国战斗的雄心壮志有了家庭这一后盾的支持，令悲壮的画面多了一分家的温情，由此将家与国紧密地联系在一起，体现了我国传统文化中的"家国一体"思想。在家国一体叙事的同时，包天笑又回归微观

---

① CLAY B M. A woman's error [M]. Chicago：M. A. Donohue&Company，[1920]：12.

② CLAY B M. A woman's error [M]. Chicago：M. A. Donohue&Company，[1920]：13.

③ 包天笑．空谷兰上册[M]. 上海：有正书局，1924：1.

④ 包天笑．空谷兰上册[M]. 上海：有正书局，1924：10.

⑤ 黒岩涙香．縮刷涙香集第四編 野の花[M]. 東京：扶桑社，1924：1.

⑥ 黒岩涙香．縮刷涙香集第四編 野の花[M]. 東京：扶桑社，1924：1－2。

⑦ 包天笑．空谷兰上册[M]. 上海：有正书局，1924：2.

的个体情感，细腻地刻画了老律师作为一位普通的父亲既鼓励儿子为国效力、又担心儿子安危的复杂心理，更贴近普通百姓的真实情感。

少年最终战死异域，子爵带着少年临死前的嘱托去看望他的家人。老律师在子爵到访之前已获悉儿子战死的消息，子爵到访后谈及此事，老律师仍悲伤不已，“把身子俯着流了一回泪，然后抬起头来说道：‘他的死分明是为父的坑死了他，不该放他出去送这一条性命’”①。这一场景并未出现在《野之花》中，为包天笑所添加，真实地刻画了一位父亲因失去儿子所感受到的深深内疚与自责。可以说，这一系列的改写在家国一体的叙事中更加凸显了普通且真实的亲子之情，而这份真实情感更接近大众读者的心灵，更能触动潜藏于人们内心深处的情感。

这样的叙事方式与包天笑著名教育小说《苦儿流浪记》(1912)“以少年世界中特有的善良清纯之情，感动读者心灵”如出一辙。在包天笑的教育小说中，以“三记”——《馨儿就学记》《苦儿流浪记》《埋石弃石记》——最为有名。其中，《苦儿流浪记》讲述了弃儿可民的流浪经历。可民 9 岁时被养父卖给江湖艺人美登里老人，随老人在街头卖艺，居无定所。后来老人不幸病死，可民四处流浪，历尽磨难，最终找到了生母。但这部小说不仅仅是讲述孤苦少年的苦难生活，更重要的是通过描写“亲长友朋之间患难与共、相互扶持的真情厚意”来“开发‘情感’”②。同样，小说《空谷兰》通过改写所刻画的不加掩饰、真实且复杂的内在情感无不令人感慨。可以说，正是人性中真情实感的刻画与流露使小说受到了大众读者的欢迎，也成为小说《空谷兰》日后被屡次改编成不同形式的艺术作品的重要原因之一。

## 五、结语

包天笑自幼接受私塾教育，传统文学底蕴深厚，且修习过日文、英文、法文，中西学识广博。因亲朋好友留学日本，他便托在日友人到旧书店搜寻译自欧美的日文书籍。与《女人之过》在明治时期传到日本的途径极为相似，《野之花》在清末也经由汽船、铁路等交通工具从日本运到居于中国上海的包天笑手上。小说《野之花》因情节曲折、蕴含的思想符合当时的社会背景以及译者个人偏好，由语言功底深厚的包天笑译成中文小说《空谷兰》，并在当时受知识阶层推崇的《时报》上连载。《空谷兰》中有尽量忠实于原作的部分，也有增添、删减、改写等变异的部分。而造成这种变异的原因在于晚清时期中

① 包天笑．空谷兰上册[M]．上海：有正书局，1924：12.

② 梅家玲．包天笑与清末民初的教育小说[J]．中外文学，2006，35(1)：170.

国根深蒂固的旧传统与新文化之间的碰撞和对社会产生的双重影响，从变异的部分不仅可以读到包天笑从形式、内容到思想上在清末求新潮流中向现实的理性回归，也能看到他借重新塑造的隐忍的女性形象对软弱的清政府进行的批判。同时他借教育小说中所推崇的“情感教育”，竭力在《空谷兰》家国一体的叙事中还原真实的亲子之情，使小说更能得到普通民众的共鸣，从而受到大众读者的欢迎。不难看出，这些改写关照大众的阅读习惯和审美情趣，将可读性与教育性结合在一起，与包天笑始于早期的通俗化理念相契合，使得该小说成为“现代通俗文学的无冕之王”①包天笑的代表作之一。小说《空谷兰》经由报纸及之后单行本成千上万份的印刷在当时收获大量读者，而且由于小说的内容迎合了当时大众的文化趣味，后又相继被改编为文明戏、无声电影和有声电影等艺术形式，传播范围从识字阶层向非识字阶层拓展，影响不断扩大。可以说，小说《空谷兰》在当时的大众文化中书写了独特而耀眼的篇章，而且至今仍影响着文艺界，是通俗文学的经典之作。

## 第二节　传统文化与民族观念的融入<br>——论小说《空谷兰》的文明戏改编

包天笑的翻译小说《空谷兰》于 1914 年由上海文明戏剧团新民社改编成同名文明戏，排演后登上舞台，广受欢迎，“位居新民社和民鸣社上演次数最多剧目的前十位”②。

“文明戏”是“文明新戏”的简称，即改良社会、使社会文明的新型戏剧③。文明戏受西方舞台剧和日本新派剧的影响，以念白取代传统戏剧的音乐和唱腔，是早期中国话剧的一种特别称谓和特定样态④。文明戏虽深受西方戏剧影响，但也离不开中国传统戏剧文化的滋养，群众基础深厚，可谓是一种世俗的平民性文艺类型⑤。文明戏创始于春柳社（1907 年），发展于春阳社到进化团阶段（1907 至 1913 年），全盛于 1913 至 1917 年间，之后走向衰落⑥。

① 范伯群．现代通俗文学的无冕之王：包天笑[M]．南京：南京出版社，1994：11.
② 濑户宏．中国话剧成立史研究[M]．厦门：厦门大学出版社，2015：75.
③ 王凤霞．文明戏考论[M]．广州：广东高等教育出版社，2011：1.
④ 田本相，董健．中国话剧研究第十一辑[M]．北京：中国传媒大学出版社，2008：30.
⑤ 王凤霞．文明戏考论[M]．广州：广东高等教育出版社，2011：94.
⑥ 濑户宏．中国话剧成立史研究[M]．厦门：厦门大学出版社，2015：122.

现有研究多集中于考察《空谷兰》由小说到登上文明戏舞台乃至拍成影片的经过，抑或关注文明戏《空谷兰》与小说在中西风格上呈现的不同之处，但对文明戏《空谷兰》的改编与上演始末的考察并不全面，仍有待充实。特别值得关注的是，广受欢迎的文明戏将小说中的出征地“印度”改为“蒙古”，但在该戏上演后的百年间学界并未对其改编原因进行深入考察。鉴于当时的时代背景，这一改编与当时的民族观念存在何种关系，反映了怎样的时代诉求？对这些问题的深入探讨不仅可以对文明戏《空谷兰》进行重新解读，还能勾勒出近代戏剧对当时国家境况的思考与呈现。基于此，本书将结合当时的时代背景，重新挖掘文明戏《空谷兰》的相关史料，还原其上演的原貌；在此基础上，通过文本比较详细分析文明戏与小说之间的差异，并探究文明戏改编的原因与观众的反响，思考文明戏的改编在民族观念形成过程中的积极作用。

## 一、文明戏《空谷兰》研究史料的补遗与勘误

1913 年 2 月，郑正秋带领十几位不太有名的演员为亚细亚公司拍电影，因价钱不合而作罢，之后受邀转演文明戏①。一开始，郑正秋主要演讲述日常琐事的家庭戏，既浅显易懂又有趣，加之上乘的表演，广受欢迎，于是便一部接一部地演了下去②。意外的成功使得之后相继兴起的民鸣社、启民社、移风社等也争相上演家庭戏。由此，以郑正秋为核心的新民社掀起了家庭戏热潮。

新民社因演独创之家庭戏而获利颇丰，此时该社另两位创办人经营三与张石川力主利润分享，遭郑正秋拒绝。经营三与张石川二人一怒之下将新民社一部分重要演员以重金挖走，另成立民鸣社③，并千方百计压制新民社。为力挽颓势，新民社再次独辟蹊径，首创以新小说来编演文明戏。

新民社之所以选择小说《空谷兰》，是因为它是一部有名且有价值的小说，其故事曲折离奇，颇受欢迎，单行本销量多达万余册④。饭塚容依据小说译者包天笑的自传《钏影楼回忆录续编》与朱双云《初期职业话剧史料》中的记述，推测包天笑参与了新民社的脚本创作，但没有提供确切史料【注1】。而《申报》上的一则广告道出了之前未被学界挖掘的珍贵史实：“当时恐画虎不成，特请包天笑先生亲自编排，费一月而成”，“初次排演之际，扮演者俱由包天笑逐一指导，俾不失原书真意。故当时最为完善新民社外，他家俱不能演完善之

① 郑正秋．自我导演以来[J]. 明星(上海 1933). 1935，1(1)：12.

② 徐半梅．话剧创始期回忆录[M]. 北京：中国戏剧出版社，1957：52－53.

③ 朱双云．初期职业话剧史料[M]. 重庆：独立出版社，1942：13.

④ 新民新剧社．空谷兰[N]. 申报，1914－4－15.

空谷兰"①。据此广告可以断定，新民社1914年初次编演文明戏《空谷兰》时，特邀请小说译者包天笑参与编排；包天笑不仅亲自改编剧本，还亲自指导新民社演员如何表演才能真实再现小说内容。因此，可以说包天笑亦是文明戏《空谷兰》热潮的助推者之一。此外，从范石渠《新剧考》(1914年6月)开篇所载《空谷兰》本事中也可以看出，文明戏《空谷兰》故事情节的建构、发展与小说极为相似，这也可以作为包天笑参与文明戏改编的另一佐证。

目前，学界多从文明戏《空谷兰》几次上演的剧评入手来描述其演出盛况，细细梳理《申报》上的相关广告可以清晰地还原文明戏《空谷兰》的上演始末。

在包天笑的指导下，新民社经过一段时间的专业排练之后，便开始为文明戏《空谷兰》的首演宣传造势。1914年4月16日(农历三月二十一)《申报》刊登广告称，新排特别好戏《空谷兰》将于二十三、二十四夜开演，但4月17日至23日广告又称"排练纯熟择日开演"，可见《空谷兰》并未于4月18日(农历三月二十三)准时开演；4月24日(农历三月二十九)广告称"排练已熟，准四月初一初二两夜开演"，4月25日(农历四月初一)广告称"正剧前后本，连台好戏二夜演完""准初一初二两夜开演，以飨戏迷"，4月26日广告称上演"正剧后本"。由此可见，经过长达10天在《申报》上的广告宣传，新民社终于在1914年4月25日至26日上演文明戏《空谷兰》。自此，《空谷兰》登上文明戏舞台。

《空谷兰》首演第一夜，"新民社演之观者满席，几无隙地，后来者不得驻足嗒然而退，春申江畔各剧场从无如此盛况"②，第二夜"薄暮时虽大雨如注，而来者络绎不绝。绣幕未揭，已座无隙地，卖座之盛不亚于前一夕"③。演出之后，观众反响颇佳，文人学者交誉，纷纷赞叹演员们演技纯熟，表演各具特色，表情、说白真实细致，且恰到好处、感人至深。这部戏因此深受观众喜爱，有的人连看多遍，更有甚者，能熟背戏中台词④。

因《空谷兰》首演颇受观众欢迎，故时隔月余，新民社重新排演该戏，连演两日。《申报》于1914年5月4日(农历四月初十)刊登广告如下：

> 新民新剧社 四月初十夜戏 正剧 重排特别好戏后本 空谷兰
> 空谷兰一书久已脍炙人口，本社编为剧本尤觉好看煞人。前次

① 笑舞台．空谷兰[N]．申报，1918-4-22.

② 瘦鹃．志新民社第一夜之空谷兰[N]．申报，1914-4-28.

③ 瘦鹃．志新民社第二夜之空谷兰[N]．申报，1914-4-30.

④ 欧阳予倩．欧阳予倩全集第六卷[M]．上海：上海文艺出版社，1990：209.

排演时未八下已挂客满牌，后来之客均抱向隅之叹，因此本社重排此剧以飨前次未及寓目者，届时务祈早来，再勿错过好机会也。

1914 年农历三月间，新民社因受民鸣社开演旗装戏的影响，观众流失严重，营业日益低迷，因此决定于 1914 年 7 月 20 日(农历闰五月二十八)远赴汉口演出。在临走前的农历二十六、二十七两天特排《空谷兰》以飨观众①。新民社到达汉口后便演出文明戏《空谷兰》，演出时虽然酷暑难耐，但观众席早在演出前一小时就已坐满，受欢迎的情况可见一斑②。

1914 年 10 月底，由汉返沪的新民社于 11 月 8 日至 9 日在《申报》刊出广告，称“时请由汉回申新民社全体社员”演出《空谷兰》。新民社在离开上海之前与返回上海之后都首选《空谷兰》来演，可见该戏的独特地位与受欢迎的程度。

1915 年 1 月中旬，新民社因无法与民鸣社争胜，遂与民鸣社合并。1 月 19 日，《申报》广告称“民鸣新民两大剧社合并演剧空谷兰”(见图 2)，名角荟萃。

民鳴社
民鳴新民兩大劇社合併演劇
著名好戲
空谷蘭
前後本一夜演完
愛華女子新劇社
大舞臺

图 2 《申报》1915 年 1 月 19 日刊登文明戏《空谷兰》广告的版面

1915 年 7 月 29 日的《申报》广告称民鸣社当日演《空谷兰》中“以予倩饰青柳夫人，予倩自入本社以来未曾演过是旦，此次万破题儿第一遭，况予倩老

① 佚名. 广告[N]. 申报，1914-7-19.

② 朱双云. 初期职业话剧史料[M]. 重庆：独立出版社，1942：15.

旦又属神化无匹”。此为欧阳予倩首次参演文明戏《空谷兰》。

新民社、民鸣社争相演出文明戏《空谷兰》，通过对《申报》上的相关广告进行统计，可知文明戏《空谷兰》分别由民鸣社演出30次、新民社演出16次（具体演出情况见表1），由此可以判断濑户宏“民鸣社29次、新民社15次”[①]的统计有误。

**表1 新民社、民鸣社文明戏《空谷兰》演出一览表**

| 演出时间 | 内容 | 剧社 |
|---|---|---|
| 1914年4月25日 | 《空谷兰》前本 | 新民社 |
| 1914年4月26日 | 《空谷兰》后本 | 新民社 |
| 1914年5月3日 | 《空谷兰》头本 | 新民社 |
| 1914年5月4日 | 《空谷兰》后本 | 新民社 |
| 1914年5月20日 | 《空谷兰》前本 | 新民社 |
| 1914年5月21日 | 《空谷兰》后本 | 新民社 |
| 1914年6月1日 | 《空谷兰》头本 | 新民社 |
| 1914年6月2日 | 《空谷兰》后本 | 新民社 |
| 1914年6月20日 | 《空谷兰》头本 | 新民社 |
| 1914年6月21日 | 《空谷兰》二本 | 新民社 |
| 1914年7月18日 | 《空谷兰》头本 | 新民社 |
| 1914年7月19日 | 《空谷兰》后本 | 新民社 |
| 1914年9月13日 | 《空谷兰》头本 | 民鸣社 |
| 1914年9月14日 | 《空谷兰》后本 | 民鸣社 |
| 1914年10月6日 | 《空谷兰》全本 | 民鸣社 |
| 1914年10月7日 | 《空谷兰》后本 | 民鸣社 |
| 1914年11月8日 | 《空谷兰》前本 | 新民社 |
| 1914年11月9日 | 《空谷兰》后本 | 新民社 |
| 1914年12月8日 | 《空谷兰》前本 | 新民社 |
| 1914年12月9日 | 《空谷兰》后本 | 新民社 |
| 1915年1月19日 | 《空谷兰》前后本 | 民鸣社（民鸣新民合并演剧） |
| 1915年1月30日 | 《空谷兰》前本 | 民鸣社 |

① 濑户宏．中国话剧成立史研究[M]．厦门：厦门大学出版社，2015：72-73.

续表

| 演出时间 | 内容 | 剧社 |
|---|---|---|
| 1915年1月31日 | 《空谷兰》后本 | 民鸣社 |
| 1915年2月17日 | 《空谷兰》前本 | 民鸣社 |
| 1915年2月18日 | 《空谷兰》后本 | 民鸣社 |
| 1915年3月25日 | 《空谷兰》前本 | 民鸣社 |
| 1915年3月26日 | 《空谷兰》后本 | 民鸣社 |
| 1915年5月13日 | 《空谷兰》前本 | 民鸣社 |
| 1915年5月14日 | 《空谷兰》后本 | 民鸣社 |
| 1915年7月2日 | 《空谷兰》前本 | 民鸣社 |
| 1915年7月3日 | 《空谷兰》后本 | 民鸣社 |
| 1915年7月29日 | 《空谷兰》全本 | 民鸣社 |
| 1915年7月30日 | 《空谷兰》后本 | 民鸣社 |
| 1915年9月6日 | 《空谷兰》全本 | 民鸣社 |
| 1915年9月7日 | 《空谷兰》后本 | 民鸣社 |
| 1915年10月14日 | 《空谷兰》前本 | 民鸣社 |
| 1915年10月15日 | 《空谷兰》后本 | 民鸣社 |
| 1916年1月11日 | 《空谷兰》前本 | 民鸣社 |
| 1916年1月12日 | 《空谷兰》后本 | 民鸣社 |
| 1916年2月12日 | 《空谷兰》前本 | 民鸣社 |
| 1916年2月13日 | 《空谷兰》后本 | 民鸣社 |
| 1916年9月12日 | 《空谷兰》前后本 | 民鸣社 |
| 1916年11月12日 | 《空谷兰》前本 | 民鸣社 |
| 1916年11月13日 | 《空谷兰》后本 | 民鸣社 |
| 1917年6月13日 | 《空谷兰》全本 | 民鸣社杭州城站第一舞台 |
| 1917年8月26日 | 《空谷兰》全本 | 民鸣社杭州城站第一舞台 |

除新民社、民鸣社之外，民兴社、笑舞台、爱华社女子新剧、明明舞台、苏州振市新剧社、鸣新社、药风新剧场、大风社、笑舞台和平社新剧社都竞相演出《空谷兰》，成为“人人爱看、家家能演”[①]之剧，且已达到“众人皆曰新

① 笑舞台．新新空谷兰[N]．申报，1917-11-28．

剧多至千外部，最好要算空谷兰”①之程度。除此之外，还出现了《新空谷兰》(笑舞台)、《新新空谷兰》(笑舞台)、《改良空谷兰》(新舞台)等文明戏剧目。

总而言之，以郑正秋为核心的新民社掀起了家庭戏热潮，并首创以新小说编演文明戏，文明戏《空谷兰》成为新民社由新小说改编的家庭戏中的经典剧目。除了新民社屡次搬出该戏，多家文明戏社都争相上演该剧目，甚至还出现各种改编版本，由此形成了民国时期的“空谷兰”盛景。

## 二、蕴含中国传统文化气息的家庭戏

载有文明戏《空谷兰》本事的《新剧考》一书于 1914 年 6 月出版，是朱耐吾将文明戏的情节逐幕记录成册，后由范石渠加以润色而成。书中各序言写于 1914 年 5 月，由此可推测其中的《空谷兰》本事应该完成于 1914 年 5 月之前，即 1914 年 4 月 25 日至 26 日首演之《空谷兰》。该戏共分三十幕，先叙述本事，然后一幕幕地记录场中人物、情景及表演之事实。

文明戏《空谷兰》与小说相比，故事情节极为相似，讲述了乡女陶纫珠与子爵兰荪的爱恨离合。文明戏《空谷兰》虽改编自翻译小说，但只有第七幕、第十幕、第十一幕场中情景突出“器具皆西式”，“夫人与女郎，均着欧服”，“新房陈设精美，大有欧风”②，而情节结构与人物塑造皆充满中国传统文化的气息。

首先，文明戏《空谷兰》“合—离—合”的情节结构契合我国传统戏剧结构，即“生、旦必最先出场，出场即‘合’，甫‘合’即‘离’，而终归于‘(复)合’”③。文明戏《空谷兰》第一幕便呈现了一家其乐融融的和谐场景：“一老者龙钟可掬，老仆立其后，少年与女郎为兄妹状。一则勇敢活泼，一则流丽端庄，望而知为融融泄泄之家庭景象也。”④之后，子爵携带友人之遗物来陶家看望，在此邂逅随父兄久居乡下的陶纫珠，日久生情。子爵不顾门第悬殊，坚持与纫珠结婚。但受柔云挑拨，夫妇渐行渐远。纫珠不堪忍受，离家出走，之后经历受聘为师、良彦受虐致病、柔云事发逃走而亡等一系列曲折故事，最后一幕“纫珠父及子爵先后至，融融泄泄，遂为翁婿、姑媳、夫妇如初”⑤。文明戏《空谷兰》“合—离—合”的情节结构、“融融泄泄”的家庭景象以及曲折反

---

① 笑舞台．新空谷兰[N]．申报，1916-11-22.

② 范石渠．新剧考[M]．赵骥，校．上海：文汇出版社，2015：25-28.

③ 洛地．观众是戏剧的上帝——说破·虚假·团圆：中国传统戏剧艺术表现三维[J]．福建艺术，2009(5)：12.

④ 范石渠．新剧考[M]．赵骥，校．上海：文汇出版社，2015：20.

⑤ 范石渠．新剧考[M]．赵骥，校．上海：文汇出版社，2015：39.

复的矛盾冲突无疑满足了中国观众对团圆的文化期待。

此外，《空谷兰》中乡女纫珠与子爵兰荪的爱情结合同样与中国传统爱情戏有异曲同工之妙，《牡丹亭》《西厢记》等传统戏剧大多讲述了贫寒书生与富家小姐为追求爱情而不顾门第悬殊终成眷属的感人故事，因此文明戏《空谷兰》中乡女纫珠与子爵兰荪的故事同样能引起中国观众的共鸣。只不过，与贫寒书生与富家小姐的爱情故事不同，文明戏《空谷兰》讲述了“才貌双绝，而性尤和淑”[①]的乡下女与“宛然一贵族门庭”[②]的子爵之间的爱情故事，添加了一丝别样的情趣。

文明戏《空谷兰》中的人物塑造也带有我国大众认知中的传统儒家和道家的哲学色彩，而此乃原作中所未曾有。《野之花》中只介绍了澄子父亲为“乡村律师”，而文明戏《空谷兰》本事开篇则讲述“父正毅，少操律师业，晚年厌城市喧挐，隐居村郭。一丘一壑，致足乐也”[③]。换言之，文明戏中的陶父被重新塑造成晚年厌倦城市喧嚣而隐居乡下、怡然自得的隐者形象，体现了避世而居、归隐自然的道家哲学。而“纫珠侍父，色养备至”[④]，“色养”一词出自《论语·为政》，孔子称侍奉父母时最难做到的是和颜悦色。纫珠能做到这一点，足见其孝行可贵之处。此外，子爵与纫珠婚事商定之后，“父训女以处家之道，并以必敬必戒，无违夫子勉焉”[⑤]。“无违夫子”出自《孟子·滕文公下》，此处纫珠父亲教育女儿谨记为妇之道，遵守“夫为妇纲”的儒家传统伦理道德。

总之，文明戏《空谷兰》虽然在布景上呈现出欧式风格，但其首尾融洽的家庭氛围、“合—离—合”的情节结构，以及体现儒家和道家思想的人物形象已完全脱去了外国小说的外壳与内核，经过本土化改编，蕴含着浓厚的中国传统文化气息，完全契合了中国观众对于家庭故事的文化期待，也因此成为经久不衰、百看不厌的经典戏目。

### 三、民族观念的融入

文明戏《空谷兰》将小说中的出征地“印度”改为“蒙古”，将英国出征印度的部队改为“征蒙队”。《新剧考》一书也提及这一不同，认为将“印度”改为“蒙

① 范石渠．新剧考[M]．赵骥，校．上海：文汇出版社，2015：17.

② 范石渠．新剧考[M]．赵骥，校．上海：文汇出版社，2015：25.

③ 范石渠．新剧考[M]．赵骥，校．上海：文汇出版社，2015：17.

④ 范石渠．新剧考[M]．赵骥，校．上海：文汇出版社，2015：18.

⑤ 范石渠．新剧考[M]．赵骥，校．上海：文汇出版社，2015：25.

古”是为了引起国人注意[①]，并未作深入分析。新民社为何作此改编，只是为引起国人的注意吗？这需要从民国初期的时代背景以及郑正秋的创作理念出发，对文明戏《空谷兰》进行重新解读。

1911 年，外蒙古独立事件发生，边疆局势复杂。面对当时国内民众强烈的民族情感，新民社也力图通过戏剧来实现民族观念的表达。新民社核心人物郑正秋在成立新民社前已是著名的剧评家，他从 1910 年起在《民立报》《民吁报》《民呼报》等报纸上设立剧评专栏，连续发表剧评文章，开创了上海报纸剧评之先河[②]。郑正秋的剧评十分强调戏剧的“社会教育”功能，他在其处女剧评《丽丽所戏言》的开篇即说“戏剧能够易人性情，有裨风化”[③]，在《民立画报》上又提出“戏剧者社会教育之实验场也，优伶者社会教育之良导师也”[④]。他把这些戏剧理念严格贯彻到自己的戏剧创作与指导实践之中。

郑正秋为使文明戏《空谷兰》成为“社会教育之实验场”，将小说中的“印度”改为“蒙古”，将英国出征印度改为“我征蒙队前往蒙古‘以纾国祸’”，将时政巧妙地融入故事情节的开展、人物形象的塑造及台词之中。该戏开幕便上演少年时介读完兰荪子爵发自征蒙大本营的书信，深感“贼氛甚恶，正男儿立功万里之时”，便向父亲请示，欲投军从戎，“以身许国”，其父虽不忍，但“知其志不可夺，遂加以训勉，珍重而别”[⑤]。第二幕上演时介自告奋勇请命赴敌。在“事实”介绍中，有“盖蒙古旧为中国藩属，于其都会库伦之地，驻有办事长官一员。自库伦宣告独立以来，音信久绝”这样的表述。为探清敌人虚实，我征蒙队需派人前往库伦办事长官之处送密函。在第三幕中，蒙古兵袭击时介，时介虽中弹昏厥，但待“喘息略定，乃裹创前进，卒达库伦”。这一英勇气概与凄惨情形令“观众无不凄然下泪”[⑥]。换言之，文明戏《空谷兰》开场四幕上演了男儿时介面对国家忧患，义无反顾地投入战斗，最终为国捐躯的悲壮故事。这四幕如实呈现了当时的时代背景，激起了广大民众对民族分裂行为的愤恨，充分展现了编创者对国家忧患的强烈关注。

该戏以国家忧患与军事冲突开始，进而牵连出一系列家庭冲突：柔云挑拨离间恩爱夫妻、毒害纫珠之子，纫珠用隐忍与仁厚挽回儿子性命并最终实

① 范石渠．新剧考[M]．赵骥，校．上海：文汇出版社，2015：16－17.

② 徐耻痕．中国影戏大观 导演员之略历[M]．上海：大东书局，1927：8.

③ 正秋．丽丽所戏言[N]．民立报，1910－11－26.

④ 陈播．三十年代中国电影评论文选[M]．北京：中国电影出版社，1993：56.

⑤ 范石渠．新剧考[M]．赵骥，校．上海：文汇出版社，2015：21.

⑥ 范石渠．新剧考[M]．赵骥，校．上海：文汇出版社，2015：22－23.

现全家团圆。在最后一幕中，“花园中风景如故，青柳夫人以诚恳亲切之词试女师，女师作和蔼状，自承为纫珠。纫珠父及子爵先后至，融融泄泄。翁婿、姑媳、夫妇如初”①，这一结局与小说有所不同，小说并未展现全家团圆的融洽景象，而是子爵与纫珠和好如初，陶父与子爵母亲“一同有时坐船，有时乘车，瞧那瑞士的山光水影老怀弥乐”②。因此，文明戏这一结局并不只是表现了濑户宏所言之“‘恶亡善荣’的通俗伦理观”③，还以家论国，隐喻性地表达了编创者对民族问题的思考。从这个意义上来看，文明戏《空谷兰》不仅仅是一部经过本土化改编的家庭戏，还积极融入民族情感，参与了民族观念的大众宣传。

## 四、结语

新民社掀起了家庭戏热潮，并首次将新小说改编成文明戏。郑正秋选取有名且有价值的小说《空谷兰》，并邀请译者包天笑加入编排过程，保证了文明戏《空谷兰》能够将小说原汁原味地呈现出来。文明戏《空谷兰》在布景上呈现出欧式风格，但其首尾融洽的家庭氛围、“合—离—合”的情节结构、不顾门第悬殊的传统爱情戏故事要素以及带有儒家与道家哲学色彩的人物形象都符合中国观众对于家庭故事的文化期待。郑正秋的戏剧创作是严肃的，他胸怀国家，是一位具有时代责任感的知识分子。他充分发挥戏剧的“社会教育”功能，将民族观念与国家理想巧妙地编织进戏剧的情节发展之中，通过新民社全体演员认真而自然的舞台表演，呈现出一场独特的集家庭、军事、教育、社会为一体的文明戏，满足了不同阶层观众的多元需求，引起观众的共鸣，使该戏成为当时各大剧社争相上演的经典剧目。文明戏《空谷兰》中的民族观念与国家理想在一场又一场的演出中，通过舞台背景、台词、人物表演等具象化的形式同时传达给台下众多识字或不识字的观众，唤起了大众的民族情感，对民族共同体的认同起到了积极的推动作用。

由于新民社的《空谷兰》大受欢迎，在 1914 至 1922 年间，民鸣社、民兴社、笑舞台、爱华社女子新剧、明明舞台、苏州振市新剧社、鸣新社、药风新剧场、大风社、笑舞台和平社新剧社都竞相演出该剧目。1921 至 1927 年间，文明戏《空谷兰》主要在各大游艺会上由学生剧团、明星等演出，演出受

① 范石渠．新剧考[M]．赵骥，校．上海：文汇出版社，2015：39.

② 包天笑．空谷兰下册[M]．上海：有正书局，1924：150.

③ 濑户宏．中国话剧成立史研究[M]．厦门：厦门大学出版社，2015：76.

到广大观众的欢迎。1928至1936年间，日戏或夜戏《空谷兰》频繁出现在《申报》广告中，但演出场所除笑舞台等剧场外，更多集中在神仙世界、大世界、先施乐园、小世界、新世界、新市游艺场、新新花园、永安天韵楼、福安游艺场等娱乐场所。与此同时，无声电影《空谷兰》(1926年上映，之后屡被放映)与有声电影《空谷兰》(1935年上映)也在各大影院、游艺场放映，1936年《申报》广告中也屡次出现各播音台节目预告"播音 歌唱 空谷兰"。由此可知，20世纪30年代，《空谷兰》在上海出现了从游艺场、影院、剧场到空中广播，由戏剧、电影到歌唱等多媒介、多形式、多阶层的立体式互动交叉的传播景象，"空谷兰"热潮不仅未见消退，反而愈加深入人心，深植于广大民众的生活之中。

## 第三节　大众文化生产与消费范例
## ——论小说《空谷兰》的无声电影改编

包天笑的翻译小说《空谷兰》1914年由新民社改编排演成同名文明戏登上舞台，初次演出时就座无虚席，之后被各大剧社争相上演，"此剧乃永远在新剧界中占一位置，南至闽粤、北及京津，往往见有以空谷兰三字号召者"①。因广受大众欢迎，1925年张石川的明星影片公司将《空谷兰》摄制成同名无声电影，剧本由包天笑改编。该影片自1926年2月14日起在上海中央大戏院首映，连映14天，票房收入创下了中国无声电影史上的最高纪录②，在当时的大众文化中留下了浓墨重彩的一笔。

1895年12月28日，电影诞生于法国，1897年5月经由香港传入上海。上海的礼查饭店首次放映影片③，之后电影放映活动在中国由南向北、由沿海向内地不断普及开来。1905年我国制作了第一部无声影片《定军山》，1930年底拍摄完成了第一部有声电影《歌女红牡丹》。郦苏元与胡菊彬的《中国无声电影史》将我国无声电影分为六个时期，即史前时期(1896—1904)、萌芽时期(1905—1921)、探索时期(1922—1926)、发展时期(1927—1931)、成熟时期(1932—1934)和衰落时期(1935—1936)，而1925年摄制、1926年上映的无

① 天笑．空谷兰至今之历史[J]．明星特刊，1926(8)：2.

② 陈少舟．中国电影史研究[M]．北京：中国电影出版社，2015：259.

③ 虞吉．中国电影史第2版[M]．重庆：重庆大学出版社，2017：1.

声影片《空谷兰》处于我国无声电影的探索期，在反映门第观念的爱情片中“最有影响”①。

作为黑岩泪香的小说《野之花》在中国被接受的重要一环，目前的国内外研究对《空谷兰》电影改编过程中发生变化的考察尚不全面，而且缺乏对变化原因、影响等的分析。译自《野之花》的小说《空谷兰》为什么在我国20世纪20年代被改编成无声电影《空谷兰》？与小说《空谷兰》相比，无声电影《空谷兰》发生了怎样的变化？这些变化为何会产生？当时的观众对此影片有何反响？本节将结合当时上海的大众文化生产与消费热潮这一社会背景，对这些问题逐一进行考察。

## 一、20世纪20年代上海的大众文化生产与消费热潮

20世纪初期，上海工业、对外贸易迅猛发展，加之战事的影响，外来人口大量涌入上海，导致上海人口迅速增长，至20年代末已达300万人②。而人口的大量增加直接带动了大众娱乐业的快速发展，百货公司、咖啡馆、舞厅、公园、跑马场、电影院等娱乐场所纷纷建成。可以说，20世纪20年代的上海迎来了大众文化的生产与消费热潮。

在文学界，受提倡新文学、反对旧文学的文学革命影响，黑幕小说和鸳鸯蝴蝶派文学等旧派文学从1917年开始遭到强烈批判，只能转入市民社会下层，向通俗化方向发展③。通俗文学将广大市民定为目标读者，主要描写城市中发生的真实故事，更能引起大众读者的共鸣，因而颇受大众读者欢迎，虽受到新文学界的批判，但生命力旺盛④。据统计，自1917年至1926年，创办的鸳鸯蝴蝶派刊物有60种，小报40种，社会言情小说尤其繁荣⑤。其中不少小说被改编为电影，进一步加深了通俗文学对大众文化的影响力。

而在电影界，1927年我国共拥有电影院106家，仅上海就占去了26

① 郦苏元，胡菊彬．中国无声电影史[M]．北京：中国电影出版社，1996：155-156.

② 郑祖安．百年上海城[M]．上海：学林出版社，1999：230.

③ 钱理群，温儒敏，吴福辉．中国现代文学三十年(修订本)[M]．北京：北京大学出版社，2012：72-73.

④ 范伯群．中国近现代通俗文学史新版下卷[M]．南京：江苏教育出版社，2010：461.

⑤ 钱理群，温儒敏，吴福辉．中国现代文学三十年(修订本)[M]．北京：北京大学出版社，2012：72-73.

家[①]。看电影成为当时的摩登口号，电影院成为“每日百万人消纳之所”[②]，可见电影和电影院在当时上海人的生活中占有相当重要的地位。在如此爆发式的观影需求下，上海影戏公司(1920)、明星影片公司(1922)、大中华影片公司(1923)等影片公司纷纷成立，至1925年全国共有影片公司175家，上海则拥有140多家[③]。这些影片公司陆续拍摄了大量影片，1922年至1926年间，制作影片近300部，数量连年上升，这段时期也是中国电影史上的首个繁荣期[④]。在这一电影摄制大潮中，鸳鸯蝴蝶派作家也纷纷投身其中。包天笑1924年接受明星影片公司的邀请担任编剧，此后周瘦鹃、朱瘦菊、徐小青等也相继加入影片公司，担任编剧或承担影片宣传工作。

随着电影的流行，电影杂志在20世纪20年代也如雨后春笋般出现。1921至1926年间，陆续发行的电影杂志有近30种[⑤]，如《影戏杂志》(1921)、《晨星》(1922)，以及《明星特刊》(1925)、《神州特刊》(1925)、《天一特刊》(1925)等各影片公司的特刊。这些电影杂志登载了影片介绍、拍摄过程、演员介绍、明星照片、电影本事、影评、读者之声等内容。除电影杂志外，《申报》于1921年刊出了《影戏丛报》的发行广告，其他报纸纷纷效仿，增设了电影专栏；妇女杂志也开始刊载电影和影星的新闻报道与照片[⑥]。与此同时，通俗文学杂志也在上海相继创刊，如《星期》(1922)、《星》(1922)、《紫兰花片》(1922)、《家庭杂志》(1922)、《紫葡萄画报》(1925)、《紫罗兰》(1925)、《良友》(1926)等，这些通俗文学刊物刊载的内容不仅有通俗小说，也有电影明星和名伶的新闻动态等，而且配有照片，视觉冲击力强[⑦]。电影明星已成为当时市民大众共同谈论的话题。这些报刊不仅为市民大众提供了电影信息，也促进了普通大众对电影文化的参与。“去戏院看电影、阅读电影杂志、关注

① 陈明远．文化人的经济生活[M]．上海：文汇出版社，2005：130.

② 上海通社．上海研究资料续编[M]．上海：上海书店出版社，1984：532.

③ 朱剑，汪朝光．民国影坛纪实[M]．南京：江苏古籍出版社，1997：18.

④ 郦苏元，胡菊彬．中国无声电影史[M]．北京：中国电影出版社，1996：108.

⑤ 张真．银幕艳史：都市文化与上海电影 1896－1937[M]．上海：上海书店出版社，2012：96.

⑥ 李欧梵．上海摩登：一种新都市文化在中国(1930－1945)[M]．北京：人民文学出版社，2010：97－99.

⑦ 范伯群．中国近现代通俗文学史新版下卷[M]．南京：江苏教育出版社，2010：462－487.

明星生活，成了都会市民阶层某种必不可少的礼仪”①。不仅如此，看电影对鲁迅、刘呐鸥、穆时英、田汉、洪深等不少新文学家来说也是一项重要的娱乐消遣活动②。

综上所述，鸳鸯蝴蝶派的作家积极投身于大众文化的创作与传播，他们撰写通俗小说，创办通俗杂志，并参与电影的制作。与此同时，电影制片公司也致力于摄制面向大众的电影。城市市民成为通俗小说和电影的消费者；新文学家是电影的消费者，但拒绝通俗小说。换言之，在20世纪20年代的国际化大都市上海，通俗文学、电影、杂志和报纸联手生产了大量的大众文化产品，供知识阶层和一般市民消费。因此，可以说20世纪20年代的上海掀起了一股大众文化生产和消费的热潮。

## 二、无声影片《空谷兰》的制作

1922年在上海成立的明星影片公司因苦于剧本荒，便将目光转向新小说。郑正秋在新民社时已将《空谷兰》排演成同名文明戏，轰动一时。他曾多次萌生将《空谷兰》拍成电影的想法，但因身体不便③，决定另请张石川担任影片导演。关于拍摄《空谷兰》的动机，郑正秋曾提到两点：一是不仅作家有名，小说本身的名气也大，这样的小说改编成电影就非常有观众缘，容易盈利④，即郑正秋所言之“营业主义”；二是小说的情节不受时代限制，内容包含多个家庭问题，对社会有益，拍成电影后会是一部“东方式有价值的片子”⑤。这就是郑正秋主张的“良心”。换言之，小说《空谷兰》因知名度高可提高改编电影的票房收入，而且故事情节反映了社会问题，有益于社会进步。如此一来，将小说《空谷兰》改编成电影无疑遵循了郑正秋等人创办的明星影片公司“向来的老例”，即“取材在营业主义上加一点良心的主张”⑥。

因此，郑正秋特地请求包天笑为明星影片公司编写电影剧本，将小说《空谷兰》改写成简要的本事⑦。从此，鸳鸯蝴蝶派作家包天笑正式进军电影界。

---

① 丁亚平．电影的踪迹：中国电影文化史评[M]. 北京：中国编译出版社，2005：8.

② 李欧梵．上海摩登：一种新都市文化在中国(1930－1945)[M]. 北京：人民文学出版社，2010：103.

③ 郑正秋．摄空谷兰影片的动机(下)[J]. 明星特刊，1926(7)：2.

④ 郑正秋．摄空谷兰影片的动机(上)[J]. 明星特刊，1925(6)：1.

⑤ 郑正秋．摄空谷兰影片的动机(下)[J]. 明星特刊，1926(7)：1－2.

⑥ 郑正秋．中国影戏的取材问题[J]. 明星特刊，1925(2)：2.

⑦ 包天笑．钏影楼回忆录[M]. 北京：中国大百科全书出版社，2009：544－546.

随后，明星影片公司1925年开始摄制无声电影《空谷兰》，1926年影片正式上映。在这部影片中，包天笑任编剧，张石川任导演，郑正秋任说明(即字幕)。对于无声电影来说，字幕用于弥补声音的缺失，“盖字幕之优劣，有左右电影之力量，佳妙者平添无数之精彩，而拙劣者，减削固有之趣味，是在斟酌之得宜，亦不能不自矜其高超，而不为观众计也”①。因此字幕与本事同等重要。

无声电影《空谷兰》胶片因年代久远，已无从查找，但尚留有该片的本事与字幕②。通过对该片本事、字幕与小说《空谷兰》进行文本比较研究，可挖掘小说在被改编为电影的过程中所经历的变化及其原因。

## (一)建构共同的生活空间

与小说《空谷兰》相比，无声影片《空谷兰》中的人物关系与故事发生地有所改变。在小说《空谷兰》中，英国的乡村律师陶村正毅之子陶村时介跟随中尉子爵兰荪出征印度，加入守卫队，在执行任务时不幸被敌军偷袭，战死他乡，这一情节基本忠实于原作，而在无声电影中则改编为中国杭州的武林世家之子纪兰荪在美国留学期间，与同学陶时介结为莫逆之交，陶时介不幸染病身亡，葬于异域。由此，小说中出征印度的英国中尉与士兵在无声电影中变为在美国留学的中国世家子弟与同学。此外，从无声电影《空谷兰》的字幕来看，救济灾民的话题两度出现在影片中。前部字幕中写有“纪氏亲友，集议赈济灾民”③；后部字幕中，柔云提议大摆宴席来庆祝儿子的周岁生日，兰荪却说：“现在市面很苦，外头穷人很多，还是省下热闹的钱来赈济赈济苦人吧。”④与小说相比可知，救济灾民是在电影改编时新加入的情节。

从当时中国的社会现状来考察，可以看出担任编剧的包天笑与担任字幕的郑正秋正是通过这一改编为中国的观众建构了一个共同的生活空间。

包天笑应邀改写无声电影《空谷兰》本事是在1924年，这一年“美国发布移民律，限制亚洲学生入境。教育部因美国移民律及赴美学生过多，通咨各省停派美国留学生，但随即取消”⑤。咨文如下：

---

① 包天笑．说字幕[J]．明星特刊，1925(5)：1-2.

② 包天笑．空谷兰[J]．当代电影，1995(2)：114-122.

③ 包天笑．空谷兰[J]．当代电影，1995(2)：116.

④ 包天笑．空谷兰[J]．当代电影，1995(2)：120.

⑤ 舒新城．近代中国留学史[M]．上海：上海书店出版社，2011：183.

> 查近年来自费生赴美者络绎不绝……合计十八个月间，赴美自费生约占赴欧美自费生全数百分之六十七。本部查考自费生多赴美留学之原因，缘入美国学校甚易，且可以国内学年资格，插班听讲，不及二三年而取得毕业资格归国者甚多，所以自费生趋之若鹜①。

可见，1924年前后富家子弟赴美留学者甚多，导致美国试图通过法律来限制留学人数。早在1909年，美国利用庚子赔款中的退还款项资助中国学生赴美留学，由此带动了北洋政府时期留美热潮的出现，其中自费留学生人数剧增。“在整个20年代，每年赴美的人数都在300～400人之间”，以至于“人们惊呼：中国留学生满布于美国”②。一言以蔽之，在当时，富家子弟赴美留学已成潮流。而无声电影《空谷兰》将与中国观众生活毫不相关的“印度出征”改写为“去美国留学”这一故事背景，无疑使得当时的观众有更强的代入感。

同样，在无声电影字幕中加入救济灾民这一话题也如实地再现了当时发生的历史事件，诉说了下层民众凄惨的生活现状。民国时期，中国各地水灾、干旱、地震、风灾、疫病、饥荒等灾害频现，民不聊生。仅1925年一年就接连发生了各种灾害：云南地区遭遇两次地震，灾情严重，又加上虫灾，财产损失达1300万元；而在四川，饥荒造成80多个县3000万人死亡；同年8月，黄花寺附近黄河大堤决口，淹没大片土地，受灾人口达200万人，“财产损失数千余万元”③。除自然灾害之外，战事与纷争亦不断，伤亡、逃难之人数不胜数④。而在影片开始摄制的1925年，上海爆发五卅运动，市民们耳闻目睹了纱厂工人受到的剥削和帝国主义与北洋政府的镇压。由此不难想象当时的普通民众因战争和剥削而穷困潦倒、生活难以为继的悲惨境遇。无声电影《空谷兰》通过加入“难民救济”这一反映社会现状的新话题，使得影片的故事情节与观众的生活空间紧密相连。从另一侧面来看，这亦是为了呼吁观众来关注和救济难民，即郑正秋所主张的“良心”二字。

综上所述，明星影片公司将“美国留学潮”“难民救济”这些当时重要的社会性事件引入无声电影《空谷兰》中，为观众们构建了日常生活的“共同空间”，巧妙地展现了时代气息，增强了影片的真实性与代入感，从而引发了观众的

① 舒新城．近代中国留学史[M]. 上海：上海书店出版社，2011：55.

② 李喜所．中国留学通史民国卷[M]. 广州：广东教育出版社，2010：38.

③ 邓云特．中国救荒史[M]. 上海：商务印书馆，1937：43.

④ 邓云特．中国救荒史[M]. 上海：商务印书馆，1937：102.

强烈共鸣。

## (二)迎合大众的欣赏趣味

无声电影《空谷兰》在重新建构的公共空间里，上演了一幕幕善恶相争的家庭冲突。在小说《空谷兰》中，子爵夫人纫珠与子爵表妹柔云“一善一恶”[①]，形成对比。而在无声电影《空谷兰》中，新加入的情节使得这一善恶对比更加强烈。

例如，影片中三个男仆不知因何事大声吵闹，惊扰主人。面对这一场景，纫珠的“善”与柔云的“恶”表现得淋漓尽致。

> 柔云：你们俩都不是好东西，一起替我滚蛋！
>
> 柔云：这两个东西太放肆，我已经把他们的生意都歇了。
>
> 兰荪：你为什么只顾放弃主权，不肯来管呢？
>
> 纫珠：这种断人家饭碗的辣手，我是下不来的[②]。

面对男仆，寄人篱下但蛮横成性的柔云摆出一副女主人的架势，认为他们太过放肆，便恶语相向，不问青红皂白地解雇了他们；而作为女主人的纫珠则下不了断人饭碗的毒手。柔云的骄横与纫珠的仁厚由此可窥一二。

此外，在小说中有一幕讲述纫珠之子良彦被柔云侮辱后，跑到母亲肖像画下哭泣的场景。这一幕在电影中改编为“哭于母像之下。柔云恶其哭，谓将不利于其弟，追而杖之”[③]。后母柔云看到良彦哭后不仅毫无怜悯之心，反而怪罪良彦的哭泣对她的亲生儿子不好，便追着杖打良彦。这样的改编进一步夸大了后母柔云之恶毒，增加了故事的内在张力，更能调动观众的情绪。

柔云视良彦为眼中钉，本欲趁其病重之际加以谋害，结果阴谋败露，驾马车外出途中不幸车翻，身受重伤。在临死之际，柔云对纫珠道出心里话：“以前种种，请你原谅，不过世界上爱兰荪的人，就是我和你两个。你让过我了。唉！我现在要让你了。”[④]柔云因贪慕富贵，处处为难纫珠，想方设法从纫珠手中夺走兰荪。她虽然一时争得了兰荪的爱和荣华富贵，却最终因贪念

① 董新宇．看与被看之间：对中国无声电影的文化研究[M]．北京：北京师范大学出版社，2000：82.

② 包天笑．空谷兰[J]．当代电影，1995(2)：116.

③ 包天笑．空谷兰[J]．当代电影，1995(2)：118.

④ 包天笑．空谷兰[J]．当代电影，1995(2)：122.

将自己葬送。影片用字幕将整个故事总结为“人生何必苦相争，终局无非归黄土”[①]，这在小说中并未出现，更加令人唏嘘。

经此改编，无声影片《空谷兰》更加鲜明地呈现了“一善一恶”苦苦相争而最终“善”战胜“恶”、先悲后喜的圆满结局。在善恶相争的过程中，“善”人屡屡隐忍，“恶”人骄横恶毒，冲突更强，戏剧张力更大，也更容易将观众吸引进情节的发展之中，喜怒哀乐的情感便随之不断起伏。因此，影片并非只具备董新宇[②]与艾青[③]所认为的“感伤”模式，还拥有善终胜恶、破镜重圆的圆满结局。正是这种先悲后喜、跌宕起伏的复杂情节满足了观众彻底释放情感的需求。

毋庸置疑，这一改编是为了迎合当时大众的欣赏趣味。如前所述，在 20 世纪 20 年代的上海，外来人口大量涌入，工业化的发展也增加了大众的闲暇时间，由此迎来了大众文化的生产与消费热潮。不仅通俗小说、杂志、报纸等纸质媒介迅猛发展，电影也普及开来，成为大众文化的重要部分。电影院陆续建成，从物质和文化层面都促使了“去看电影”这一城市生活新习惯的迅速形成。当时，电影观众大致可分为两类：一是文化程度较高的知识分子与中上层市民，二是文化程度较低的中下层市民；其中，中下层市民观众掌握的文化知识少，视野受限，思想相对保守落后，文艺欣赏水平和趣味不高[④]。陈大悲分析了当时电影观众的心理，指出“大多数观众，喜欢看曲折的故事，和热闹的情节”，“女人所喜欢的，是情感的激动。最好是得到一次挥泪的机会”[⑤]。

何秀君在回忆无声电影《空谷兰》导演张石川时曾说“石川这一辈子专门揣摩小市民观众的心理，千方百计迎合他们的口味”[⑥]，他导演的影片都是开头苦，结局喜，为的是让观众先痛痛快快地哭出来，再开开心心地笑起来，内心的情感如此一宣泄，就能吸引更多的观众来买票看电影了[⑦]。而担任字幕

---

① 包天笑．空谷兰[J]．当代电影，1995(2)：122.

② 董新宇．看与被看之间：对中国无声电影的文化研究[M]．北京：北京师范大学出版社，2000：71－73.

③ 艾青．明星影片公司探析[M]．上海：东方出版中心，2017：361.

④ 钟大丰．中国无声电影制作的发展演变[J]．当代电影，1997(1)：24.

⑤ 中国电影资料馆．中国无声电影[M]．北京：中国电影出版社，1996：606.

⑥ 中国电影资料馆．中国无声电影[M]．北京：中国电影出版社，1996：1522.

⑦ 中国电影资料馆．中国无声电影[M]．北京：中国电影出版社，1996：1522.

的郑正秋同样能深入了解观众的心理，明白观众的喜恶①。可见，电影《空谷兰》的编创人员都非常熟悉观众的心理，通过对小说文本的改编千方百计来迎合观众的欣赏趣味，以便吸引更多观众。

电影《空谷兰》通过改编使得“善”与“恶”更加分明，且“善”最终战胜了“恶”。柔云在阴谋败露之后，慌忙乘坐马车外出，途中车翻人亡。而纫珠最终与兰荪重归于好，再续前缘。这一因果报应的结局正好契合了观众的期待视野。正如担任编剧的包天笑所言，“当时上海的观众，却喜欢看此种情节曲折的男女悲喜剧”②。而曲折复杂的爱情故事与因果报应的故事结局无疑迎合了20世纪20年代上海平民百姓的观影喜好。此外，影片中演员演技精湛，张织云善演苦角，饰演的纫珠善良仁厚，历经种种苦难，令人同情不已；杨耐梅将柔云演得妖艳阴险，让人感到气愤。这些都是无声电影《空谷兰》能在当时的上海掀起热潮的重要原因。

### （三）重构社会道德秩序

在小说《空谷兰》中，子爵出征印度三年后，决定回国。子爵母亲每日在家殷切地盼望着儿子平安归来，但子爵从印度出发后并未回家，而是想到陶村时介临终前的嘱托尚未完成，于是“趁此先到陶村的家里然后回家。借此稍为迂道一点儿，也可以遨游乡村之间、呼吸些新鲜空气，决定先去陶村家后回自己家”③。与此相对，在无声电影《空谷兰》中，兰荪从美国回来后直奔家中，母亲甚喜；因受同学临终嘱托，回家后马上又赴嘉兴前往陶时介家。这一改编将兰荪顾及母亲思子心切的一片孝心充分地表现了出来。

同样，在小说《空谷兰》中，子爵夫人澄子因发现子爵与表妹的隐情，一气之下携身形酷似的婢女趁家人不注意离开了子爵府，乘坐火车时发生重大事故，婢女面目全非，仅凭衣物被误认为子爵夫人；根据后续情节的发展，读者才知死去的是婢女，真正的澄子隐姓埋名，只身一人在偏僻的山村默默生活。在无声影片《空谷兰》中同样设有纫珠携婢女离家，乘坐火车被误以为遇难的情节，而之后的情节却被改编成纫珠离开夫家、直接回到父亲家，而父亲本以为纫珠已亡，无比悲痛地前往兰荪家办丧礼，回家后才发现女儿已在家中等待多时。

① 中国电影资料馆．中国无声电影[M]．北京：中国电影出版社，1996：1220.

② 包天笑．钏影楼回忆录[M]．北京：中国大百科全书出版社，2009：549.

③ 包天笑．空谷兰上册[M]．上海：有正书局，1924：10.

> 兰荪闻惊，与陶翁趋车站，抚尸大恸，以为果纫珠也。营葬毕，陶翁别婿而归。时纫珠宁家已久，翁猝睹大惊。互述所遭，始知其误。纫珠虽悲翠儿之因己而死，而又深幸其自此可绝纪氏之念。请于父，愿侍终老。翁度其志不可夺，听之①。

父亲看到纫珠无比惊讶，纫珠遂将事情始末告知父亲，并决意侍奉父亲终老。这一改编使得小说的故事情节发生了不小的变化，向观众提前告知了女主人公并未死亡这一事实。这一改编极大地弱化了小说的推理性，却凸显出儿女对父母的一片孝心，令人感动。影片为何作此改编？

中国传统文化重视伦理道德。梁漱溟曾指出传统中国是“以伦理为本位的社会”②。中国的《孝经》主张“孝为德之本”，可见“孝”被视为中国重要的伦理道德。因此，影片的编创人员通过加入“孝”的元素，将重视自由主义、个人主义的英国家庭形象重塑为重视孝道、亲情浓厚的中国家庭形象。这一家庭形象的变化正好与包天笑所倡导的“保守旧道德”③相契合。在当时的中国社会，传统的道德体系逐渐瓦解，而新的道德体系尚未完全建立④。面对这一现状，具备强烈社会责任感的包天笑、郑正秋等知识分子意欲通过电影，重新唤起作为中国传统道德的“孝”“善”之道，以期重构社会的道德秩序。

综上所述，在20世纪20年代上海的大众文化生产与消费热潮中，鸳鸯蝴蝶派作家包天笑应明星影片公司的邀请，加入明星影片公司，为无声电影《空谷兰》编写本事。包天笑、郑正秋、张石川等编创人员在无声电影《空谷兰》的制作过程中，通过重现同时代的重要事件来建构共同的生活空间，在此基础上为迎合大众的欣赏趣味改编故事情节，与此同时不忘所肩负的社会责任，意欲借传统道德来重构社会的道德秩序。

## 三、无声影片《空谷兰》的大众消费

无声电影《空谷兰》摄制于1925年，1926年2月10日(农历1925年腊月二十八)在上海的中央大戏院试映，1926年2月13日(农历1926年正月初一)在中

① 包天笑．空谷兰[J]．当代电影，1995(2)：115.

② 梁漱溟．中国文化的命运[M]．北京：中信出版社，2010：134.

③ 包天笑．钏影楼回忆录[M]．北京：中国大百科全书出版社，2009：389.

④ 何春耕．儒家文化精神的认同与反叛——郑正秋家庭/伦理情节剧电影的文化姿态[J]．安徽教育学院学报，2002，20(5)：51.

央大戏院首映(见图 3)。

MONDAY FEBRUARY 8th 1926 THE SIN WAN PAO PUBLISHED DAILY, SUNDAYS INCLUDED

新聞報

閱報諸君鑒

SIN WAN PAO CO.

神仙世界宣言

羅致第一流游藝家

男女藝員都是環球知名人物

翡翠廳

珊瑚廳

中央大戲院

丙寅新正元旦起准映空前國產電影

根據世界名著哀情小說

空谷蘭

導演張石川 編劇包天笑

攝影董克毅 佈景董天涯 說明鄭正秋

明星影片公司精美月份牌一張

模特兒班今日起重演五天

珊瑚及瑪瑙

惟昌里新屋落成催接租聲明

王鈍根 潘毅華 主編之年報

图 3 《新闻报》1926 年 2 月 8 日影片《空谷兰》广告

《明星特刊》1925 年 11 月 12 日刊载了郑正秋的文章《摄空谷兰影片的动机(上)》，1926 年 1 月 1 日刊登了文章《摄空谷兰影片的动机(下)》与《空谷兰》的宣传广告。可见，明星影片公司在影片摄制早期便已经借助小说《空谷兰》的品牌优势展开了无声电影《空谷兰》的宣传攻势。在此宣传的带动下，无声电影《空谷兰》成功地引起了媒体的关注，有关影片的消息屡见报端。《画报》(1925 年 11 月 21 日)、《紫葡萄》(1925 年 12 月 25 日、1926 年 2 月 13 日)、《游艺画报》(1926 年 1 月 26 日)、《美报》(1926 年 1 月 27 日)、《戏剧电影》(1926 年 1 月)、《良友》(1926 年 2 月 15 日)、《国闻周报》(1926 年 2 月 28 日)、《图画美报》(1926 年 3 月 13 日)都载有无声影片《空谷兰》的剧照、广告、本事、字幕、影评等(见图 4)。与此同时，《申报》《时报》《新闻报》《时事新报》《年报》等各大报纸也都刊载了无声影片《空谷兰》拍摄的进展情况、本事、试映和正式上映时的盛况及影片评论等相关信息①。

**图 4 《戏剧电影》1926 年第 1 卷第 2 期所刊《空谷兰》剧照**

该片在农历 1925 年腊月二十八特选在“专映国产佳片之影戏院”②——中央大戏院试映，试映时“观者盖目眩而心醉矣”③。之后，在农历正月初一获准在中央大戏院正式上映，连映 14 天。时值我国阖家团圆、热闹非凡的春节，这一档期排片无疑是精心安排的。1926 年 8 月 15 日《明星特刊》发行了《空谷兰号》，刊登了影片《空谷兰》的演职人员表及至今之历史、广告、前部本事、后部本事、前部字幕、后部字幕以进行影片回顾，其中在本事的文字介绍中还穿插了不同场景的剧照。即使在上映两年多之后，该片的话题热度依旧不减。1928 年 12 月 2 日《成都常识周刊》刊登了题为《摘谈空谷兰影片》的文章。

换言之，无声影片《空谷兰》在拍摄、试映、首映、上映后等各个阶段，

① 李道新．中国电影史研究专题[M]．北京：北京大学出版社，2006：15－18.

② 云．中央大戏院近讯[N]．申报，1925－11－19.

③ 小记者．空谷兰述评[N]．新闻报，1926－2－20.

明星影片公司及各大报社和通俗杂志社充分利用报纸、杂志等纸质媒体，持续不断地刊登精美剧照、故事情节、影片评论、广告等信息，势头强劲地营造了“无声影片《空谷兰》”这一公共话题，极大地强化了观影期待，刺激了消费欲望。而当时的广大民众受到充斥于报纸杂志上的相关话题的持续刺激与诱惑，又适逢春节，便积极主动地走进电影院、参与相关话题讨论，使得无声影片《空谷兰》的影响力进一步扩大。可以说，明星影片公司在一个世纪前已经成功地探索出一套相对成熟的电影营销模式，使影片的摄制和上映本身成为报刊新闻的素材，有力打造了自身的品牌。

翻看当时的新闻报道与影评，可以看到无声影片《空谷兰》在中央大戏院正式上映之后，“连日前往观光者异常踊跃”①，“中央大戏院自开映明星新片《空谷兰》后，生涯颇盛”②。不仅上海如此，影片同样风靡其他国内城市乃至海外。范烟桥曾讲述自己在苏州观看该影片时的情景：“三日往已告满座，乃欲购四日五日券。日映两回……是日细雨连绵又复春寒恻恻，而来者仍如潮斯涌，女子尤多于男子……续至备看第二回者已如汽车至站，旅客争相上下，狂热可知矣。”③另据1926年10月14日《申报》报道，“当《空谷兰》在南洋荷属开映时，该地侨胞所组之华字日报咸一致颂扬，誉为国产电影中罕见之佳作”。可见，在全方位、高频次的宣传攻势下，无声影片《空谷兰》掀起观影热潮，在全国各地乃至海外都成为票房收入与口碑俱佳的影片。

无声影片《空谷兰》的观众有一般市民也有知识阶层，双方都积极地参与了影片评论。从一般市民的观影体验来看，《空谷兰》的剧本、表演、摄影俱佳，“三好并一好、毫无缺憾”④。影片中最令人感动的是良彦遭后母柔云痛斥后在生母肖像照下哭泣一幕，场面感人，令观者无不为之泪下⑤。范烟桥在影评中也特别提及这一幕，“至良彦被扑哭于母象，纫珠爱莫能助时，忽断片暂息，回顾所及者有泪眦莹然者，感人深矣”⑥。这也从侧面证明了影片进一步夸大柔云之恶的改编策略成功地迎合了当时一般市民观众的观影喜好。此外，演员演技之精湛、摄影技术之进步也大受好评。尤其是张织云在剧中

① 祖泽．捧空谷兰[N]．时事新报，1926-2-18.

② 熊梦．评《空谷兰》[N]．时报，1926-2-23.

③ 范烟桥．《空谷兰》之苏州观[J]．紫罗兰，1926，1(12)：1.

④ 古莲．谈《空谷兰》[N]．时事新报，1926-2-17.

⑤ 熊梦．评《空谷兰》[N]．时报，1926-2-23.

⑥ 范烟桥．《空谷兰》之苏州观[N]．紫罗兰，1926，1(12)：1.

一人分饰两角，“除了面部因戏中需要相像外，其余举动都判若两人”①。张知云高超的演技给观众们留下了深刻的印象，使得她在影片上映同年8月高票当选我国首位“电影皇后”。南洋的华侨观众也给予了该影片极高的评价，有评论称“张织云之饰纫珠，其态度之端娴、表情之逼真、工愁多虑，处处使人堕同情之泪……良彦却能处处体会入微，念母的深情形容之妙，固然是西洋的伦理片中未曾梦见过……配影和光线比较《新人的家庭》更加进步，尤妙在想念某人时在脑中会化出某人来，这也是新奇的摄影术”②；“今阅《空谷兰》影片实叹观止矣，其剧情之紧凑、艺术之精美、布景之都丽、穿插之丰富，均远胜《新人的家庭》。光线是用电光摄影带一种美术景象，非常清晰可观，却是空前之杰作……表演之自然较前进步矣”③。换言之，在南洋的华侨观众看来，影片同样因为演员表情之逼真自然、故事情节之感人至深、布景与摄影技术之高超而引人入胜，好评如潮。

知识阶层对无声影片《空谷兰》的评价则褒贬不一。一方面，电影界的知识阶层人士高度评价该影片。《空谷兰》在上海上映之后，又于1926年3月在北京的平安电影院上映。时任明星影片公司的著名导演、影评家洪深在影片上映的休息时间发表演讲时说道：

> 许多外国电影院都拒绝映演中国片的，就是有几个中国人自己组织的电影院也拒绝。这我决不怪他们，因为中国片的艺术实在不够格……这回《空谷兰》能到平安映演并不是平安与明星公司有特别好感，乃是明星公司这回的制片的确比从前有研究了④。

我国早期电影的发展受制于由外国商人经营的电影院，国产影片放映必须征求电影院的许可，且要支付比外国影片还要高的租赁费用⑤。从洪深的演讲可知，因为国产片的品质不高，连中国人经营的电影院都谢绝放映国产片；而影片《空谷兰》的艺术水平确实进步了，所以才得以在平安电影院放映。由此可以读出电影专业人士对影片《空谷兰》艺术水平的肯定。此外，文学理

① 古莲．谈《空谷兰》[J]．时事新报，1926-2-17.

② 秋云．侨胞欢迎国产电影[N]．申报，1926-10-14.

③ 秋云．侨胞欢迎国产电影[N]．申报，1926-10-14.

④ 伏园．空谷兰与洪深先生[N]．京报副刊，1926-3-11.

⑤ 艾青．明星影片公司与早期中国电影放映模式的开拓[J]．电影新作，2015(2)：56-57.

论家陈源在看完影片《空谷兰》后这样评价："在我所看过的三个顶好的中国影片中，至少可以说，这一个片的毛病比较的少些。摄影的技术显然进步了。以前的影片有时几乎像报纸上印的照相，模模糊糊的看不出东西来。这一个影片却黑白分明，光线很好。"①从这些知识界精英们的评论可知，与当时低品质的国产影片相比，无声影片《空谷兰》因在制作过程中更加考究，使得影片的完成度与艺术程度更高，才得以在一些大的电影院上映。

另一方面，也有一些知识分子表现出冷眼观之的态度。陈君清在 1927 年的《文学周报》上发表评论："一张叫《空谷兰》的影片，从几方面的他们的宣传来诱惑我们去看它，结果只看了一半，便不得不使我退出影戏院来返回家里。印象，自然是一些也没有了。"②可见，对陈君清来说，该影片宣传造势虽强，但影片本身并无吸引人之处。而看惯了外国影片的陈源虽然肯定了该片的摄影技术，却指出"《空谷兰》这样的剧本，根本说没有多大的意思。演员没有表情的能力"③，贬低了该片的剧本与演员的表演水平。陈大悲曾认为，当时只占全国总人口极小比例的知识阶层最喜欢研究影片蕴涵的意义，因其眼光挑剔，所以他们满意的影片少之又少④。同样，郑正秋在《中国影戏的取材问题》一文中也主张："我们以为照中国现在的时代，实在不宜太深、不宜太高，应当替大多数人打算。不能单为极少数的知识阶级打算的。"⑤。事实也证明，明星影片公司为迎合大众喜好而改编的无声影片《空谷兰》受到了大多数观众的热捧，在中国无声电影史上创下了最高票房收入。

关于无声影片《空谷兰》的评论虽毁誉参半，但不可否认的是，在 20 世纪 20 年代的中国，一般市民和知识阶层都积极主动地加入关于无声影片《空谷兰》的讨论，在 1925 至 1928 年期间掀起了无声影片《空谷兰》的消费热潮。无声影片《空谷兰》不仅是 20 世纪 20 年代上海大众文化生产与消费热潮的重要组成部分，也成为反映这一社会历史的范例。

## 四、结语

本节着重考察了在 20 世纪 20 年代上海大众文化生产与消费热潮中，小说《空谷兰》是如何被改编为无声电影进而被大众消费的。具体来说，黑岩泪

① 陈西滢．西滢闲话[M]．南京：江苏文艺出版社，2010：159－162.
② 张斌宁．阅读的快感[M]．西安：西北农林科技出版社，2014：95.
③ 陈西滢．西滢闲话[M]．南京：江苏文艺出版社，2010：159－162.
④ 中国电影资料馆．中国无声电影[M]．北京：中国电影出版社，1996：606.
⑤ 中国电影资料馆．中国无声电影[M]．北京：中国电影出版社，1996：290.

香的家庭小说《野之花》由包天笑翻译成中文小说《空谷兰》后，深受大众喜爱。受当时上海大众文化生产和消费热潮的影响，明星影片公司邀请包天笑一起把小说《空谷兰》改编成了无声电影，进行了文化商品的“再生产”。作为生产者的包天笑、郑正秋、张石川等人在电影《空谷兰》的制作过程中，通过加入同时代的重要事件为观众呈现了一个共同的生活空间；在此基础之上，在讲述符合大众口味的故事的同时，试图借传统道德重新建构社会的道德秩序。进入消费阶段之后，在电影《空谷兰》的摄制、试映及上映前后的各个阶段，明星公司、报社和通俗杂志社通过纸质媒介，积极为电影《空谷兰》造势。在强有力的宣传下，当时的一般市民和知识阶层都通过观影和影评活动来积极参与关于影片的讨论。可以说，小说《空谷兰》、作家包天笑的象征资本与明星公司成功的电影营销模式合力促成了这一大众文化消费行为。由此，无声电影《空谷兰》在全国掀起热潮，创下了中国无声电影史上的最高票房纪录，使得“空谷兰”在我国文化场域内成为具有极高价值的文化符号。

**本章注释：**

【注 1】相关具体论述详见饭塚容的《关于〈空谷兰〉——黑岩泪香〈野之花〉的变化——》(『空谷蘭』をめぐって——黒岩涙香『野の花』の変容——)，载《中央大学文学部纪要第170号》(中央大学文学部紀要第170号)，1998年，第93－115页；以及《被搬上银幕的文明戏》，载《戏剧艺术》2006年第1期，第46－50页。

# 第三章 《空谷兰》的地方戏改编

## 第一节 海派文化视野下的《空谷兰》哭戏改编

包天笑翻译的小说《空谷兰》广受读者好评，之后又以文明戏、无声电影的艺术形式流行开来。1934 年天一影片公司与明星影片公司争相改拍无声片《空谷兰》为有声片，为避免混淆，天一公司将片名改为《纫珠》①。1934 年 12 月 30 日，天一公司出品的《纫珠》在上海卡尔登大戏院首映②，邵醉翁、高梨痕任导演，范雪朋、叶秋心主演，但该片反响不佳，有评论称“有许多地方，反弄得不能满意”③，“冗长的对白，生硬的表情，使人感不到相当愉快的”④；但该片仍“在全国各大戏院公映，拷贝多至十余部”⑤。而明星公司改编重拍的对白歌唱声片《空谷兰》于 1935 年 2 月 3 日起在新光大戏院公映，编剧兼导演为张石川，主演为胡蝶、高占非、严月娴。该片虽比天一公司晚映了一个多月，但观众反响要好得多：音效好，台词熟练，镜头的穿插调和了伤感氛围⑥。1935 年 2 月 21 日，明星公司的周剑云、胡蝶等人携《空谷兰》《姊妹花》等影片应邀前往苏联参加国际电影展览会。之后，《空谷兰》在德、法、英、苏、比等国公映，反响热烈，颇受各界称赞。影片《空谷兰》在国外的公映受到国内的普遍关注，各大报刊争相报道胡蝶一行在欧洲各地的情况。在文明戏《空谷兰》、无声片《空谷兰》与两部有声片《空谷兰》的广泛影响下，小说《空谷兰》又被改编成评剧、越剧、河北梆子、京剧、潮剧、琼剧、沪剧、甬剧、闽剧、粤剧、歌仔戏、锡剧、广东木偶戏、海南杖头傀儡戏、弹词等多种地方戏在民间频繁演出，远播至泰国、越南、新加坡、马来西亚等地，形成了一道绚丽的“空谷兰”奇观。

---

① 流.《新空谷兰》改名《纫珠》[N]. 申报，1934-7-28.

② 白芸.《纫珠》在卡尔登公映[N]. 申报，1934-12-31.

③ C下. 评《纫珠》(天一出品)[J]. 电声(上海)，1935，4(4)：87.

④ 周虺.《纫珠》的我见[N]. 申报，1935-1-13.

⑤ 白芸. 天一花絮一束[N]. 申报，1935-3-11.

⑥ 周虺.《空谷兰》我见[N]. 申报，1935-2-15.

值得关注的是，仅在抗日战争时期的上海一地便汇聚了沪剧、评剧、越剧、甬剧、弹词等多种地方戏《空谷兰》，这一文化奇观更凸显了地方戏《空谷兰》的研究价值。抗战时期的上海为何汇聚了多个戏曲版本的《空谷兰》？该戏为上海广大民众呈现了怎样的故事？其背后蕴含了怎样的历史镜像和人文意义？下文将在充分挖掘地方戏《空谷兰》相关文献资料的基础上，从“海派文化”这一视角出发，通过文本比较详细分析改编过程中的变化，探讨改编的原因与影响，以期能为地方戏研究提供更加可靠的史料与相对独特的视角。

## 一、“多元共生”的流行地方戏《空谷兰》

“海派文化”这一概念缘起于绘画和戏剧中的“海派”，兴盛于20世纪三四十年代。上海是我国近代最早的通商口岸之一，对外贸易和商业活动发展迅速，外来人口大量涌入，中西文化在此交融，加上西方列强纷纷设立租界等历史原因，近代都市文化的先行者——海派文化具有趋势求新、多元包容、商业意识、市民趣味四大特点①。而地方戏《空谷兰》的流行正值海派文化的兴盛期。

1937年淞沪会战爆发后，抗战在上海全面展开。但随着上海市沦陷，上海除公共租界与法租界以外的地区均被日军占领，租界犹如“孤岛”。由于租界相对安全，大批难民纷纷涌入，租界人口从1936年的167万激增到1938年的450万②。其中，非上海本地人比例为80%左右③。此外，外地许多富庶人家携带大量物资和资金进入上海，使得游资巨幅增加，这直接促进了上海工商业与娱乐市场的繁荣。租界内旅馆、电影院、茶楼、商店等消闲娱乐场所人流不息、灯红酒绿，一派生意兴隆的景象，这与租界外炮声轰鸣之景形成讽刺性的鲜明对比④。

随着各地难民的涌入及上海娱乐业的繁荣，地方戏班也纷纷来到上海，一时间上海出现了多家评剧院、越剧场、蹦蹦戏剧场、申曲剧院、昆曲剧院、

---

① 孙逊．“海派文化”：近代中国都市文化的先行者[J]．江西社会科学，2010(10)：8-12.

② 熊月之，周武．上海：一座现代化都市的编年史[M]．上海：上海书店出版社，2007：413.

③ 卢汉超．霓虹灯外：20世纪初日常生活中的上海[M]．上海：上海古籍出版社，2004：34.

④ 陶菊隐．孤岛见闻：抗战时期的上海[M]．上海：上海人民出版社，1979：4.

书场等演出场所，“江南江北 10 多种戏剧曲艺一起形成了繁荣的海派文艺”①。不同剧种之间互相借鉴、交流、竞争，形成“多元共生”之态势。各地来上海的移民“近一半(49.7%)”②通过看地方戏来消闲娱乐，改编新剧目自然成为满足大众需求的必然要求，由此，各种地方戏版的时装新戏《空谷兰》应运而生。

地方戏多起源于乡村的民间小唱，之后不断成熟，进而向城市发展，但其“乡野粗俗之气”并不符合城市观众的审美习惯。为了生存与发展，各戏班“趋势求新”，通过各种方式大量编演新剧目来进行城市化转型，以求迎合城市观众的欣赏趣味。其中不乏根据流行电影而改编的新戏，《空谷兰》便是其一。因地方戏的流动性与通俗性强，民国时期留存的相关史料极少，笔者依据在读秀、民国期刊数据库、翰堂近代报刊数据库中查阅到的著作和报刊广告中关于地方戏《空谷兰》的点滴记录，力图绘制一幅地方戏《空谷兰》汇聚上海的流行地图。

京梆子坤班奎德社的创始人杨韵谱根据无声片改编了时装新戏《空谷兰》，1926 年由奎德社演出，颇为卖座③。之后《空谷兰》由小鸣钟搬上评剧舞台，20 世纪三四十年代在辽宁、北京、山东、天津、黑龙江等地颇为流行。“评剧皇后”白玉霜 1934 年曾应邀到上海演出《空谷兰》等戏，享誉上海④；1938 年上海天声上演了评剧《空谷兰》⑤。

王梦良根据电影《空谷兰》编排了同名沪剧时装戏，1938 年 4 月由文月社首演于大世界，顾月珍女扮男装饰演良彦，一曲“良彦哭灵”唱腔感人，在上海街头巷尾流传。直至 1945 年 7 月，仍见《申报》刊有该剧团演出该戏的广告。此后沪剧《空谷兰》被多个剧团争相上演：1939 年 12 月 18 日，申园剧场上演新钟剧团王曼君主演的《空谷兰》；1943 年 4 月 13 日，二马路大新街新乐申曲上演张丽君主演的《空谷兰》。此外，1938 年，甬剧《空谷兰》根据电影

---

① 钱乃荣．“海派文化”学术笔谈[J]．上海大学学报(社会科学版)，2005，12(5)：51.

② 卢汉龙．上海解放前移民特征研究[J]．上海社会科学院学术季刊，1995(1)：140.

③ 刘文峰，于文青．北京戏剧通史 民国卷[M]．北京：北京燕山出版社，2001：210.

④ 冯远，陈瑞林．二十世纪中国艺术 下[M]．上海：上海人民美术出版社，2012：691.

⑤ 佚名．广告[N]．新华日报，1938－10－18.

进行了排演[①]，1941年甬剧金家班在上海中南饭店上演该戏。1942年，丹桂剧团在上海首演根据电影改编的越剧《空谷兰》，而抗战时期也出现了反抗侵略战争的越剧《空谷兰》[②]。戏曲评论家、弹词作家兼演员姚民哀曾编演过弹词《空谷兰》[③]，但时间仍有待考证。

可以想象，在20世纪三四十年代的上海这一都市空间里，崇尚多元、海纳百川的海派文化为地方戏提供了生存的土壤，沪剧、评剧、越剧、甬剧、弹词等多种地方戏谋势求新、紧跟风尚，依据流行电影改编《空谷兰》，在各个剧场、戏院轮番上演，台下观众多是带有不同乡音的各地移民，借家乡戏以解乡愁与苦闷，寻求精神寄托和集体认同。地方戏《空谷兰》这一流行剧目的改编与频繁上演，不仅加速了地方戏在"摩登上海"完成城市化转型的进程，还作为广大都市移民的娱乐方式，在海派文化的浸润下，逐渐成为海派文化的重要组成部分。

## 二、《空谷兰》哭戏中的"市民趣味"

从所搜集到的仅有的几个唱段来看，地方戏《空谷兰》为观众呈现的是一出"情深深悲切切"的家庭感情大戏。

1942年，丹桂剧团首演越剧《空谷兰》。以下为越剧《空谷兰·哭坟》的两个唱段：

一见坟墓心悲切

尹树春演唱(20世纪40年代录音)

兰生(唱)一见坟墓心悲切，
不由兰生将泪抛。
回想当初你与我，
恩爱夫妻比翼鸟。
你出身虽是乡下人，
提起礼貌都知道。
可爱你，金丝秀发似芙(啊)蓉，

---

① 中国戏曲志编辑委员会．中国戏曲志·上海卷[M]. 北京：中国ISBN中心，2000：18.

② 中国戏曲志编辑委员会．中国戏曲志·浙江卷[M]. 北京：中国ISBN中心，2000：136.

③ 中国戏曲志编辑委员会．中国戏曲志·上海卷[M]. 北京：中国ISBN中心，2000：877.

可爱你，眉清目秀相貌好。
可爱你待人多和气，
可爱你，出言吐语知礼貌。
可爱你，夫妇之间多琴瑟，
可爱你，一切家务是你操。
可爱你克勤又克俭，
可爱你，老母有病能尽(啊)孝。
可爱你，夫妻之间如鱼水，
可爱你，三从四德都知晓。
悔不该误听旁人言，
从此夫妻分两道。
可恨降下无情剑，
斩断我情丝有一条。
你是弃夫抛子为夫想，
哪知当中有故道。
你本是个青春女，
害你一死赴阴曹。

从此夫妻难相见
尹树春演唱(20 世纪 40 年代录音)
兰生(唱) 从(啊)此夫妻难相见，
夫妻不能同到老。
好花不长自古说，
好命易尽自古道。
今日材盖三尺(啦)土，
再不能见我妻貌。
可怜你，年少青春命太短，
可怜你忍心将我抛。
可怜你，未见孩儿来成(啊)人，
可怜你，保护名声是难以瞧。
可怜你身藏泥土内，
可怜你，一身缟素是江(啊)中抛。
我同你，好比已死的夫妻再团圆，
从此难以渡鹊(啊)桥。

我好比，鸦见砻糠空欢(啊)喜，
我好比画饼难充饱。
我好比，镜中栽花难以采，
我好比，水中明月难以捞。
我好比，天涯孤鸿无伴(啊)随，
我好比，丧家之犬无处逃，
从此蓝桥路不(啦)通，
阴阳告别两分抛。
今日坟前再见妻，
三尺黄土将情吊①。

这两个唱段既刻画出了美丽温柔、克勤克俭、恪守三从四德的传统中国女性形象，又道出了夫妻本情深却遭人离间，最终阴阳两隔的凄惨悲伤，同时也体现了丈夫的悔恨不已。而此景此语在文明戏、无声片、有声片乃至小说《空谷兰》中并未出现过。

在小说《空谷兰》中，在澄子葬礼后，其父赶至子爵府得知女儿去世的消息，要求子爵带他去墓地，澄子父亲在墓地失声痛哭，并厉声责问子爵"我女儿好端端的，为甚趁这瑞那的夜车遭了此难?"②而子爵并未在墓前痛哭夫人。根据小说改编的文明戏《空谷兰》第二十二幕场景为："昏沉阴惨中，新茔一座。子爵携正毅，哭奠于此。"后解释事实为："子爵自见其妻惨毙，回念昔日恩情，睹物思人，悲伤无限。既葬，因与纫珠父陶正毅往墓所，展拜毕，同声一哭。正毅且泣且语，责子爵不应薄幸至此，且何以对死友时介?"③可见在文明戏中子爵与岳父在墓前同哭，且子爵在岳父眼中并非情深义重，而为薄情之人。无声片《空谷兰》本事虽然简单描写了兰荪为纫珠厚葬、纫珠父亲怪罪兰荪一幕④，但并未提到兰荪哭坟。有声片《空谷兰》的本事也未见这一情节。由此可推断，越剧《空谷兰》中兰生哭坟一幕来源于文明戏"子爵携正毅哭奠于此"，但唱词内容远比文明戏《空谷兰》丰富。丈夫兰生误听他人挑拨离间之言，与夫人心生嫌隙；而夫人为丈夫着想离开夫家，不幸遇难。兰生在

① 《中国越剧大典》编委会，钱宏．中国越剧大典[M]．杭州：浙江文艺出版社，2006：831－832.

② 包天笑．空谷兰上册[M]．上海：有正书局，1924：123.

③ 范石渠．新剧考[M]．赵骥，校．上海：文汇出版社，2015：34.

④ 包天笑．空谷兰[J]．当代电影，1995(2)：118.

夫人坟前悔恨不已，回忆起之前一幕幕恩爱情深的场景及夫人温柔仁德的良好品性，不禁悲从心来。这段唱词改写了之前版本中子爵与夫人之间情感日益淡薄的情节，更加凸显了丈夫对妻子的一往情深。

无独有偶，弹词《空谷兰》同样出现了“空谷兰上喷哭婢”唱段。

> 惨淡西风夕照昏 谁家青冢苦留痕 见那边一盂麦饭双辉烛 却原来小姐多情扫婢坟 哀哀哭 缓缓陈 珠喉哽咽泪难禁 可怜我遇人不淑终身害 墓地鸳鸯两处分 可怜我美满恩情同逝水 鹊巢鸠占忿难平 可怜我空房独宿孤灯伴 懒对菱花照翠颦 想你是陪我妆台劳岁月 百般侍奉献殷勤 眼看我受人欺侮冤谁雪 这叫做名式夫妻宿孽深 几番劝导娘家转 足智多谋远胜人 没奈何镜破钗分情惨切 怎能堪娘儿相隔度晨昏 害得你无端毕命轮蹄下 好叫我何处重寻玉女魂 乐煞冤家兄与妹 错将遗箧当侬身 然而是恶心肠果报终须有 你在阴曹莫怨嗔 待奴奴 携手一仝行①

这个唱段出自《映清女士弹词开篇》，书中可见旧上海名人林康侯、周瘦娟、严独鹤、钝根等人的题字及陈达哉所作之序，可知该书在上海文人中的影响力。据其序可知“自无线电播音机畅布而弹词益盛……电台节目中其大部分时间悉为弹词”，而《映清女士弹词开篇》则是对当时广播中的弹词加以润色后的唱词。无线电广播自 1923 年在上海开播以来，迅猛发展，20 世纪三四十年代在上海已颇为流行，拥有不同阶层的广泛听众，而弹词为无线电广播的重要内容，“听评弹成为市民的一种生活状态”②。由此可推测，弹词《空谷兰》通过拥有大量观众的无线电广播流行开来。

无声片《空谷兰》本事在片尾写道，纫珠因侍婢翠儿为己而死悲伤万分③，但并无哭坟一幕。文明戏与有声片《空谷兰》均未提及此段。从弹词“空谷兰上喷哭婢”中可以得知，原本恩爱的夫妻因受恶人挑拨而劳燕分飞，凄惨哀伤。唱词中的“镜破”一词继承了我国传统戏剧中的“分镜”母题。这一母题来源于孟棨《本事诗》“情感第一”，叙述了陈太子舍人徐德言与后主之妹乐昌公主结为夫妻，但因陈国亡，夫妻无奈别离，别前打破一镜，各执一半。后乐昌公主入越公杨素府，虽备受宠爱，但不忘前夫。德言于约定之日访京城遇高价

① 陈姜映清．映清女士弹词开篇[M]．上海：家庭出版社，1936：38－39.

② 洪煜．近代上海无线电广播与苏州评弹[J]．史林，2012(6)：16.

③ 包天笑．空谷兰[J]．当代电影，1995(2)：115.

卖半镜者，出半镜合之并题诗托人交于公主。公主得诗后悲痛万分，越公得知实情，成全德言与公主夫妻团圆。“分镜”母题被后代文人频繁使用，不仅出现在元稹《古决绝词》、杜牧《破镜诗》、赵令畤《蝶恋花》、秦观《调笑令》等唐诗宋词中，还在宋戏文《乐昌分镜》、元杂剧《徐驸马乐昌分镜记》及明传奇《破镜重圆》《合镜记》《新合镜记》中被不断传承与演绎，在民间广泛流传①。以“分镜”为母题的传统戏剧不脱“夫妻恩爱—破镜各执一半—因外力而分离—赴约合镜—夫妻团圆”这一“合—分—合”的情节结构。弹词《空谷兰》明显采用了传统戏剧中的“分镜”母题，并增加了新的故事素。侍婢替夫人而死，夫人尚在人世却被误以为亡故；夫妻别离的同时带来了母子相隔、后母虐子之人伦悲剧，从而使得故事情节更加曲折离奇。尤其是“分镜”母题与后母母题相叠加，更彰显了情节之凄惨，更易触动观众。

评剧《空谷兰》中便有母子相隔两地的哭戏片段。

> 未曾(呀)说话(呀)泪湿衣襟，问一声爹爹你老人家听真。孩儿我回家来一十几岁，今年一算十四春。(啊)孩儿我一心无有挂念，挂念着良彦你的孙孙。也不知他的父把他疼爱，怕只怕那个柔云虐得儿的身。(啊)今日里孩儿我都遭惨待，所以(的那个)诸事呀爹爹小心，爹爹有个好和歹，那时叫儿怎度光阴②。

这个唱段讲述的是纫珠归家侍父已十四年，心中无比挂念儿子良彦，担心会遭后母柔云虐待，同时又担心父亲，心中无比苦楚。文明戏《空谷兰》只写有“盖纫珠出走后，归依其父，思子綦切”③，并无其他详细台词。无声片《空谷兰》则写有院长推荐纫珠去柔云学校当教务长，纫珠因十四年没见过儿子，觉得这是个很好的机会，但并未表露一丝悲伤之情。评剧这一唱段乃新增之处。

除以上三种地方戏的四个唱段之外，沪剧也有驰名上海的顾月珍“良彦哭灵”唱段。这一唱段现尚未见相关唱词，但据顾月珍女儿解波所述，顾月珍在排演新戏《空谷兰》时要扮演失去生母、备受后母虐待的良彦，因自己有相似经历，表演时辛酸的记忆纷纷涌进心头，便以哀婉悲伤、感人至深的唱句抒

---

① 司徒秀英．“乐昌分镜”母题在宋明“戏曲”文学演绎初探[J]．华中科技大学学报(社会科学版)，2004(3)：72－76.

② 王鹤．奉天落子文化与评剧歌唱艺术[M]．沈阳：万卷出版公司，2014：324.

③ 范石渠．新剧考[M]．赵骥，校．上海：文汇出版社，2015：35.

发出来，从而使得“良彦哭灵”这一唱段不胫而走，深受欢迎①。而无声片《空谷兰》本事仅写有良彦在母亲照片前哭诉自己命苦的情节。可见沪剧“良彦哭灵”唱段是对无声片《空谷兰》良彦哭诉一幕的充分延展，突出了良彦身世的悲凄，强烈控诉了后母的欺凌，大大增强了戏剧的感染力，以此来引发观众情感上的共鸣。

综上所述，与文明戏、无声片、有声片《空谷兰》相比，“多元共生”的地方戏《空谷兰》增加了丈夫哭坟、纫珠哭婢、纫珠哭儿与父、良彦哭灵等哭戏，唱词悲凄、感情真挚，令人不由得悲从心生。这一改编贴近市民观众的日常生活，强烈地表达了夫妻之情、亲子之情等世俗情感，迎合了市民趣味。而从故事的整体情节来看，各种版本的地方戏《空谷兰》的主要故事素相似，并未呈现出地方色彩上的差异，故事都按照“结婚—离家遇难—丈夫续弦—重返纪府—揭穿后母阴谋—团圆”的情节结构来展开。这与以“分镜”为母题的传统戏剧相比，既有继承又有突破。一方面，地方戏《空谷兰》继承了“分镜”母题中“夫妻恩爱—破镜各执一半—因外力而分离—赴约合镜—夫妻团圆”的故事素，激活了在民间流传已久的传统戏剧情节，唤醒并满足了观众基于“所熟识的先在审美经验”②所产生的“期待视野”，在此基础上又加入了妻子在世却被误以为亡故、母子相隔、后母虐子、生母救子等全新的故事素，使得故事情节更加扑朔迷离、曲折离奇，故事内涵更加丰富，脱去了老生常谈之感，实现了对市民观众“期待视野”的超越与重构，产生了“审美距离”，从而更具戏剧张力与吸引力。如此这般对“市民趣味”的迎合与再塑无疑有力地推动了地方戏《空谷兰》在上海这一都市空间中的流行。

## 三、宏大叙事与微观叙事的立体建构

翻阅当时的报纸与戏剧史资料，不难发现抗战时期的上海流行哭戏。除地方戏《空谷兰》的哭戏外，同时期的越剧演员徐玉兰演唱的《红楼梦·哭灵》、范瑞娟演唱的《山伯临终》、施银花演唱的《玉蜻蜓·志贞哭图》与《方玉娘哭塔》、沪剧演员邵滨孙演唱的《唐寿哭少爷》、筱月珍演唱的《飞尸告状》等哭戏，段段悲凄哀婉、声泪俱下，大受观众好评，成为经典唱段。这一现象固然与我国地方戏曲的哭戏传统有关，《邓夫人苦痛哭存孝》《淤泥河·哭夫》《荆

① 中国人民政治协商会议上海市委员会文史资料委员会．上海文史资料选辑(第六十二辑)戏曲菁英(下)[M]．上海：上海人民出版社，1989：290.

② 姚斯，霍拉勃．接受美学与接受理论[M]．周宁，金元浦，译．沈阳：辽宁人民出版社，1987：31.

钗记·哭鞋》《行路哭灵》等哭戏片段传唱已久，哭出了普通民众平凡生活中的悲欢离合。而各种地方戏的哭戏如此集中地在抗战时期的上海演出，必定有其更加深刻的社会原因。

淞沪会战后，大量难民涌入上海租界，在夹缝中求生存。1942 年 12 月 8 日，上海公共租界与法租界沦陷，日本在政治上实行严酷的法西斯主义统治，在文化上则着力打击爱国进步人士。在这样的恐怖气氛中，抗日爱国的文化活动几呈中断之势。与此相对，日本当局对大众文化却采取放任态度，游乐场、电影院、戏院、书场等娱乐场所和茶楼酒馆都能正常营业[①]，呈现出一片虚假繁荣的景象。但上海娱乐业表面繁荣的背后是民众颠沛流离、民不聊生的悲苦生活现实，地方戏艺人因生活在民间，与普通民众拥有共同的生活体验，他们更愿意通过低沉悲凄的唱腔来吐露民众内心的悲苦之情。越剧名伶袁雪芬曾回忆道：

> 30 年代，国难当头，上海正处在日本帝国主义蹂躏之下，人民颠沛流离，苦难深重，心中积蓄着压抑、悲愤的情绪，这种情绪也时时激荡着我的心，我渴望在舞台上倾吐出人们的这种感情。那时我常演悲剧戏，并以悲旦为长，为了表达旧时代妇女受压迫被欺凌的形象，我的唱腔曲调大多低沉悲凄[②]。

许多外地民众因时局变化，远离家乡来到上海，或妻离子散，或倾家荡产，内心无比苦闷，故时常借听家乡戏来寻找精神慰藉。悲凄的唱腔使个人深刻的生活体验收获强烈的共鸣，从而实现情感的疏泄。陈小蝶曾写道：

> 沦陷以后，直到现在，上海人沉没在地狱里臭坑里，上面是压榨，下面是蒸煮，含着一肚的泪水没处去伸说，忽然听见这惨厉的哭声，反觉自己舒了一口气，于是便欢喜听这哭声，他哭得愈惨，我愈觉得痛快[③]。

因此，在地方戏《空谷兰》中加入丈夫哭坟、纫珠哭婢、纫珠哭儿与父、

---

① 陶菊隐．孤岛见闻：抗战时期的上海[M]. 上海：上海人民出版社，1979：109.

② 中国人民政治协商会议上海市委员会文史资料委员会．上海文史资料选辑(第六十二辑)戏曲菁英(下)[M]. 上海：上海人民出版社，1989：11.

③ 陈小蝶．无线电[J]. 半月戏剧，1947，6(3)：14.

良彦哭灵等哭戏，不仅体现了具有民间身份的地方戏艺人对“市民趣味”的迎合与再塑，还表达了他们在抗战时期动荡不安的时局下，体恤底层民众世俗生活和悲苦内心的民间意识。从这个意义上看，可以说贴近普通民众日常生活的哭戏构建了一个独特的想象空间，民间地方戏艺人与观众在这一空间里重新感触并共同体验非常历史时期的复杂境遇，从而抒发内心的压抑与不满。

随着抗战局势日益紧张，上海的戏剧工作者积极编演了大量戏剧来号召抗日救亡。但随着国民党军队的撤离，出版社、电影制片厂、高校等大量文化机构陆续迁往内地，不少文化界精英人士也先后离开上海，或内迁或去往香港等地。因此，由文化精英领导的抗日救亡文化活动一时间陷入沉寂状态。因租界当局不允许公开宣传抗日，戏剧工作者只能编写历史剧，以求达到借古喻今、委婉反抗的效果。如阿英创作了取材于南明史事的《碧血花》(1939)、《海国英雄》(1940)、《杨娥传》(1941)，以及取材于太平天国史料的《洪宣娇》(1941)。这四部戏“借古喻今，号召团结，反对分裂，激励人们反对日寇”①。于伶创作的现实剧《女子公寓》(1938)、《花溅泪》(1938)与《夜上海》(1939)真实地展现了人们在“孤岛”的种种遭遇，隐晦地反映了抗日的时代背景。

同样，充满抗敌元素的有声片《空谷兰》在1935年2月首映后反响热烈，一时间受到国内外的普遍关注。即使在多年之后，该片依旧热度不减，在明星、荣金、西海、国联、大沪等上海大剧院上映的广告仍然断断续续地出现在1938年2月至1943年12月的《申报》《新华日报》等报纸上。如《申报》1941年12月8日刊载的广告称：

> 西海　六角　七角　幼童四角　胡蝶　高占非　严月娴　宣景琳　赵丹
> 伟大悲剧　上下二集　一次看完　空谷兰　有声拷贝　明星公司　无敌大贡献　全体明星空前大会串

《申报》1942年3月10日刊载的广告称：

> 大沪　座价　一元 一元二　胡蝶　得意杰作　兼饰主婢二角空谷兰　影界首部悲苦伟大巨片　赠券停用

① 上海社会科学院文学研究所．上海“孤岛”文学回忆录 下[M]．北京：中国社会科学出版社，1985：362.

从广告上所刊登的票价可知，这些大剧院的有声片是提供给中上层人士观看的。而供中下层民众消费的是二角至五角一场的剧院地方戏与低至一角或十七八铜圆一场的小戏院地方戏。

有声片《空谷兰》的故事发生在北伐战争之时，纪兰荪与陶时介都是北伐军的战士，而时介在战争中为主义而献身。他在临死前，一方面不忘鼓励同志们继续奋斗，一方面将遗物托付给兰荪，嘱咐其转交给家人。兰荪不忘时介嘱托，在战争告一段落后赶赴时介家转交遗物，在此与兰荪的妹妹相遇，由此展开了之后环环相扣的悲欢离合与恩怨情仇①。这一点继承了小说与文明戏《空谷兰》中的情节，即少年在异域战死沙场为故事男女主人公相遇的背景与前提。此外，有声片《空谷兰》新加了两首抗敌卫国的插曲——《抗敌歌》与《大地行军曲》。其中《抗敌歌》唱出了面对敌人的强占掠夺，战士们为了民族和国家齐心协力打败敌人、一雪国耻的决心；《大地行军曲》唱出了奋勇杀敌的弟兄们不怕艰难、不惧生死，抛小家为大家，在嘹亮的行军号中英勇前进的悲壮之情。歌词中"齐心打敌人""雪国耻，复边疆"，以及为了自由解放与光明幸福不怕艰险劳苦的口号无不令人热血沸腾。这部影片在抗战时期的上海反复放映，显然是为了回应抗日救亡这一时代主题，隐晦地号召大家团结起来反抗日本侵略者。

同在上海这一都市空间中，大剧院在为有一定文化修养的中上层人士上演隐喻抗日的有声片《空谷兰》，呼吁抗日救亡；价位低廉的小戏院则上演用各地方言演出的悲苦哭戏《空谷兰》，供中下层劳苦大众观看，充分表达底层民众在抗战时期的悲愤之情。换言之，同一个《空谷兰》故事，以两种不同的叙事方式展现给不同阶层的上海民众，一种是隐晦地展现抗日救亡的宏大叙事，斗志激昂；一种是直观地表达世俗情感的微观叙事，悲凄低回。两种叙事方式看似矛盾实为互补，满足了上海不同阶层的观众需求，真实真切地表现出日本侵略者给上海民众带来的创伤，立体全面地构建了抗战时期上海的芸芸众生相。

## 四、结语

电影《空谷兰》的热映使其故事情节被改编成多种地方戏，在全国各地乃至海外争相上演，影响绵延至今，具有重要的研究价值。抗战时期，因上海

① 《电光幻影》编写组．电光幻影：上世纪前半叶电影故事存真[M]. 上海：上海科学技术文献出版社，2011：99.

租界相对安全，全国各地的难民纷纷涌入租界，其中不乏携带大量物资和资金的富庶人家。难民的大量涌入与游资的巨幅增加使得租界的娱乐业异常繁荣，各地戏班纷纷来沪，低廉的票价使得听戏成为广大民众重要的娱乐活动。为满足源源不断的大众需求，“趋势求新”的新编剧目亦不断上演，多种版本的地方戏《空谷兰》应运而生。沪剧、评剧、越剧、甬剧、弹词等多种地方戏《空谷兰》在抗战时期的上海“多元共生”，堪称一大文化奇观。

地方戏的民间性与大众性使其创作主体更关注底层民众的世俗生活。抗战时期上海时局的动荡不安、日军的残酷侵略导致民众生活凄惨，因此具有民间身份的地方戏艺人在改编《空谷兰》时，增加了同时代流行民间的哭戏，贴近市民观众的日常生活，反映了世俗情感，引起了劳苦大众的共鸣。此外，地方戏艺人在改编时借“分镜”这一传统戏剧母题激活了在民间流传已久的传统戏剧情节，又加入了母子相隔、后母虐子、生母救子等全新的故事素，实现了对市民观众“期待视野”的超越与重构，大大提高了作品接受的效度与广度。此外，在同一个都市空间里，供中上层人士观看的是在上海各大剧院上映的有声片《空谷兰》，其暗喻抗日救亡的宏大叙事与地方戏表达世俗情感的微观叙事互为补充、兼容并蓄，立体全面地呈现了抗战时期上海的真实面相。可以说，20 世纪三四十年代地方戏《空谷兰》的改编与流行，得益于海派文化趋势求新、多元共生的特质，其民间性、大众性的世俗属性与上海这座大都市的市民趣味与大众娱乐消费若合符节，进而成为海派文化的重要组成部分与典型代表。

## 第二节　重现传统，品味古典<br>——论 1980 年版沪剧《幽兰夫人》改编

1928 年，王梦良根据无声电影《空谷兰》及文明戏《空谷兰》幕表，将“空谷兰”故事编成沪剧，1938 年 4 月由文滨剧团于大世界首演，顾月珍(1921—1971)反串良彦，以一曲婉转哀伤的《良彦哭灵》享誉上海。顾月珍 1949 年 9 月自组努力沪剧团，担任团长兼主要演员，演出了大量现代戏。她擅长饰演

悲剧人物，表演动人，唱腔朴实幽雅①。1971 年 11 月 30 日，努力沪剧团宣布解散，1979 年 10 月恢复重建，改名为上海市长宁沪剧团，在 20 世纪 80 年代曾演出改编自《空谷兰》的沪剧《幽兰夫人》。2012 年 4 月，长宁沪剧团正式更名为上海市长宁区沪剧传承中心(长宁沪剧团)，保存有沪剧《幽兰夫人》的剧本。

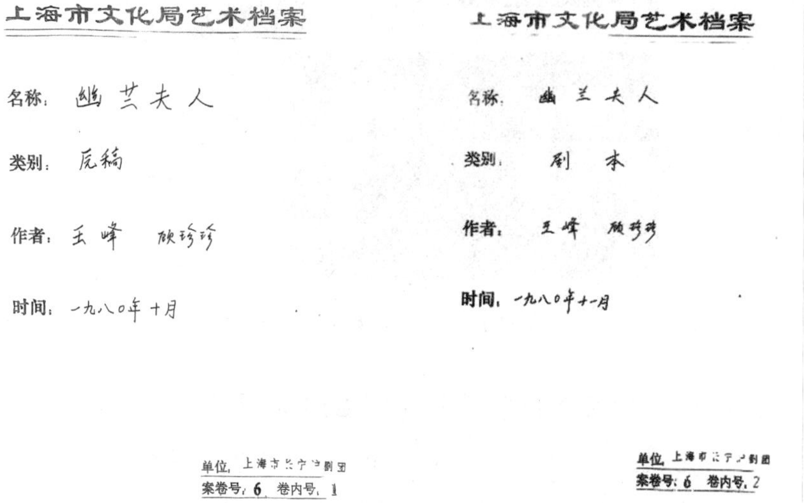
上海市文化局艺术档案

名称：幽兰夫人

类别：原稿

作者：王峰 顾珍珍

时间：一九八〇年十月

单位：上海市长宁沪剧团

案卷号：6 卷内号：1

上海市文化局艺术档案

名称：幽兰夫人

类别：剧本

作者：王峰 顾珍珍

时间：一九八〇年十一月

单位：上海市长宁沪剧团

案卷号：6 卷内号：2

**图 5 沪剧《幽兰夫人》原稿与剧本封面**

笔者于 2017 年 9 月 7 日赴上海市长宁沪剧团，就沪剧《幽兰夫人》当年的演出情况对剧团书记倪向群、当年的二胡演奏者朱忠琦及鼓板演奏者陆敬文进行了实地采访，并获赠沪剧《幽兰夫人》原稿与剧本(见图 5)。沪剧《幽兰夫人》由王峰(原努力沪剧团编剧)、顾珍珍(顾月珍弟子)整理改编，初稿完成于 1980 年 7 月 20 日。据采访得知，长宁沪剧团在成立后把努力沪剧团团长顾月珍演过的戏《空谷兰》改编为《幽兰夫人》上演(见图 6)。沪剧《幽兰夫人》首演于 1980 年 11 月，1981 年 3 月再次于南京路五星剧场与上海大世界演出，演出持续了两个月，广受欢迎，一票难求。《幽兰夫人》在大世界演出时，一天要演 2 至 3 场，颇受观众喜欢，其中良彦哭灵一幕感人至深。面对“该剧是中国戏还是外国戏”的提问，受访者均表示：“这是一部历史很长的中国戏。”与小说《空谷兰》《野之花》相比，沪剧《幽兰夫人》进行了怎样的改编，使之成为一部中国

① 中国戏曲志编辑委员会．中国戏曲志·上海卷[M]．北京：中国 ISBN 中心，2000：938－939.

戏，并受到 20 世纪 80 年代观众的普遍欢迎？这一问题是本研究的关注点。

**图 6　长宁沪剧团沪剧《幽兰夫人》剧照**①

## 一、对旧式大家庭的重新呈现与强烈批判

沪剧是上海市地方传统戏剧。它起源于民间山歌与俚曲，在流传中受到弹词及其他民间说唱的影响，演变成说唱形式的滩簧，后采用文明戏的演出形式，发展为小型舞台剧“申曲”；1941 年，上海沪剧社成立，将申曲改称沪剧；沪剧主要流传于上海、苏南及浙江杭州、嘉兴、湖州等地②。

在 1980 年版沪剧《幽兰夫人》中，江南名门望族之子纪兰荪与乡村小学教师陶纫珠不顾门第悬殊，定下婚约。纪母本打算把侄女柔云许配给兰荪，但拗不过兰荪，勉强答应亲事，兰荪与纫珠二人终成眷属。但好景不长，纫珠因出身贫寒，屡遭纪母刁难。纫珠生子后被纪母强行抱走交与奶妈抚养，加之纫珠偶然看见柔云靠在兰荪肩上，愤然携婢女离家出走，却遭遇火车事故。兰荪误以为纫珠车祸身亡，应纪母要求续娶柔云。但柔云时常虐待纫珠的儿子良彦。纫珠十年后乔装到纪府担任家庭教师，悉心教育良彦。良彦因遭受柔云毒打病重，柔云把医生给良彦开的救命药偷走，欲置良彦于死地，不料被纫珠发现，纫珠将药夺回。柔云见阴谋败露，遂乘马车逃走，不料途中车

---

① 上海市长宁沪剧团．戏曲苏醒春光艳 上海市长宁沪剧团建团 60 周年纪念画册[M]．上海：上海书刊印刷有限公司，2009：59.

② 冯骥才．中国非物质文化遗产百科全书 代表性项目卷 上[M]．北京：中国文联出版社，2015：354.

翻人亡。纪母看穿了纫珠的身份，一家重归于好。该剧共七场：第一场“定情”，第二场“阻婚”，第三场“受辱”，第四场“出走”，第五场“聘师”，第六场“受虐”，第七场“团圆”。从故事情节来看，沪剧《空谷兰》同样继承了传统“分镜”母题中“夫妻恩爱—因外力而分离—夫妻团圆”的情节结构。

剧中出场人物如下所示：

陶纫珠(幽兰夫人)—女，22岁，小学教员
陶仁毅—男，其父，47岁，中学教师
纪兰荪—男，24岁，陶仁毅的学生
纪太太—女，其母，43岁，富家女
钱柔云—女，其表妹，23岁
良彦—男，13岁，其子，陶纫珠所生
翠儿—女，16岁，侍女
莺儿—女，14岁，侍女
纪老太爷—男，70岁，乡绅，纪家族长
四姨太—女，其妾，40岁左右
贺客甲—女
　　乙—女
铁路警长—男
扬旗夫—男
胡医师—男
护士—女

沪剧《幽兰夫人》的故事发生在抗日战争胜利后，地点为江南水乡无锡与苏州，陶仁毅的身份由乡村老律师变为中学穷教师，陶纫珠的身份由无业乡下女变为小学教师，不变的是陶家“家境贫寒少亲朋”①。新中国成立前，中小学教师“政治上无地位，生活上无保障，随时有失业危险”②。而与此相对，纪兰荪是“纪家后代好出身，江南赫赫有名望”，“百万家私用勿尽”，“工商企业也

① 王峰，顾珍珍．上海市文化局艺术档案 幽兰夫人剧本[A]．上海：上海市长宁沪剧团，1980：6.

② 中国人民政治协商会议天津市河东区委员会文史资料征集工作委员会．天津市河东区文史资料 第2辑[M]．天津：政协天津市河东区文史资料委员会，1989：5.

投资”，俨然一“旧式大家庭”[①]。在该剧中，纪家除了纪母、纪兰荪、表妹柔云之外，还增加了原作中没有出现的纪家族长——纪老太爷一角，并为他配上了四姨太，使得这一旧式大家庭更加符合当时社会的实际情况及观众的想象。族长纪老太爷分别出现在纫珠与兰荪新婚之日、纪母与之商量分家产之时，分别象征了“为家长者，子弟听其约束，婚姻由其主持”以及“支配消费的权力”[②]。

纪母为一家之主，吃斋念佛，是“独断独行老封建”[③]。在纫珠与兰荪新婚当日即约法三章，“第一桩，小辈应当敬长辈，忤逆不孝有罪名，纪家历代德行好，长辈说话要句句听”；“第二桩，兰儿向来孝顺我，循规蹈矩好品行，若然母子有三长并两短，规夫劝夫是你责任”；“第三桩，纪家只有一个后代根，家产租息用不尽，你现在既纪家人，从今起，不必再去教小学生”，而且不容纫珠与兰荪商量，“我说了就算”[④]，蛮横霸道、遵循三纲五常的封建家长形象跃然纸上。在纫珠生子之后，“那管我做娘的舍不得”[⑤]，纪母即刻擅作主张从生母手中夺走良彦，交由奶妈抚养。在纫珠得知父亲生病后，纪母不允许纫珠回家探望。在侍女们所作所为不合心意时，纪母吩咐用家法进行惩戒。以上情节在原作中均未出现，为改编成沪剧时新加内容。在封建大家庭中，家长主宰着家中的大小事务，地位在全家人之上，拥有至高无上的权威，任何人都不能反抗[⑥]。以上改编把纪母的形象重新塑造成旧式大家庭中霸道的家长，并与她整日吃斋念佛的行为构成对比，从而达到反讽效果。而面对纪母这咄咄逼人的家长，兰荪以一句“妈，现在提倡平等、自由，不能再打人了”加以反对，纫珠则唱着“我要离开这监狱一样的家庭”“一入侯门深似海，连娘家不许有来往”“一心跳出大门墙，返回故乡过时光”[⑦]，以决然离家出走的形式进行彻底的反抗。在小说《空谷兰》中，纫珠离家出走的原因是柔

---

① 王峰，顾珍珍．上海市文化局艺术档案 幽兰夫人剧本[A]．上海：上海市长宁沪剧团，1980：6－25.

② 徐扬杰．宋明家族制度史论[M]．北京：中华书局，1995：142.

③ 王峰，顾珍珍．上海市文化局艺术档案 幽兰夫人剧本[A]．上海：上海市长宁沪剧团，1980：25.

④ 王峰，顾珍珍．上海市文化局艺术档案 幽兰夫人剧本[M]．上海：上海市长宁沪剧团，1980：26.

⑤ 王峰，顾珍珍．上海市文化局艺术档案 幽兰夫人剧本[A]．上海：上海市长宁沪剧团，1980：29.

⑥ 徐扬杰．宋明家族制度史论[M]．北京：中华书局，1995：139.

⑦ 王峰，顾珍珍．上海市文化局艺术档案 幽兰夫人剧本[A]．上海：上海市长宁沪剧团，1980：35.

云的百般刁难与嘲笑，导火索是发现柔云与兰荪的隐情，而在沪剧中则改编成纪母的百般刁难与柔云“倒向兰荪肩上”①这一幕导致纫珠愤然离家出走。换言之，原作中的纫珠出走是因为失去爱情，而沪剧中的出走则是因为令人窒息的封建大家庭环境与被误解的“见异思迁”。因此可以说，沪剧《幽兰夫人》通过新加族长一角、重塑纪母形象，重现了旧式大家庭中家长的绝对权威，并在此基础上增加了纫珠对父亲的孝道与婆家家长权威之间的矛盾冲突，最终以纫珠的离家出走对“监狱一样”的旧式大家庭进行了强烈的批判和反抗。

在对朱忠琦的采访中，笔者得知1980年版《幽兰夫人》上演之时，观众大部分都是老人，年轻的观众很少。细究文本会发现，该剧不仅带有传统“分镜”母题戏剧要素，还对封建大家庭进行了批判，正迎合了许多老年观众的审美趣味与人生经历，因此更受老年观众的欢迎。

## 二、对古典“兰”文化的深度吟味

沪剧《幽兰夫人》以兰花为主线紧凑叙事，讲述了品格高尚似兰花的乡村小学教师纫珠与出身于名门望族的兰荪之间的悲欢离合。

第一场，舞台布景呈现出陶家“室外乡村风光，室内明窗净几，几上放一只古式的花盆，盆内一棵挺拔繁盛的兰花”；幕布打开后，只见“纫珠独坐帘下，对着兰花沉思”②。

> 纫珠唱：
> 盆里兰花盆里青，幽香微微沁人心，
> 一枝挺秀细又长，花儿朵朵白如银，
> 我爱兰花多皎洁，不同凡俗一般形，
> 我爱兰花品格高，孤芳自赏不染尘，
> 若将兰花比纫珠，纫珠我，不求浮华自洁身。
> ……
> 见兰花，不由我怀念纪兰荪，
> 我与他，同窗共读十年整，操场之上同游戏，
> 校园之中共谈心，他把我纫珠比明月，

① 王峰，顾珍珍．上海市文化局艺术档案 幽兰夫人剧本[A]. 上海：上海市长宁沪剧团，1980：34.

② 王峰，顾珍珍．上海市文化局艺术档案 幽兰夫人剧本[A]. 上海：上海市长宁沪剧团 ，1980：1.

说兰荪愿做月边星，月色明亮星也亮，
月色徐隐星也昏，又说道，空谷幽兰最可贵，
他愿作纫珠护花人①。

兰荪从战场归来，到陶家看到兰花唱道：

见兰花，顿时想起了旧事情，忆当年，纫珠与我心相印，
三年前，临别依依难分手，每日里，情话绵绵说不尽，
这兰花，是她与我亲手栽，这兰花，是我赠她的纪念品，
这兰花，是她平生最喜爱，这兰花，是我埋下的一片心，
我与她，山盟海誓情意浓，那怕是，风云变幻不变心，
到今朝，根深叶茂花又开，纫珠她，患难相守未忘情②。

在纫珠顾虑与兰荪门第悬殊之时，兰荪唱道：

我俩相爱岁月久，两小无猜情义长，
我爱你，知书达理才学好，我爱你，温文朴素又大方，
我爱你，真心实意无虚假，我爱你，品性优美极高尚，
我爱你，坚贞相守恩情厚，象盆里幽兰传清香，
护花使者我担当，不揣冒昧请原谅③。

在第一场中，兰花被赋予了两层含义：一将兰花比作纫珠，兰花“幽香”“皎洁”“不同凡俗”“品格高”“孤芳自赏”，恰似纫珠“不求浮华自洁身”“品性优美极高尚”“坚贞相守恩情厚”；二将兰花比作兰荪与纫珠的炽热爱情，兰花是兰荪赠与纫珠的纪念物，好比二人“山盟海誓情义浓”“风云变换不变心”“患难相守未忘情”。纫珠见兰花怀念兰荪，兰荪见兰花思念纫珠，兰荪“愿作纫珠护花人”，情愿一生保护纫珠。由此唱段可知，兰花是兰荪与纫珠共同栽下的

① 王峰，顾珍珍．上海市文化局艺术档案 幽兰夫人剧本[A]．上海：上海市长宁沪剧团，1980：1-2.

② 王峰，顾珍珍．上海市文化局艺术档案 幽兰夫人剧本[A]．上海：上海市长宁沪剧团，1980：5.

③ 王峰，顾珍珍．上海市文化局艺术档案 幽兰夫人剧本[A]．上海：上海市长宁沪剧团，1980：7.

定情信物，见证了二人的山盟海誓，象征着二人的似海情深。

在之后的剧情发展中，纫珠每一出场，舞台必有兰花，如第三场新婚之夜，“中西式新房布置有龙凤花烛，兰花一盆景，贴着红纸‘囍’字”①；第五场纫珠离家出走十年后在陶家，“有兰花盆放在地上。纫珠已30余岁，衣着朴素文静，背立帘下，怅望父亲归来”，纫珠见兰花“睹物思人心烦闷”②，兰荪见到修剪精巧的兰花想起纫珠；第七场良彦书房内书桌上放着一盆兰花，纫珠则陪伴于良彦病床旁。由此可见，纫珠爱兰如命，兰花如影随形，已成为纫珠的象征。

而柔云的审美则与纫珠形成鲜明对比，对柔云来说，“兰花难看”，于是命丫鬟翠儿搬走兰花，“换一盆大红的花来”，可见柔云不喜雅淡，只爱红艳，这一幕可谓隐喻了柔云的“凡俗”。兰荪对此严词谢绝，直言“啥人都不许动一动”③。兰花对兰荪的特殊意义由此可窥一斑：兰花即纫珠，亦是纫珠与兰荪的定情信物，怎能容许他们来换？从这个意义上来说，兰花在该剧中的意象功能与“分镜”母题故事中的铜镜极为相似，不仅是象征夫妻恩爱的信物，还在夫妻无奈分离之后陪伴身旁。

由上可知，在1980年版沪剧《幽兰夫人》中，兰花戏份颇重，不仅与剧名相呼应，着重刻画了乡村女教师陶纫珠品格高尚、幽香如兰的可贵形象，还象征着纫珠与兰荪的坚贞爱情。兰花以舞台背景与唱词的形式不断推动剧情的发展，与情节变化环环相扣。这成为与原作最明显的不同之处。

在日译本《野之花》中，出现的是“野之花”(野の花)一词，而非兰花。“野之花”比喻澄子生在乡间，朴实无华，默默无闻，如乡间野花一般。

> 但是必须要与良彦短暂分别了。因为澄子要去伦敦拜谒女王。也就是说从此开始便是交际季，一到伦敦，每日每夜都是宴会晚会、招待别人与被人招待，不得不与显贵绅士们交往。这对像乡间野花一样长大的澄子来说简直是无力完成之事……④

---

① 王峰，顾珍珍．上海市文化局艺术档案 幽兰夫人剧本[A]．上海：上海市长宁沪剧团，1980：18.

② 王峰，顾珍珍．上海市文化局艺术档案 幽兰夫人剧本[A]．上海：上海市长宁沪剧团 1980：41.

③ 王峰，顾珍珍．上海市文化局艺术档案 幽兰夫人剧本[A]．上海：上海市长宁沪剧团，1980：21.

④ 黒岩涙香．野の花前編[M]．東京：扶桑堂，1909：85.

品子还曾以嘲讽的口气说："澄子还是适合在头上插个野花什么的。而花冠是这样戴的。"①言外之意便是像澄子这样在鄙陋乡村长大的女子只配在头上戴野花，"野之花"在此更是成为尊贵的反义词——卑微。

包天笑在翻译小说《野之花》时，细细品味"野之花"的含义，将其译成在中国文化中象征高尚品格的"空谷幽兰"，以此比喻纫珠"如花美眷"却无奈生活在荒寂的山村，还将小说题名由《野之花》改为《空谷兰》，将子爵名字由"冽"改为"兰荪"，将乔装后的女教师名字由"河田夫人"改为"幽兰夫人"。包天笑特意借用了兰花幽远传香、高雅素淡的意象。

> (纫珠)从此年复一年如花美眷如水流年送在这荒寂的瑞波磴地方，真个做了空谷幽兰了②。

沪剧《幽兰夫人》在改编时，继承了中文译本中"空谷幽兰"的意象，并在此基础上借助古典文化拓展了"兰"的含义。

兰花在中国是一个内涵丰富的文化符号，自古以来深受文人墨客的喜爱。屈原的《九歌·少司命》、黄庭坚的《书幽芳亭》咏颂了兰花之幽香；苏辙的《种兰》、陈汝言的《兰》和康熙的《咏幽兰》则称赞兰花之幽居品性，即兰花虽在深山幽谷之中与众草为伍，却依旧香气怡人。除此之外，《孔子家语·在厄第二十》中写道："且芝兰生于深林，不以无人而不芳；君子修道立德，不为困穷而改节。"③兰花被比喻为君子，君子当效仿兰花来修身立德。兰花在中国传统文化中还象征着坚贞不渝的爱情，常作为爱情的信物，以表达"生结金兰，死同墓穴"的海誓山盟④。

综上所述，兰花在中国古典文化中不仅象征高洁的品质，也代表了坚贞的爱情。1980 年版沪剧《幽兰夫人》在充分体味我国古典"兰"文化的基础上，将兰花融入舞台布景及唱词之中，隐喻纫珠高尚的形象与忠贞的爱情。兰花与纫珠如影随形，发挥着与"分镜"母题故事中的铜镜相似的意象功能，也能唤起观众对传统戏剧情节的记忆。兰花这一意象的运用不仅使剧情主线明晰，还带给观众古典美的享受。

---

① 黒岩涙香．野の花前編[M]．東京：扶桑堂，1909：87.

② 包天笑．空谷兰下册[M]．上海：有正书局，1924：10.

③ 高志忠．孔子家语译注[M]．北京：商务印书馆，2015：152.

④ 刘锡城．吉祥中国[M]．上海：上海文艺出版社，2012：351.

## 三、对传统道德的追寻与宣扬

与日译本《野之花》相比，沪剧《幽兰夫人》中男主人公的形象发生了很大变化。在《野之花》中，子爵听信表妹谗言，渐渐嫌弃澄子不能登大雅之堂，夫妻之间产生隔阂。在表妹即将离开子爵府的舞会上，二人跳完舞后到花园休息，子爵竟然向表妹吐露心声，说出“今夜多亏你让我享受了这几年未有的快乐”①、“早知如此，当初如果跟你结为夫妻该多好啊”②这样的话，而且站起来拥抱并亲吻了表妹的额头。在子爵府屡遭冷嘲热潮的澄子不经意间看到这一幕，深知已被丈夫所背叛，于是在伤心之余毅然离家出走。

然而，在沪剧《幽兰夫人》中，兰荪重情重义、知恩图报、不忘旧情。

兰荪唱：

老师待我恩义重，保重身体最要紧，

士介兄生前托付我，侍奉养老我责任，

若然老师不嫌弃，我愿把你当做生身父亲③。

兰荪：我从小由老师栽培，这是我应当做的④。

纫珠唱：哥哥他，放心不下事一桩　家中一切谁担当？

兰荪唱：陶家二代情义厚，义不容辞我担当⑤。

兰荪感恩老师教育，遵守兄弟生前重托，愿将陶父当作生身父亲，主动要求承担奉养陶父之责，可谓重情义、守诚信。

在纫珠离家出走，被误以为遇难身亡之后，兰荪应纪母要求娶柔云为妻，但仍不忘前妻纫珠与陶父。据陶仁毅唱词可知“兰荪虽然出身封建旧家庭，难

---

① 黒岩涙香．野の花前編[M]．東京：扶桑堂，1909：150.

② 黒岩涙香．野の花前編[M]．東京：扶桑堂，1909：162.

③ 王峰，顾珍珍．上海市文化局艺术档案 幽兰夫人剧本[A]．上海：上海市长宁沪剧团，1980：4-5.

④ 王峰，顾珍珍．上海市文化局艺术档案 幽兰夫人剧本[A]．上海：上海市长宁沪剧团，1980：5.

⑤ 王峰，顾珍珍．上海市文化局艺术档案 幽兰夫人剧本[A]．上海：上海市长宁沪剧团，1980：6.

待他不爱富贵不欺贪，常有书信慰问我，情深意切多悔恨，念念不忘旧时情”①。兰荪心念“恩师老岳父”，时常去看望，还投其所好给岳父带去“新出版的几本世界名著”作为礼物，可见兰荪对岳父孝道当先、情深义重。此外，兰荪对已故妻子也是一往情深，“爱妻纫珠身亡故，算来已今有十年，她为兰荪遭惨死，悔恨已经来不及……我不该应允另娶妻，将表妹柔云来续弦”②。他在娶柔云为妻之后，内心不快，经常对柔云“竖眉毛，弹眼睛”③，“在家反觉气恼多，常年住在工厂里”④。由此可见，兰荪对纫珠惨遭事故而亡一事深感悔恨，对其仍是一片深情，而对柔云并无原作中的爱意，娶柔云为妻并非他的本心，乃是应纪母要求。这与“分镜”母题叙事如出一辙：恩爱夫妻因外力无奈别离后，依然互不相忘、情深义重。

由上可知，在沪剧《幽兰夫人》中，兰荪在原作中的轻浮、易移情别恋的贵公子形象被重新塑造成集义、信、礼、孝、忠贞于一身的名门之后。这一改编可谓是对我国传统道德的追寻与宣扬。

## 四、结语

20世纪80年代，上海市长宁沪剧团将《空谷兰》的故事改编为沪剧《幽兰夫人》，通过新加族长一角、重塑纪母形象重现了旧式大家庭中家长的绝对权威；此外，沪剧《幽兰夫人》增加了纫珠对父亲的孝道与婆家家长权威的矛盾冲突，最终以纫珠的离家出走对“监狱一样”的旧式大家庭进行了强烈的批判，从而引起许多老年观众的共鸣。该剧还在充分体味我国古典“兰”文化的基础上，把兰花融入舞台布景与唱词之中，隐喻纫珠高尚的形象与忠贞的爱情；故事也继承了传统“分镜”母题中“夫妻恩爱—因外力而分离—夫妻团圆”的情节结构，兰花则发挥了与“分镜”母题故事中的铜镜类似的意象功能，唤起了观众对传统戏剧情节的记忆，为剧情增添了古典美感。兰荪的形象在沪剧《幽兰夫人》中也发生了改变，更加符合中国的传统道德标准。这些改编都使《幽兰夫人》充满了中国传统文化元素，从舞台布景、唱词、情节、思想各个方面为观众呈现了一部“中国戏”。

---

① 王峰，顾珍珍．上海市文化局艺术档案 幽兰夫人剧本[A]．上海：上海市长宁沪剧团，1980：42.

② 王峰，顾珍珍．上海市文化局艺术档案 幽兰夫人剧本[A]．上海：上海市长宁沪剧团，1980：43.

③ 王峰，顾珍珍．上海市文化局艺术档案 幽兰夫人剧本[A]．上海：上海市长宁沪剧团，1980：52.

④ 王峰，顾珍珍．上海市文化局艺术档案 幽兰夫人剧本[A]．上海：上海市长宁沪剧团，1980：43.

# 第四章 《空谷兰》在中国香港的电影改编

## 第一节 战争创伤与集体记忆
## ——论 1954 年粤语片《空谷兰》

1940 年 8 月 9 日，中南影片公司出品的黑白粤语时装伦理片《空谷兰》(*Orchid of the Valley*)在香港上映①，洪仲豪、杨弘冠任导演，汤德培任编剧，片中“华南影帝”吴楚帆饰演纪兰生，“悲剧圣手”黄曼梨饰演纫珠。该片“摄制工作极为粗陋，无国语片成绩之佳”②。1954 年 10 月 28 日，由关文清导演、大观声片公司摄制的黑白粤语时装伦理片《空谷兰》在香港上映，“华南影后”白燕与著名粤语片演员张活游、梅绮分饰主角。该粤语片 1955 年 4 月 30 日至 5 月 2 日曾在我国台湾省上映过，1957 年 4 月 24 日至 5 月 1 日上映的台语片《母子泪》(影片拷贝已遗失)亦是对影片《空谷兰》的改编。1964 年 5 月，易文编导的彩色国语文艺片《空谷兰》由国际电影懋业有限公司〔简称“电懋”，1965 年改组成立国泰机构(香港)有限公司〕摄制，当红影星林翠、夷光、张扬联合出演，备受关注。该片于 1965 年 11 月 30 日晚在香港铜锣湾乐声戏院义映③。1966 年 4 月 21 日起该片在香港正式上映，“甚获观众欢迎，此片已决定最少映两周”④。小说《空谷兰》相继被改编成无声片《空谷兰》(1926)、有声片《空谷兰》(1934)、有声片《纫珠》(1934)、粤语片《空谷兰》(1940)、粤语片《空谷兰》(1954)、台语片《母子泪》(1957)、彩色国语片《空谷兰》(1965)，先后共有七次被搬上银幕，前后约四十年的电影改编史见证了中国电影业由无声到有声、由黑白到彩色的发展历程，也目睹了国语片及方言电影的发展史。从观众层面来看，《空谷兰》不仅影响了几代中国人，也使得观众群以上海为原点不断扩大，其影响之广度、深度由此可窥一斑。

---

① 香港市政局.《香港影片大全》第一卷(1913－1941)[M]. 香港：香港电影资料馆，1997：478.

② 王兴高. 香港影坛近事一束：粤语“空谷兰”[J]. 观众，1940，1(5)：3.

③ 国. 空谷兰义映 有红星剪彩[N]. 华侨日报，1965－11－29.

④ 有牌特约. 空谷兰号召力极盛[N]. 华侨日报，1966－4－25.

检索香港旧报纸，笔者只发现了两条关于粤语片《空谷兰》的记录，一是1954年9月23日《工商晚报》刊登的“新片《空谷兰》中之女主角梅绮”的图片，二是1954年9月27日《工商晚报》中的报道“新月公司拍制粤语《空谷兰》”，其中写道：

> 提起《空谷兰》这名字，就会勾起了一个看电影的回忆，相信中年以上的电影迷，还会有一点印象吧。《空谷兰》的故事，本来是一部很旧的小说，在电影片初期的默片时代，就已被改编搬上银幕，至第二次再拍成有声电影片，是十多年前的事了。那时是美人儿胡蝶主演的国语片，后来，粤语片兴起后，拿这故事拍摄过一次。如此算起来，现在拍摄的这部片子，可说是第四次搬上银幕的了。

可见，同一个《空谷兰》故事曾两度拍成粤语片。但因在当时的纸质媒介中所留痕迹过少，粤语片《空谷兰》在香港电影史乃至中国电影史中几乎被遗忘。1940年粤语片《空谷兰》与1954年粤语片《空谷兰》只出现在了《香港影片大全》的记载中，而在电影史的相关文献中鲜有涉及，连1966年国语片《空谷兰》的报纸广告也称：“这故事早在默片与声片时代，便已先后搬上银幕”①、“这部片的故事，迄今为止，已是第三度搬上银幕……第一次面世的《空谷兰》还是默片……其后，再被拍成有声黑白片”②、“有些上了年纪曾看过张织云与胡蝶的另两部《空谷兰》的人士”③，丝毫未提及粤语片《空谷兰》。香港电影资料馆存有1954年粤语片《空谷兰》拷贝及其本事、宣传特刊，但未见1940年粤语片《空谷兰》拷贝及相关资料。

黄爱玲指出关文清导演的1954年版《空谷兰》采用了“战前广州、战后香港”的叙事模式，日本发动的侵略战争拆散了生活在广州的美满一家，经历一番曲折，家庭成员终在香港团聚，关文清用镜头展现了战后的满目疮痍，使影片脱离了一般通俗剧的“陈腔滥调”，建构了“一个沉静低回的空间，这在粤语片中并不多见”；黄爱玲同时指出“作为一部电影，《空谷兰》拍得很不平均，前半部强，后半部弱”，“仿佛编导对香港这部分的故事完全失去了兴趣，随便搪塞了事，平白浪费了一部电影”④。很显然，这一观点并未将1954年版粤语片《空谷兰》放在《空谷兰》小说及其电影改编史中加以纵向考察，因此不

① 有牌特约．乱世儿女后劲强 空谷兰快将推出[N]．华侨日报，1966-4-15.

② 有牌特约．空谷兰今日五院映 阵容制作都臻完美[N]．华侨日报，1966-4-21.

③ 有牌特约．白冰今午飞星 空谷兰卖座盛[N]．华侨日报，1966-4-24.

④ 黄爱玲．粤港电影因缘[M]．香港：香港电影资料馆，2005：194-195.

免失之偏颇。笔者拟立足于《空谷兰》的电影改编史，考察 1954 年版粤语片《空谷兰》与小说、无声片、有声片的不同，并结合 20 世纪 50 年代香港社会文化背景、电影发展史等史料来分析改编的原因及其社会性、历史性意义，力求真实还原 1954 年版粤语片《空谷兰》被尘封已久的历史，重新审视影片作为文化符号的独特意义。

## 一、粤语片黄金时期的《空谷兰》

1933 年，我国第一部有声粤语片《白金龙》诞生①。同年，关文清和赵树燊在美国创办的大观声片公司开拍粤语片《歌侣情潮》，缘于关文清认为粤语观众在国内外人数众多，粤语片市场潜力巨大②。《白金龙》和《歌侣情潮》的走红使得香港影片公司迅速增多，这些公司摄制了大量粤语片，从而带来了香港电影的短暂勃兴之势③。

1941 年 12 月日军侵占香港后，香港电影陷入停滞状态，直至日本战败后才慢慢复苏。战后南洋地区的经济繁荣使得粤语片出现了供不应求的状况。在巨大利润的吸引下，不少投机商进入香港制片业，其摄制的影片多粗制滥造，质量“低至惨不忍睹”④。为遏制这股风气愈演愈烈，1949 年初，香港粤语片影人联名发表了《粤语电影清洁运动宣言》，号召“停止拍摄违背国家民族利益、危害社会、毒化人心的影片”⑤，关文清也参与其中。1952 年，香港影人又发起“伶星分家”运动，欲改善粤剧伶人与影星合拍影片时不顾内容和质量的不良风气。之后，新联、中联等影片公司相继成立，推崇严谨的制作理念，致力于提高影片质量，相继推出由名著改编的影片《家》(1952)、《春》(1953)、《秋》(1954)、《日出》(1953)、《大地》(1954)、《大雷雨》(1954)、《寒夜》(1955)、《复活》(1955)等，备受观众好评，从而“缔造了粤语文艺片的黄金时期”⑥。

1954 年在大观片场开拍的粤语片《空谷兰》正值粤语文艺片黄金时期。该片导演关文清早年在美国接受过系统的电影专业教育，作为大观声片公司的

① 傅葆石．双城故事——中国早期电影的文化政治[M]．刘辉，译．北京：北京大学出版社，2008：105.

② 关文清．中国银坛外史[M]．香港：广角镜出版社，1976：137.

③ 赵卫防．香港电影艺术史[M]．北京：文化艺术出版社，2017：35.

④ 张彻．回顾香港电影三十年(古今香港系列)[M]．香港：三联书店有限公司，1995：4.

⑤ 赵卫防．香港电影艺术史[M]．北京：文化艺术出版社，2017：82.

⑥ 香港电影资料馆．香港影片大全第四卷(一九五三—一九五九)[M]．香港：香港电影资料馆，2003：前言。

创始人之一，“在国粤语两影圈中，早已有着崇高的地位，他所导演的片子，以慎重细腻见称，有老导演之誉。但他的宗旨重质不重量，所以他拍的片子很少”[①]。关文清在拍摄《空谷兰》期间的认真精神“真值的钦佩”，一夜“因为心想着刚才影片上的种种，一时忘形，三级石级当作一级，一步踏下去，两脚一歪，身体悬空，一时立足不牢，颠仆地上……才发觉右腿脚踝部分，红肿了一大块，而且痛入心脾……好在所伤非重，隔了一天，关伯的腿裹着绷带，扶着手杖，一样回‘大观’拍《空谷兰》”，而演员梅绮有一场与白燕扭打的戏，“白燕有小杨玉环丰姿，梅绮却掌上可舞，这一厮打，吃亏的自然是梅绮。这一场戏拍过了，梅绮却因此扭伤脚部……从上面两事实，可见《空谷兰》工作者和演员的认真”[②]。这使得该片成为一部“好片子”，“即使掏腰包看一场也是值得的”[③]。

为什么关文清会选择重拍《空谷兰》呢？他在《中国银坛外史》一书中曾说：“郑正秋把演过的‘文明戏’剧本，选最受欢迎的改编。出品有：《空谷幽兰》《孤儿救祖》《姊妹花》《啼笑因缘》《火烧红莲寺》。”[④]根据郑正秋改编的影片片名可推断此处的《空谷幽兰》即无声片《空谷兰》。可见，关文清熟知当时享有盛名的无声片《空谷兰》，而且《空谷兰》乃“世界著名哀情小说”[⑤]。在名著改编热潮之下，关文清秉承大观公司“电影是综合的艺术，是具有促进文化、提高教育的巨力”[⑥]的理念，在“目前影圈正感到剧本荒的时候，把这个富有人情味的故事，再度改编来拍片，自然较之拍摄庸俗故事的低级趣味影片要好得多哩”[⑦]。

## 二、战争背景的“前景化”

如前所述，小说《空谷兰》经历了“英—日—中”的转译过程。英文原作《女人之过》第一章描写了子爵向乡村律师之女求婚的浪漫场景，而日译本《野之花》将这一段进行了改写，开篇便解构了士兵履行个人承诺的成分，加入国家的因素，构建了英国少年远征印度、为国捐躯的场面。中译本《空谷兰》继承了这一改写，开篇同样描写了英国“英勇义烈的少年”在印度“爱国捐躯”[⑧]的

① 心影．新月公司拍制粤语《空谷兰》[N]．工商晚报，1954-9-27.

② 香港电影资料馆藏．空谷兰特刊[A]．香港：树华电版公司，[1954]：4.

③ 香港电影资料馆藏．空谷兰特刊[A]．香港：树华电版公司，[1954]：9.

④ 关文清．中国银坛外史[M]．香港：广角镜出版社，1976：129.

⑤ 佚名．广告[N]．新闻报，1926-2-8.

⑥ 钟宝贤．香港影视业百年[M]．香港：三联书店有限公司，2004：80.

⑦ 心影．新月公司拍制粤语《空谷兰》[N]．工商晚报，1954-9-27.

⑧ 包天笑．空谷兰上册[M]．上海：有正书局，1924：9.

悲壮场面。少年在异域战死沙场是故事男女主人公相遇的背景与前提，这一点在日译本与中译本中并未改写。少年的上司即子爵带着少年临死前的嘱托，前往少年家乡看望家人并转达少年的遗言，在此与少年的妹妹相遇，两人日久生情，并私订终身，由此展开了之后环环相扣的悲欢离合与恩怨情仇，而后面的情节均与战争无关。

在之后的文本旅行中，战争依旧是故事情节展开的大背景，只不过随着时代的变化，战争被不断地置换。文明戏《空谷兰》将战争地点从印度改为蒙古，有声片《空谷兰》则将战事改为“国民革命军北伐”。而1954年版粤语片《空谷兰》与此前各版本《空谷兰》不同的是，战争不再是故事展开的背景，而被“前景化”，并贯穿于整个影片的前半部分，成为推动情节发展的关键要素。

粤语片《空谷兰》的故事始于七七事变前，影片第一个镜头便是沪江大学毕业聚餐会上，宋丹萍（黄曼梨饰）宣布赵兰生（张活游饰）与同学张纫珠（白燕饰）的订婚喜讯，同学们纷纷道贺。赵兰生与张纫珠相识相恋于大学，不再缘于纫珠兄长战死疆场前的嘱托。在觥筹交错之际，忽然响起日军空袭之声。“战事消息传来，兰生恐因战事影响交通，急偕纫珠返粤，准备结婚，丹萍事前接乡中小学之聘，任该校校长，甚是亦与兰生结伴同返”[①]。兰生母亲本欲兰生与姨表妹若仙（梅绮饰）成婚，见兰生携纫珠归来，大失所望，若仙及其兄汉芬则“含恨至极”。兰生与纫珠结婚后，若仙时加破坏，兰生夫妇感情甚笃，不为所动。一年后，纫珠生一子名小明，满月之日宾客满堂，忽遇空袭，人们纷纷逃走躲避。纫珠返房取首饰箱，还未走出之际，赵家遭袭，夷为平地。镜头中，日军飞机在空中频频投下炸弹，随即房屋或倒塌或失火，百姓纷纷逃散，尸横遍野，哭声惨叫声四起，悲惨之状无以形容。恐怖的空袭过后，兰生四处寻找纫珠未果，镜头里医院、临时救伤站伤员满地，烈日之下医护人员在给伤员包扎伤口，其中包括年幼的孩子，已包扎好的伤员躺在地上休息，所见之处皆为被日军炮弹伤害的无辜百姓及残垣断壁。镜头里满目疮痍的景象与兰生焦急寻找妻子的身影交错重叠，呈现出强烈的视觉冲击和戏剧张力，鲜明地表达出兰生在面对家乡被日军践踏、家人被日军残害的双重悲愤。兰生最终未曾觅得纫珠，连遗骸亦不可得，只得认为纫珠丧生于空袭中。警笛再起，空袭重来，兰生怆痛之余，为安全考虑，携孩子、母亲及若仙兄妹前往香港避难，之后时常对着纫珠的照片睹物思人。而纫珠在空袭中并未被炸死，而是受到重伤，由救伤队运往医院治理，至伤势恢复后，四处觅兰生无果，悲伤而泣。无奈之下，纫珠“惟有往依同学宋丹萍，当时敌骑

① 香港电影资料馆藏．空谷兰特刊[A]．香港：树华电版公司，[1954]：11.

已至，丹萍与之苍黄逃难，至内地从事教育工作……历尽千辛万苦，直至抗战胜利后，始复原归来，应香港一小学之聘，仍执教鞭”①。可见，影片充分呈现了日本的侵略战争对兰生一家造成的巨大创伤：亲人离散、背井离乡，兰生的身上背负着家仇国恨。而这一个体化创伤记忆的银幕呈现正是抗日战争爆发后整个中国社会的缩影，凝聚了中国人尤其是战时香港移民的集体记忆。

在英文原作《女人之过》中，子爵在与表妹分别之际以兄妹之礼亲吻了表妹的额头。这一幕被子爵夫人看到，子爵夫人为还子爵自由之身，毅然决定携婢女离家出走。但途中遭遇火车事故，子爵误以为夫人车祸身亡，后娶表妹为妻。在日译本《野之花》中，子爵因夫人频频出丑，对夫人的感情日渐冷淡，转而迷恋处事干练得体的表妹。后子爵夫人发现二人隐情，伤心之下，携婢女直奔车站欲回父亲家。却遭遇火车事故，子爵误以为夫人车祸身亡，几年后续娶表妹。中译本《空谷兰》、文明戏《空谷兰》与有声片《空谷兰》并未改写这部分的情节。换言之，在之前的各版本中，子爵与夫人分开皆因火车事故而起。与此不同，1954年版粤语片《空谷兰》却将导致男女主人公兰生与纫珠分离的原因改编为日本侵略。战争的成分大幅增加，不再只是故事发生的背景，而贯穿于前半部分故事发展的各个环节，不断推动着情节的发展。将日本侵华前景化这一改编与导演关文清“偷生一世无长处，惟有爱人爱国先”②的思想不无关系。

关文清出生于广东，早年赴美留学，在好莱坞当过临时演员，后在洛杉矶“明星电影学院”，即一个电影演员临时养成所学习电影拍摄③。1935年，关文清编导了一部鼓励青年抗战的粤语片《生命线》，该片在香港上映后轰动一时④。关文清在《中国银坛外史》中写道，编导电影《生命线》的动机产生于在日本考察电影业之时，日本城市的繁华、港口的战舰使他想起日本对中国的侵略，内心无比愤懑。“国家兴亡匹夫有责”，身为电影从业人员的关文清想通过写剧本、拍电影来唤醒千万同胞共同救国⑤。电影《生命线》的插曲《不堪重睹旧征袍》铿锵凄婉，唱出了对家国遭受日军铁蹄践踏的愤恨，也唱出了奋起抗敌、誓死挽回民族荣光的豪迈之气。

在编导《生命线》之后，关文清还相继拍摄了《抵抗》(1936)、《边防血泪》

---

① 香港电影资料馆藏．空谷兰特刊[A]．香港：树华电版公司，[1954]：11-12.

② 薛后．香港电影的黄金时代[M]．香港：获益出版事业有限公司，2000：365.

③ 周观武．历史不该忘记他——中国影坛名导关文清生平业绩述评[J]．河南教育学院学报(哲学社会科学版)，1996(3)：61.

④ 薛后．香港电影的黄金时代[M]．香港：获益出版事业有限公司，2000：366.

⑤ 关文清．中国银坛外史[M]．香港：广角镜出版社，1976：197-198.

(1937)等多部抗战爱国影片[①]，在香港抗战爱国电影的创作中发挥着不可忽视的引领作用。而关文清1954年导演的粤语片《空谷兰》之所以将日本侵华前景化，用大量镜头展现日机空袭时的惨状及家人离散的悲痛，无疑是为了表达对日军野蛮侵略行径的控诉，同时也真实呈现了战争迫使普通民众离开家园、逃难香港的无奈。"追求作品与社会发生关联，是当时粤语电影制作者的至高理想"[②]，毋庸置疑，导演关文清正是以这一理想为拍摄方针，力求影片反映社会现实。

《香港影片大全》记载了1953至1955年香港共上映的555部影片，根据故事简介统计，可以看出包括《空谷兰》在内，仅有12部影片涉及抗日战争，分别是粤语片《妙曲慰郎心》(1954)、粤语片《空谷兰》(1954)、粤语片《义犬伸冤》(1954)、国语片《爱乐流浪记》(1954)、粤语片《寒夜》(1955)、粤语片《川岛芳子》(1955)、国语片《财迷传》(1955)、国语片《传统》(1955)、国语片《不要离开我》(1955)、粤语片《春蚕到死丝方尽》(1955)、粤语片《长相忆》(1955)、粤语片《孽缘》(1955)。但影片中战争如何被呈现、比重有多大仍有待考证。而另543部影片，尤其是粤语片，大都是以夫妻、婆媳、亲子等家庭伦理关系或小市民生活为中心而展开的通俗剧。张彻曾回忆，那时的粤语文艺片多以"催婆妈之泪"为目的，内容无非是"爱情加上旧式伦理"，讲述相爱的青年男女经历多重压迫和磨难，引发观众"痛哭流涕一阵之后，再大团圆结局"的故事[③]。如粤语片《危楼春晓》(1953)讲述了不同职业的小市民栖居在拥挤的旧楼里互助友爱的故事，宣扬在苦难的社会现实中要"人人为我，我为人人"；卖座冠军粤语片《秋》(1954)讲述了高觉新与婢女由默默相恋到反抗压迫、公开恋情的故事；粤语片《家家户户》(1954)深入刻画了婆媳、夫妻、母子间的心理，讲述了一对婆媳从冲突不断到消弭芥蒂的过程。与此相比，粤语片《空谷兰》并非只是讲述大众的日常生活，而是将战争"前景化"，使战争因素贯穿于故事发展的各个环节。这一改编的确使影片"从一般通俗剧的陈腔滥调中脱离出来"，增加了更为宏大的战争叙事；但这不仅只是为了"给予影片一个沉静低回的空间"[④]，还通过再现战争创伤的形式，唤醒了战时香港移民痛苦的集体记忆，进一步控诉了日本的侵略罪行。

---

① 赵卫防．香港爱国文人关文清的电影生涯[J]．电影艺术，2007(4)：73.

② 张建德．香港电影：额外的维度(第2版)[M]．苏涛，译．北京：北京大学出版社，2017：83.

③ 张彻．回顾香港电影三十年(古今香港系列)[M]．香港：三联书店有限公司，1995：5.

④ 黄爱玲．粤港电影因缘[M]．香港：香港电影资料馆，2005：194.

## 三、逃难与寻亲：战时香港移民众生相

在小说《空谷兰》中，子爵夫人纫珠被误以为遭遇火车事故身亡，在意大利办完葬礼后，“子爵忽忽若有所失，走出去时大理石的丰碑突立于眼前，他想这个风景虽好，无非悲惨伤心的材料，所以他极想回国……子爵说要回国，他们两人(笔者注：子爵母亲与表妹柔云)也都赞成”①。子爵在失去夫人纫珠之后从意大利回到了英国，而文明戏与有声片《空谷兰》均未涉及该部分内容。粤语片《空谷兰》的前半部分发生在抗战爆发时的广州，日军的空袭迫使兰生与纫珠失散，兰生无奈之下携家人到香港避难；而纫珠则在抗战期间留在内地教学，抗战胜利后应邀赴香港一小学任教。兰生与纫珠的经历如实地反映了香港战时的两次移民潮。

七七事变后，抗日战争全面爆发。内地民众为躲避战乱纷纷逃往相对安全的香港。在淞沪会战后的两个月间，香港人口从60万激增到100万②。在粤语片《空谷兰》中，兰生携家人从广州逃难到香港便是这次移民潮的一个缩影。抗战胜利后，解放战争爆发，从1945年8月开始又出现一波移民潮，香港人口再次大幅增加，1947年增至180万人③，1950年则超过220万人④。而粤语片中纫珠与丹萍赴港任教则属于抗战胜利后的移民潮。

20世纪50年代，香港人口有三分之二为新移民⑤，其中绝大部分为广东人。如此之多的移民背井离乡来到陌生的香港，虽暂时免受战乱之苦，却不得不面对地域和文化差异等带来的生活艰辛，大部分时间都生活在惶恐与不安中，在苦寻生存之路的同时又要在远离家乡的漂泊生活中寻找新的身份定位。

在粤语片《空谷兰》中，兰生在迁居香港的八年间，“致力商业，大有所获，惟不知纫珠尚在人间，当年与纫珠散失后，其子小明无人料理，若仙故作甚爱小明，其母亦劝之续婚，遂娶若仙为继室。后兰生母病死，若仙生一子名小宝”⑥。兰生通过努力工作获得社会的认同，并在母亲的劝告下与表妹若仙结婚，生活似乎又归于平静。然而，若仙常常对小明百般虐待，使小明无比思念生母。而纫珠和丹萍战后迁来香港“智民小学”任教，镜头里的香港

---

① 包天笑．空谷兰上册[M]．上海：有正书局，1924：124.

② 刘登翰．香港文学史[M]．北京：人民文学出版社，1999：80.

③ 林洁珍，廖柏伟．移民与香港经济[M]．北京：商务印书馆，1998：11.

④ 陈冠中．我这一代香港人[M]．北京：中信出版社，2013：36.

⑤ 廖志强．一个时代的光辉：“中联”评论及资料集[M]．香港：天地图书有限公司，2001：9.

⑥ 香港电影资料馆藏．空谷兰特刊[A]．香港：树华电版公司，[1954]：12.

充满现代气息，高楼大厦、豪华酒店等现代建筑应接不暇。

一日，丹萍与兰生不期而遇，得知兰生已娶表妹，后将此消息告诉纫珠。纫珠听后无比伤心，一家团圆之梦瞬间破碎。她担心发生家庭纠纷，并未与兰生相认，只因念子心切，故化装成老妇人，前往赵家担任小明的家庭教师。小明做噩梦，梦见继母打他，哭醒后问王老师(纫珠)："妈妈何时回来?"孩子经历着因战争导致的丧母之痛，但心中仍存有一丝期待，希望母亲会回来。小明遭到若仙毒打后，在亲生母亲纫珠的照片下哭诉，纫珠看到后也只能极力按捺住相认的冲动，哭着抱紧小明。若仙兄长汉芬强行将小明囚禁于储物室，此时狂风暴雨、电闪雷鸣，小明惊恐万分，哭着喊王老师和爸爸。纫珠打着伞，强忍住泪水从窗口给小明递面包，无奈之下将实情告诉兰生，兰生赶去救小明出来。这段情节并未出现在小说《空谷兰》中，乃粤语片《空谷兰》新增加的内容。小说《空谷兰》中柔云说良彦"这是个杂种儿，那里上得台盘"①，良彦听了"这种侮辱他的话"，"呆了一呆便一口气飞也似的跑到自己书房里，关着门对着那死母的肖照伏几大恸"②，之后便大病不起。与小说相比，粤语片《空谷兰》中这一大段新加入的场景使得人物之间的冲突更加激烈、紧张，观众的情绪随情节的发展而不断起伏。

正是这一段改编，使粤语片《空谷兰》在众多家庭悲剧影片中"不落俗套"。

> 也许有人要问，这是怎的不落俗套呢？且听我慢慢道来。
>
> 前天"大观"场里，我们看见白燕她穿了朴素的蓝布旗袍，架上黑眼镜，在大风雨里跑到一家洋房的窗前急促地敲窗，一回，一个小孩把窗门弄开，只听见白燕强制着内心的悲苦情绪，说："小明，你梗喺好饿嘞?"孩子点头："喺呀，王先生，我好肚饿呀!"然后白燕从窗外送进几个面包。这一表现，观众必然看得狐疑不分，为什么呢？为什么小明面对生母却叫王先生呢？为什么在大风雨里白燕却架上黑眼镜？为什么小明被关进这蛛网尘封的储物室，为什么白燕却晓得儿子小明被囚禁，她不是早离家了吗？这一连串问题，这一扣人心弦的场面就够使观众提心吊胆了。自然影片的结果是会给观众以解答，但这一过程和刻画，不正显出导演的才能吗?③

---

① 包天笑．空谷兰 下册[M]．上海：有正书局，1924：67.

② 包天笑．空谷兰 下册[A]．上海：有正书局，1924：68.

③ 香港电影资料馆藏．空谷兰特刊[A]．香港：树华电版公司，[1954]：3.

这一评论告诉我们，当时的观众更加关注影片中丈夫续弦、孩子“备受虐待”这种“家庭间的悲剧”[①]，“张活游所爱恋并相互了解、融洽的是白燕，然而战争使他们分离了，家里压迫他跟梅绮结婚，这结合，是不快意的，其结果，这不幸便落在白燕的儿子身上，悲剧也由此展开”[②]，而这一悲剧便是战争导致的。监制人伍尚臻“因为对观众有充分了解，所以他制作的影片，在卖座上，是无往不利的，可说是‘百战百胜’”，他选择了演员白燕、张活游、梅绮，因为“他们演家庭伦理悲剧，已深铭观众脑海，我们之选用他们主演《空谷兰》便是根据票房价值而决定的”[③]。由此可知，编导并非“对香港这部分的故事完全失去了兴趣，随便搪塞了事，平白浪费了一部电影”，而是经过慎重考虑之后改编的；该片也并非“拍得很不平均，前半部强，后半部弱”[④]，后半部实为冲突激烈、“不落俗套”，紧扣人心。

在激烈的冲突之后，“纫珠现出庐山，若仙惊恐欲绝，同时兰生归家，与纫珠相见，几疑梦幻，更痛斥若仙，若仙羞惭无地自容，顿萌死念，于雷雨交作中，驾车飞驰，汉芬拟制止之，但车已失控制，撞于崖中，同归于尽，至是兰生与纫珠破镜重圆，惟若仙以一念之差，失足顿成千古恨矣”[⑤]。小明终与亲生母亲纫珠相认，继而兰生亦与纫珠夫妻相认，至此因战争而失散的一家人重归团圆，三人温暖相拥的剧照成为影片的宣传照(见图 7)。

**图 7　粤语片《空谷兰》(1954)剧照(香港电影资料馆藏《空谷兰特刊》封面)**

---

① 香港电影资料馆藏．空谷兰特刊[A]．香港：树华电版公司，[1954]：3.

② 香港电影资料馆藏．空谷兰特刊[A]．香港：树华电版公司，[1954]：8.

③ 香港电影资料馆藏．空谷兰特刊[A]．香港：树华电版公司，[1954]：2.

④ 黄爱玲．粤港电影因缘[M]．香港：香港电影资料馆，2005：194.

⑤ 香港电影资料馆藏．空谷兰特刊[A]．香港：树华电版公司，[1954]：12.

总之，粤语片《空谷兰》抛弃了小说《空谷兰》、有声片《空谷兰》中将战争背景化的处理方式，着重讲述了日本侵华战争迫使原本幸福的一家人颠沛流离，经过一番波折与苦难后终迎来团圆这一更加贴近普通百姓现实生活的情节，鲜活地再现了战争给战时香港移民带来的巨大创伤，重新唤起了这一群体的集体记忆，使其在影片重构的公共记忆空间里，以共享记忆的形式重新整合了个体化的记忆碎片，长期压抑在内心深处的哀怨、愤恨与苦痛之情借此得以宣泄与释放。

### 四、结语

1954 年版粤语片《空谷兰》诞生于粤语片的黄金时期，影片各工作人员都以认真严肃的工作态度力求创作反映社会现实的作品。导演关文清怀着一颗赤诚的爱国之心，通过一系列改编将日本侵华战争前景化，大幅增加战争成分，将战争贯穿于影片前半部分故事发展的各个环节，鲜活地再现了战争给战时香港移民带来的巨大创伤，控诉了日军的侵略暴行；与此同时，通过普通民众逃难香港后又重归团圆的故事情节，重新勾勒出了平民百姓在抗日战争爆发后的真实生活状态，即战时惨痛的逃难、无奈的分离与战后艰难的寻亲之旅，通过战争创伤的重现唤醒了战时香港移民痛苦的集体记忆，抒发了普通民众内心的悲愤情感。可见，粤语片《空谷兰》作为方言电影积极地参与到宏大的战争叙事之中，真实地再现了日本侵华战争给广大中国民众带来的巨大创伤，并通过一系列改编清晰准确地表达出普通民众心中被压抑的情感，为战时香港移民群体提供了个人感情宣泄的出口。从这一意义上来看，1954 年版粤语片《空谷兰》可谓集宏大战争叙事与大众话语表达为一体、将时代面貌描摹与个人情感刻画相结合的方言电影，在中国电影史乃至大众文化史上都发挥了不容忽视的积极作用。

## 第二节 离散情结中的歌女改编<br>——论 1966 年版香港国语片《空谷兰》

1964 年 5 月，国际电影懋业有限公司开始拍摄“文人导演”易文编导的彩色国语文艺片《空谷兰》，当红影星林翠、夷光、张扬联合出演，开拍后便备受关注。《华侨日报》1964 年 5 月 18 日报道称该片“阵容是相当庞大的，而且采用彩色宽银幕拍摄，从这阵势看来，显然又是电懋本年度的一部高级制作”；1964 年 6 月 3 日该报又撰文称“《空谷兰》经多日拍摄，已完成布景多幅，这个戏的故事，于有中国电影史来，已是第三次被搬上银幕……行内人都认为，这番影片拍成之后，也当然会大为观众欢迎的”。由《空谷兰》故事再次翻拍的彩色国语片于 1965 年 11 月 30 日晚在香港铜锣湾乐声戏院义映，国泰影星等主持剪彩①，“各界人士热烈赞助，购票情况异常踊跃”②。1966 年 4 月 15 至 20 日，《华侨日报》《工商日报》等报刊开始频繁报道《空谷兰》即将上映的消息，纷纷称该片为“国片影坛稀世瑰宝”③(见图 8)。4 月 21 日起该片在香港正式上映，“甚获观众欢迎，此片已决定最少映两周”④。为配合影片上映，《工商日报》于 1966 年 4 月 19 至 23 日开辟专栏连载影片《空谷兰》的“连图故事”，以飨读者。由此可知该片在当时的香港受到广大民众的普遍欢迎，反响热烈。

**图 8　国语片《空谷兰》广告(《工商晚报》1966 - 4 - 19)**

但与当时所向披靡的黄梅调电影《貂蝉》(1958)、《江山美人》(1959)、《杨贵妃》(1962)、《梁山伯与祝英台》(1963)等相比，国语片《空谷兰》仍显逊色不少。加上“在此时此地的观众看来”，《空谷兰》是个“历史故事，故事中的人物，都是过时的人物”⑤，使得该国语片在香港电影史文献中鲜有论及，《香港影片大全第六卷(一九六五—一九六九)》中对该片仅作了简要的介绍。李道

① 国．交通安全会义映《空谷兰》筹款[N]．华侨日报，1965 - 12 - 1.

② 冇牌特约．空谷兰月底义映 星群主持剪彩礼[N]．华侨日报，1965 - 11 - 24.

③ 佚名．广告[N]．工商晚报，1966 - 4 - 19.

④ 冇牌特约．空谷兰号月底召力极盛[N]．华侨日报，1966 - 4 - 25.

⑤ 佚名．《空谷兰》的时代与人物[N]．工商晚报，1965 - 7 - 25.

新关注到《空谷兰》在香港改编为国语片这一现象，并将《空谷兰》与国际电影懋业有限公司卖座佳作《曼波女郎》《南北和》《星星·月亮·太阳》相提并论，但未作具体分析[①]。沈冬在讨论姚敏与战后香港歌舞片音乐时，提到了香港国语片《空谷兰》的插曲《九个郎》，但并未涉及歌词与影片情节[②]，可见该影片尚未受到学界重视。笔者在研究 1966 年版国语片时，发现小说中女主人公的乡村律师身份被改编为歌女，这一显著的变化无不使人联想到“歌女”在中国文学和艺术作品中的特殊文化意义。那么，“歌女”这一文化符号在该影片乃至 20 世纪 60 年代的香港具有何种文化内涵？

针对上述问题，笔者拟使用新见史料，在 20 世纪 60 年代的文化语境中讨论 1966 年版国语片《空谷兰》的改编问题，力求还原一段被尘封已久的历史记忆，以期为 20 世纪 60 年代的香港电影提供不同的研究维度。

## 一、从乡村律师之女到歌女

在英文原作《女人之过》中，女主人公维兰蒂是乡村律师之女，与赛尔维城堡主人子爵维维安不属于同一阶层。在子爵强烈的爱情攻势下，维兰蒂终于答应了对方的求婚。但二人的结合受到子爵母亲的强烈反对，她认为赛尔维家族是英国最高贵的家族之一，理应选一位出身高贵的女士做女主人，而绝非乡村律师之女。但因子爵的坚持，其母只好勉强答应该婚事。在黑岩泪香的译作《野之花》中，女主人公澄子仍为乡村律师之女，面对子爵的求婚，澄子以身份低微为由委婉地拒绝了。但子爵直截了当地向澄子父亲表明心意，得到了澄子父亲的支持，最终澄子也答应了子爵的求婚。但子爵母亲坚决反对子爵的婚事，理由同样是受人尊敬的子爵府不应娶来一位身份低微的夫人[③]。小说《空谷兰》继承了英文原作《女人之过》与日译本《野之花》中女主人公为乡村律师之女的人物设定。女主人公的貌美天真深深吸引了子爵。面对子爵的求婚，女主人公以身份相差悬殊为由拒绝了，无奈子爵一往情深，最终打动了女主人公。子爵母亲因女主人公身份低微而强烈反对这门婚事，但因子爵的坚持，其母只好勉强答应。及至无声电影《空谷兰》，女主人公纫珠仍为老律师之女，“生长乡间，不慕贵族虚荣”[④]；男主人公纪兰荪乃一贵族少年，出身于武林世家，家财万贯，二人身份依旧相差悬殊。

---

① 李道新．中国电影文化史(1905—2004)[M]．北京：北京大学出版社，2005：237.

② 沈冬．《好地方》的沪上余音——姚敏与战后香港歌舞片音乐(上)[J]．音乐艺术(上海音乐学院学报)，2018(1)：131.

③ 黑岩涙香．縮刷涙香集第四編 野の花[M]．東京：扶桑社，1916：27.

④ 包天笑．空谷兰[J]．当代电影，1995(2)：115.

与之前各版本不同的是，1966年版国语片《空谷兰》将女主人公从乡村律师之女改编为民国初年在北方某大城市清唱馆卖唱的歌女金玉兰，艺名“空谷兰”。该女子“色艺俱佳，捧场客趋之若鹜。金虽身处风尘，但洁身自好”①。金玉兰因拒绝了警察厅长的邀约，遭受殴打。内务部总长之公子魏孟元英雄救美，将玉兰护送回家。

> 某日，警察厅长王东山(姜南饰)，前来捧场，并邀金赴宴，金已有他约，拒王之邀，王恼羞成怒，竟至掴金，众茶客大起骚动，忽有一青年上前阻挠，王下令随从围殴，青年乘间脱身，护送玉兰归去，警察拘获另一青年小徐(王逊饰)。自小徐口中，得知当时打抱不平者，乃内务部总长之公子魏孟元(张扬饰)，王闻言大惊失色。
>
> 孟元送玉兰返家，金母(红薇饰)深为感激。孟元于殴斗中受伤，玉兰亲为敷药，温存体贴，一片柔情。正在此时，忽闻敲门声甚急，金惊为王东山再来滋扰，正拟躲避，不料大门启处，小徐偕同王厅长径入赔罪，并偕来酒席，为孟元、玉兰压惊，席间，孟元不觉多饮，竟醉倒于玉兰闺中②。

从此，孟元常去茶园听戏，二人渐生爱意。孟元向玉兰求婚，玉兰自念出身微贱，不知该如何是好。孟元一往情深，坚请缔婚，玉兰终于答应。但魏父听后大动肝火，认为门第不当，强烈反对。因魏母爱子心切，不断劝说，魏父才勉强答应婚事，但觉这门亲事是见不得人的笑话，命令喜事不要铺张。可见，该片继承了女主人公身份低微，与内务部总长公子这一高贵身份门第不当的故事要素，但将女主人公由乡下律师之女改为歌女的做法引人深思。

近代律师制度源于17世纪的英国，而中国律师制度建立于1912年9月。民国初年，律师仍属新兴职业，因所受教育不同于传统教育，律师群体被视为新兴知识阶层。清末民初，受传统儒家的“无讼”思想的影响，虽然官方政府采取多项措施努力塑造律师的正面形象，但因律师行业准入门槛低，律师群体仍不脱讼师之气③。可见，在影片《空谷兰》所设定的故事发生时间(民国初年)，普通民众对律师这一群体的认知相对模糊，虽有负面印象，但并不认为律师这一职业身份低微。与此相对，以卖唱为生的歌女大多身份低贱，处

① 香港电影资料馆藏．空谷兰宣传单张[A]．香港：复兴橡皮印刷公司，[1966]：2.

② 香港电影资料馆藏．空谷兰宣传单张[A]．香港：复兴橡皮印刷公司，[1966]：2.

③ 李严成．“上海律师甚多败类”：从一起名誉纠纷看民国律师形象[J]．近代史研究，2018(1)：149-158.

于社会的最底层，常遭人歧视。因此，歌女这一形象符合之前各版本中女主人公身份低微的人物设定，也更贴合当时中国的社会背景。

此外，作为影片编剧兼导演的易文出身官宦世家，其父“在政府、文化与艺术圈中甚为活跃，交游甚广”①。易文受此影响，从小饱读诗书，十一岁“对新文艺开始发生兴趣”，喜读冰心、徐志摩、丰子恺、郁达夫、鲁迅、茅盾等人的作品；十八岁“习跳舞，时出入各大小舞场，此后四五年成为舞场常客”②。从易文的出身与成长经历来看，他对律师这一行业缺少接触，反而因经常出入各大小舞场，时常接触歌女这一群体，对这一群体有更多的了解。

## 二、歌女电影：乡愁图像与文化记忆

歌女电影是我国电影史上的重要类型之一，影片常塑造在旧式茶馆、西式夜总会或街头演出的各式歌女形象。由明星影片公司出品的《歌女红牡丹》(1931)是我国第一部有声片，片中胡蝶饰演坤角名伶红牡丹，完美演绎了歌女生活的坎坷。该片在全国各地大受欢迎，连映一个多月③。1937 年电影《马路天使》上映，同样为歌女主题，片中周璇饰演歌女小红，两首插曲《四季歌》和《天涯歌女》风靡上海，在 20 世纪 40 至 50 年代传播至香港，至今仍被广泛传唱④，影响深远。《马路天使》之后，吴村导演的国语版《天涯歌女》(1941)、秦剑导演的粤语版《天涯歌女》(1950)、莫康时导演的国语版《天涯歌女》(1957)和王天林导演的厦语版《天涯歌女》(1958)等歌女电影相继上映，“歌女电影在五六十年代几经繁荣，成为了香港影史上的怀旧经典”⑤。而拍摄于 1964 年的国语片《空谷兰》，无疑迎合了 20 世纪五六十年代香港歌女电影的“怀旧潮”。

在该影片中，歌女金玉兰一开始便唱道：“挂在天边的月儿，今天是娥眉弯过几天又团圆，看这边近的水那边远的山，红花好绿叶繁，样样都不孤单……看双双蝴蝶翩翩飞舞来回转，还有戏水鸳鸯到东到西长依伴，为什么我偏偏凄凉又孤单，找个知音难又难。”* 这一唱词巧妙地借用了《马路天使》

① 易文．有生之年——易文年记[M]．香港：香港电影资料馆，2009：109.

② 易文．有生之年——易文年记[M]．香港：香港电影资料馆，2009：39－50.

③ 卢琳．《歌女红牡丹》：舶来品与民族化[J]．当代电影，2008(6)：52.

④ 魏萍．声色歌影里的家国想象与性别政治——电影媒介里“天涯歌女”的影像与声音再现[C]//上海：“传播与中国·复旦论坛”(2009)——1949—2009：共和国的媒介、媒介中的共和国论文集，2009：279.

⑤ 罗卡，法兰宾．香港电影跨文化观[M]．刘辉，译．北京：北京大学出版社，2012：220.

* 此处及下文中未标识的引用均为 1966 年版国语片《空谷兰》的台词。

(1937)中的经典插曲《天涯歌女》中的歌词:“天涯呀海角,觅呀觅知音,小妹妹唱歌郎奏琴,郎呀咱们俩是一条心。”这两段唱词,呈现出相互指涉的互文性关系。

之后,金玉兰与魏家公子孟元相识,坠入情网,登台演唱的唱词也一改之前的哀婉,变为奔放热烈:

> 姐在房中巧梳妆,她巧梳妆呀。哎呦,忽听情郎要衣裳,你要衣裳呀,哎哟……姐儿绣成九个郎呀,九个郎呀,哎哟。谁也不在她心上呀,她心上呀哎哟。若问心上有个谁,九个以外第十郎,夜夜在她怀中抱,才是她的有情郎,她的有情郎。

金玉兰在演唱时望向魏家公子的娇羞镜头(见图 9),也与《马路天使》中小红透过窗户向意中郎君唱歌时的难为情之状(见图 10)交相呼应。相似的细节刻画同样构成了不可忽视的互文性关系。这种互文性关系充分表达出 1966 年版国语片《空谷兰》对上海电影传统的回味与继承。

图 9　国语片《空谷兰》(1966)剧照

图 10　电影《马路天使》(1937)剧照

虽然沿用了上海老电影中的歌女主题,但与上海老电影着力表现的“既美丽又堕落”[①]的歌女形象不同,国语片《空谷兰》(1966)塑造了一位“虽身处红尘却洁身自好”的歌女。正如金玉兰幼年所定娃娃亲的对象李炳生所言,“她一向很自爱,也很高傲,她不把有钱有势的那些大爷们看在眼里”。她毅然拒绝警察厅长的邀约,却被掌掴。在嫁入总长府后,玉兰虽受尽羞辱,却一直隐忍,后因被误会与炳生私会,悲愤中离家出走,被误以为投河自杀,随后魏父逼迫孟元与表妹自芬成婚。玉兰离家出走后,因不舍儿子,决定随师父

① 丁亚平,聂伟. 影视文化 14[M]. 北京:中国电影出版社,2016:73.

“隐居乡间，在村郊茶园卖唱度日”，晚上“时常潜行出入魏家，对小元问寒嘘暖，呵护备至”①。可见，国语片《空谷兰》中的这位歌女隐忍、坚韧、吃苦耐劳、爱子情深，并非贪图富贵、水性杨花的风尘歌女形象。精通旧学的“南下影人”易文借助中国古典文化中“兰生深山中，馥馥吐幽香”这一兰花意象，通过艺名“空谷兰”与片头片尾的山间兰花镜语隐喻了歌女金玉兰洁身自爱、幽居乡间的高尚人格，这无不体现出对中国传统文化与价值观的回望与重现。正如香港《工商日报》1966 年 4 月 18 日刊载的影评所述：“在《空谷兰》中，林翠饰演一个歌女，但她不是一个贪慕虚荣的风尘女人，她是被生活所迫而沦落风尘。可是，她的灵魂是圣洁的，正如空谷中的幽兰，在冷酷的环境中生活，紧张地生长，林翠饰演这个角色，丝丝入扣。”

此外，影片以北平社会为背景，三首插曲《找个知音难》《九个郎》《一把胡琴》以北方大鼓为基调，处处充满中国北方地区的生活气息。易文生于北京，家住在“故宫天安门前南侧”②，六岁时随父母迁往上海，青年时期赴香港学习生活，在内地的生活成为他难以抹去的乡愁图像与文化记忆。虽然他拍摄了《空中小姐》《香车美人》《曼波女郎》等大量表现香港中产阶级“洋味”生活的影片，但他的内心深处仍怀有对故土深深的思念。20 世纪 50 至 60 年代，香港国语片迎来黄金时期，而国语片的观众多为“从内地南下香港、以国语为主要语言的新移民”③。他们具有共通的离散经验，虽身在异乡却思念故乡，内心坚持着对“根”的追求。1966 年版国语片《空谷兰》继承了歌女电影主题，重现传统价值观，将在故土生活的过往记忆加以诗意化处理，通过电影这一媒介实现客体化，唤起了香港移民的集体记忆，通过怀旧所造成的时空错觉给人以精神上的慰藉与满足，借此抒发香港移民对故乡的眷恋之情。

该片上映后，“获得观众反映极佳”④，“剧情经过改编与整理后，更具真实性与富人情味，制作与技术上的成就，当然更是此前两部作品所不能比拟的”⑤。正如《工商晚报》(1965)影评所言，“四十年前的观众，此时此地还不少，他们对此片还有这样的印象，因为空谷兰是以四十年前当时的北平社会为背景，其中人物完全是当时社会中存在的，像现在林翠所饰此片的这位以‘空谷兰’为艺名的女主角，就是当时北平歌坛的歌女面貌，情节颇动人，人

---

① 香港电影资料馆藏．空谷兰宣传单张[A]. 香港：复兴橡皮印刷公司，[1966]：2.

② 易文．有生之年：易文年记[M]. 香港：香港电影资料馆，2009：38.

③ 张燕．在夹缝中求生存[M]. 北京：北京大学出版社，2010：160.

④ 有牌特约．白冰廿四飞星登台 空谷兰观众反应佳[N]. 华侨日报，1966-4-22.

⑤ 有牌特约．白冰今午飞星 空谷兰卖座盛[N]. 华侨日报，1966-4-24.

物又逼真，当然在当时的观众看来，就完全不是戏而是真实的故事了。”①可见，对于当时的香港移民这一离散群体来说，将女主人公改为歌女使得影片情节真实、代入感强，这一改编引起了观众的广泛共鸣。

概言之，对于成长于内地、战后移居香港的文艺片编导易文来说，“以今日的人才与进步的电影技术”再拍经典影片《空谷兰》，“旧梦重温，仔细品评，岂非人生一大乐举?”②而这里的“旧梦重温”不仅是对老上海电影的歌女主题进行了吟味与继承，还是对儿时内地生活片段的重新体味，再现了乡愁图像与文化记忆，表现了香港移民对故土挥之不去的离散情结。

## 三、“被消费”的歌女符号

国语片《空谷兰》(1966)将之前各版本中的乡村律师之女改写为民国初年洁身自好的歌女，也改变了男女主人公相识的契机。

在英、日、中三个小说版本中，少年在异域战死成为故事男女主人公相遇的背景与前提。少年的上司(子爵)带着少年临死前的嘱托，前往其家乡看望家人并转达少年的遗言，在此与少年的妹妹(女主人公)相遇。在之后的文本旅行中，少年战死与临死相托依然成为男女主人公相识的契机。不同的是随着时代的变化，战争被不断地置换。

而在国语片《空谷兰》(1966)中，男女主人公的相遇缘于内务部总长公子在歌女金玉兰被警察厅长掌掴之际的英雄救美之举。这一改编抹去了战争要素，而改编为在茶余饭后听戏之时，富家公子挺身而出为茶馆歌女打抱不平这一更加通俗的情节。影片一开场便是歌女金玉兰在茶馆卖唱的镜头，台下男性捧场客众多，叫好声不绝于耳。歌女这一人物设定使得金玉兰一登场便处于“被看”与“被听”的双重境地，在视觉与听觉上取悦和迎合着台下乃至银幕前男性对女性的欲望想象。而当金玉兰拒绝警察厅长的邀约时，引来的却是厅长的无理掌掴。恰在此时，内务总长公子孟元挺身而出，救其于困境之中。之后，孟元经常光顾茶馆听玉兰唱戏，二人渐生爱意。

在此基础上，影片进而将家国叙事转换为家庭叙事，通过凸显父权在传统家庭伦理中的重要地位，有力地激化了人物冲突，推动了情节的发展。魏父在家里处处以大家长姿态自居，在家人做出任何违背其意愿之事时都是一副严厉苛责、不容分说的态度。孟元醉酒整夜未归，第二天早上一回家便遭到父亲严厉的斥责。在孟元提出要与歌女金玉兰成婚时，魏父更以大家长的姿态强烈反对，后在魏母的劝说下勉强答应婚事。之后，玉兰被误以为与炳

---

① 佚名.《空谷兰》的时代与人物[N]. 工商晚报，1965-7-25.

② 佚名. 空谷兰·再上银幕[N]. 工商日报，1964-7-28.

生私会，魏父闻讯后不问缘由，勃然大怒，责骂儿媳这一卖唱女人不知廉耻，进而痛斥儿子为了卖唱女人自断前程却仍执迷不悟。玉兰百口莫辩，悲愤之中被逼离家出走。孟元差人去找，玉兰被误以为投河自尽。魏父的蛮横态度与言语辱骂使得歌女金玉兰的遭遇更具悲剧色彩，激烈的戏剧冲突也强烈地激起了观众的兴趣。

之后，魏父命令孟元与表妹结婚，出国学办洋务，且不容孟元有任何异议。

魏父：这个一定赶快办好，让他们双双同期出国。

孟元：不，我不能这么做。

魏父：你不答应也得答应，我已经给钱家订好了日子了。

孟元：爹，玉兰受了冤枉，给我们活活地逼死了，怎么又来逼我跟自芬结婚呢？

魏父：过去的事不许多说。

魏母：你就答应你爹吧。

孟元：至少也得等一两年吧。

魏父：不行，别说过一两年，一个月也不能等，办完喜事就上船。

孟元：我宁可放弃公使馆的差事。

魏父：什么？你自甘堕落，大逆不道到这个地步！不管怎么样，我的话不听也得听，没什么多说的。

魏父全然不顾儿子的幸福，逼迫儿子续弦，而且以传统孝道来要挟，强调父权，专制蛮横的大家长姿态显露无遗。而在之前的各版本中，父亲这一人物并未出现。在英文原作中，身为家中独子的维维安，父亲早逝，伯父是子爵府主人，终身未娶。在伯父去世后，维维安继承了他的爵位和财产。维维安的母亲也在他与表妹再婚后不久去世。但在日译本《野之花》中，子爵的母亲一直健在，使得子爵的家庭始终保持着大家庭的形式。中译本《空谷兰》、无声片《空谷兰》、有声片《空谷兰》继承了这一改写。在粤语片《空谷兰》(1954)中，“兰生父早丧，遗下家资颇厚，母只生兰生一人”①，兰母在兰生续娶若仙后病死。此外，在之前的版本中，男主人公再婚一事也并非在家长专制下达成，而是在母亲的暗示与男主人公的再三考虑下决定的。如在英文

① 香港电影资料馆藏．空谷兰特刊[A]．香港：树华电版公司，[1954]：11.

原作中，子爵夫人离开数年后，子爵母亲告诉子爵碧瑞思一直深爱着他，加上所有人都劝他为了家业和孩子应该续弦，子爵认为既然再婚能让碧瑞思和母亲高兴，那他只能作此选择。在《野之花》中，子爵母亲告诉子爵品子有意于他，子爵亦因品子能慰藉其丧妻后的寂寞之情，思虑再三决定续娶品子为妻。在小说《空谷兰》中，在母亲提起柔云自小钟情兰荪之后，兰荪从府邸管理、母亲、孩子等各方面综合考虑，决定续娶柔云为妻。在无声片《空谷兰》中，兰荪也在纫珠“遇难”三年后，答应母亲与柔云成婚。可见，这些版本中不仅没有父亲这一人物设定，也没有专制的大家长形象。

魏萍(2009)曾指出从20世纪30年代到50年代，从上海到香港，歌女电影逐渐淡化了家国想象，“在愈加商业化的情节剧模式里，歌女更多地再现着家庭的伦理道德悲剧”①。显然，国语片《空谷兰》也未逃脱歌女电影不断商业化的时代背景。歌女金玉兰在影片一开始便以“被看”“被听”的对象登台献唱，而在之后的情节发展中，以前各版本中少年战死的故事要素被改编为英雄救美的情节，父权地位的凸显则使得歌女的人生遭遇更显悲惨与无奈。影片始终将歌女放在“被看”与“被听”的双重客体化境地中，以求赚取民众眼泪、吸引大众消费，从而在资本竞争中获得相对优势。

战后香港走上了工业化发展道路，20世纪60年代，香港经济逐渐呈现出迅猛发展之势。经济的发展使得民众生活水平普遍提高，进而刺激了大众消费文化的发展。在20世纪50至60年代，香港电影业得到迅速发展，迎来了黄金时期(1956—1966)。在巨大利润的驱使下，新马资金强势注入香港电影业。1956年成立的国际电影懋业有限公司与1958年成立的邵氏兄弟(香港)有限公司得益于财源充足，由影片发行商发展为垄断电影生产、发行、放映三大环节的大型片厂制影片公司，制作出品了一大批票房与口碑俱佳的高质量影片，逐渐称雄香港电影业，使国语片业迎来黄金时期。1964年，因高层管理者不幸遇难，国际电影懋业有限公司元气大伤。而开拍于1964年5月的国语片《空谷兰》无疑见证了香港这一国语片的重要力量由盛转衰之势。

“文艺圣手”易文擅长拍摄文艺片，而《空谷兰》这一部爱情文艺片“原是世界名著，几度搬上银幕都很轰动”②，“张织云在一九二三年时，因主演明星公司的《空谷兰》而坐上影后的宝座。当年的《空谷兰》售座打破纪录，挽救明星公司的经济危机……到了一九三五年(十二年后)，胡蝶红极一时，当选为

① 魏萍．声色歌影里的家国想象与性别政治：电影媒介里“天涯歌女”的影像与声音再现[C]//1949—2009：共和国的媒介、媒介中的共和国论文集．上海：传播与中国·复旦论坛，2009：281.

② 佚名．林翠张杨谈空谷兰[N]．华侨日报，1964-6-9.

当年的电影皇后，明星公司的张石川又搬出这套《空谷兰》再拍为有声片……片成后再度创当年票房纪录”①。这“两次制作都极为卖座，这一来是由于主角有号召力，其次也有赖剧情曲折，富有人情味”②，因此不难推断易文再次翻拍《空谷兰》，一是因为该片“有多姿多彩的故事”③、“人情味浓厚，容易引起观众共鸣”④，二是希望借助最新电影技术将故事翻拍，使得经典名片更加出色，以期能维持该片在电影史上的高票房纪录，力挽国际电影懋业有限公司由盛转衰之势。为此，编导易文敏锐地捕捉到当时大众对家庭伦理情节剧的喜爱，充分利用处于“被看”与“被听”双重境地的歌女这一人物设定，加入英雄救美和传统父权的故事要素，将家国叙事改写为家庭叙事。从这个意义上来说，国语片《空谷兰》中的歌女形象不仅处于“被看”“被听”的男性欲望客体化中，还成为“被消费”的客体。概言之，在当时高度商业化、资本竞争激烈的香港电影界，歌女这一文化符号在“被看”“被听”之上，更成为了被大众消费、被资本剥削的客体。

## 四、结语

20 世纪 60 年代，香港电影业处于蓬勃发展的黄金时期，电影消费成为大众文化的重要组成部分。在资本竞争激烈的香港电影界，“文艺圣手”易文翻拍电影史上屡创票房纪录的经典影片《空谷兰》，将故事设定在民国初年，将乡下律师之女改编为歌女，重塑了女主人公形象。这一改编继承了女主人公身份低微的人物设定，同时又使故事更贴合当时中国的社会背景。影片还沿用了上海老电影中的歌女主题，在迎合了 20 世纪五六十年代香港歌女电影“怀旧潮”的同时，将编导在内地生活的过往记忆通过电影这一媒介客体化，再现了乡愁图像与文化记忆，抒发了香港移民对故土挥之不去的离散情结。

对女主人公身份的改编也使得影片淡化了家国叙事，转为家庭叙事，强调了父权在传统家庭伦理中的地位，有力地激化了人物冲突，推动了情节的发展。这样的改编使得歌女始终处在“被看”与“被听”之下，迎合了当时大众对家庭伦理情节剧的喜爱。从这个意义上来说，1966 年版国语片《空谷兰》中的“歌女”文化符号，一方面继承了上海老电影的歌女主题，是离散情结的具体表征；另一方面承载了歌女在社会话语中“被看”和“被听”的客体化形象，继而延伸为在 20 世纪 60 年代香港电影资本竞争中“被消费”的客体。

---

① 金维多．创中国电影史上的奇迹！《空谷兰》第三代了[N]．工商晚报，1964－7－8.

② 有牌特约．罗维加工赶玉龙吟《空谷兰》多有趣巧合[N]．华侨日报，1964－6－3.

③ 金维多．创中国电影史上的奇迹！《空谷兰》第三代了[N]．工商晚报，1964－7－8.

④ 有牌特约．乱世儿女后劲强《空谷兰》快将推出[N]．华侨日报，1966－4－15.

由此，歌女不仅代表了对故土加以理想化处理的乡愁图像与文化记忆，同时亦成为香港高度商业环境下被大众消费的客体。影片通过歌女这一文化符号，将故土这一内心中的“自我”与所处之地香港这一“他者”以空间离散的叙事架构搭建为“第三空间”，在“亦此亦彼”的“第三空间”中积极地将故乡与他乡、传统文化与商业文化融通渗透，以重构离散群体的身份认同。

# 终　章

伯莎·M. 克莱的廉价小说《女人之过》在美国文学史上名不见经传，长期处于边缘地位，但经由黑岩泪香的翻译，其文学质性和社会价值在东亚文化语境中得到了最大程度的发掘与建构。

《女人之过》由日本明治时期的著名报人、翻译家黑岩泪香译为家庭小说《野之花》，于1900年(明治33年)3月10日至11月9日在《万朝报》上连载。同年，《万朝报》在东京报界发行量最高，而且读者层“上至绅士绅商下至车夫马丁”，由此可以推断日译本《野之花》通过《万朝报》这一传播媒体，充分发挥了其影响力。进入昭和时期，作家佐藤红绿借用《野之花》的故事框架创作了少女小说《越过那座山》，于1935年7月至1936年6月在当时的流行少女杂志《少女俱乐部》(讲谈社)上连载，深深地吸引了各地的少女读者，被誉为少女的“范本”故事。

而在中国，小说《野之花》被同是报人、翻译家的包天笑译为中文小说《空谷兰》，于1910年4月至1911年1月在《时报》上连载。这部翻译小说在中国的传播过程中跨越了纸质媒介，被改编为戏剧和电影。1914年由上海文明戏剧团新民社将《空谷兰》改编排演成文明戏登上舞台，共演出16次。由于新民社的《空谷兰》大受欢迎，在1914至1922年间，民鸣社、民兴社、笑舞台、爱华社女子新剧、明明舞台、苏州振市新剧社、鸣新社、药风新剧场、大风社、笑舞台和平社新剧社都竞相演出该剧目。1921至1927年间，文明戏《空谷兰》主要在各大游艺会上由学生剧团和明星演出，受到广大观众的欢迎。1925年，明星影片公司将小说《空谷兰》摄制成同名无声电影，剧本由包天笑改编。该影片自1926年2月14日起在上海中央大戏院首映，票房收入创下了中国无声电影史上的最高纪录。1934年，明星公司将《空谷兰》翻拍为有声片，由“电影皇后”胡蝶担任女主角。该影片在1935年参加了莫斯科国际电影展览会，之后在欧洲多国上映。1928至1936年间，日戏或夜戏《空谷兰》频繁出现在《申报》广告中，但演出场所除笑舞台等剧场外，更多地集中在神仙世界、大世界、先施乐园、小世界、新世界、新市游艺场、新新花园、永安天韵楼、福安游艺场等娱乐场所，票价低廉，观者众多。与此同时，无声电影《空谷兰》(1926年上映，之后屡被放映)与有声电影《空谷兰》(1935年上映)也在各大影院、游艺场放映，1936年《申报》广告中也屡次出现各播音台“播

音 歌唱 空谷兰”的节目预告。由此可知，在20世纪30年代的上海，《空谷兰》以多媒介、多形式、多阶层的立体式互动交叉的形式传播开来，“空谷兰”热潮不减，深深植根于广大民众。

值得关注的是，《空谷兰》故事在中国的接受过程中，早期的文明戏和电影起着决定性的影响。在文明戏与电影《空谷兰》的双重影响下，地方戏《空谷兰》的演出几乎遍布全国各地。在抗战时期的上海，沪剧、评剧、越剧、甬剧、弹词等多种地方戏《空谷兰》争相上演。1928年，王梦良根据电影及文明戏幕表将《空谷兰》编成沪剧，1938年4月由文滨剧团首演于大世界。前身为努力沪剧团的上海市长宁沪剧团于1980年7月将沪剧《空谷兰》改编为《幽兰夫人》，于1980年11月首演，1981年3月再次演出于南京路五星剧场与上海大世界，一票难求。成立于2010年的上海文慧沪剧团开台大戏便重排沪剧《幽兰夫人》，之后不仅在上海多个剧场演出，还多次在上海电视台、广播电台播出，直至2018年，沪剧《幽兰夫人》选段依旧在上海天蟾逸夫舞台上演。另有缩编版《哀艳小说空谷兰》在安东(今丹东)印刷发行过，时间仍待考证。

“《空谷兰》旋风”还刮到了我国香港和台湾地区。1940年8月9日由洪仲豪、杨弘冠导演，中南影片公司出品的黑白粤语时装伦理片《空谷兰》在香港上映；1954年10月28日，由关文清导演、大观声片公司摄制的黑白粤语时装伦理片《空谷兰》在香港上映，该粤语片1955年4月30日至5月2日曾在台湾省上映过；1964年5月，国际电影懋业有限公司开始拍摄易文编导的彩色国语文艺片《空谷兰》。1966年4月21日起该片在香港正式上映，大受欢迎。至此，《空谷兰》共有七次被搬上银幕，其前后约四十年的电影改编史见证了中国电影业由无声到有声、由黑白到彩色的发展历程，也目睹了国语片及方言电影的发展。

图11展示了《女人之过》所经历的文本之旅。

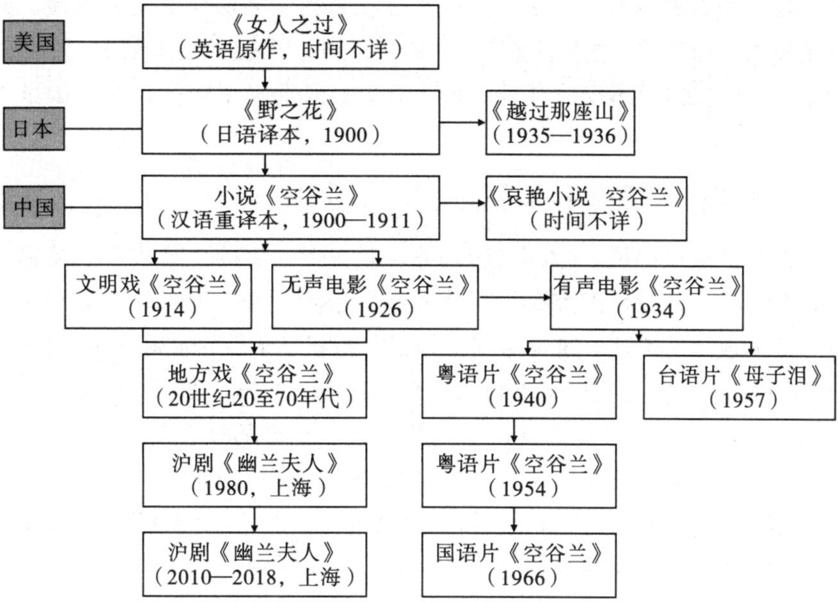


**图 11　《女人之过》文本旅行图**

通过探究和描绘小说《女人之过》文本的旅行地图，可以看出小说《女人之过》文本的越境与跨界呈现以下特点。

## 一、跨媒介交叉传播与经典建构

《女人之过》这一美国小说文本在东亚文化语境的传播过程中见证了大众传播媒介的进化史，从报纸、杂志、书籍，到文明戏、地方戏，再到无声电影、有声电影、彩色宽银幕电影等，媒介技术的发展在很大程度上扩大了传播的广度，加深了传播的深度。尤其在民国时期，《空谷兰》的故事依托不同大众传播媒介以立体式互动交叉的形式传播开来，使“空谷兰”热潮达到顶峰。在民国时期的文化场域中，小说《空谷兰》经由“发现人”包天笑的通俗化改写，在守旧与求新的张力下触动了普通民众的心灵，引起了广大读者的阅读兴趣与心理共鸣。再加上包天笑在《时报》任职，小说拥有较好的传播平台，一经连载便迅速流行起来。之后，包天笑加入明星影片公司担任编剧，将积累了一定象征资本的小说《空谷兰》改编成无声影片，迎合了大众的审美趣味，外加明星影片公司的成功营销，使得无声影片《空谷兰》创下中国无声电影史上的最高票房纪录，使“空谷兰”成为一个价值极高的文化符号。到 20 世纪 30 年代，有声电影、地方戏、广播等跨媒介的交叉传播进一步提高了“空谷兰”这一文化符号的知名度。可以说，机缘巧合的文学相遇、翻译文学与电影市场的良好互动、求新与守旧张力下的本土化重构、多媒介的交叉传播、成功的营销模式合力促成了“空谷兰”故事在我国电影史上的经典建构。换言之，美国小说《女人之过》不仅跨越地域的界线，而且跨越了媒介，在中国呈现出全新的面貌。

## 二、体现近代民族国家话语

美国女性廉价小说《女人之过》讲述的是浪漫伤感的爱情故事，黑岩泪香在翻译时将单纯的贵族维维安改写成移情别恋者，这一不贞的形象与妻子的坚贞不渝形成鲜明对比，进而采用全知视角揭露了子爵的重婚行为，与《万朝报》揭露上流社会蓄妾实例构成联动机制，宣扬了一夫一妻的忠贞关系，意欲自下而上纠正蓄妾的不良之风，重构并提升了小说的社会价值。另一方面，日译本《野之花》通过改写原作一笔带过的“拜谒女王”的场景，强调了臣民对国君之“忠良”。至昭和时期，小说《越过那座山》将“忠君爱国”思想进一步放大，利用时局隐喻与隐秘的行为逻辑突显了深受军国主义毒化的“母性之爱”，强化少女读者对侵略战争的心理认同，还与杂志广告一道煽动少女读者主动走入社会，以多种形式协助战争，成为军国主义势力的后方支持力量。这一改写将“母性”与军国主义联系在一起，折射出战时日本女性教育的内核，其内在的反动性严重阻碍了该文本在日本的进一步传播。

而在中国，文本的旅行与重构呈现出不同的面貌。日译本《野之花》被译成《空谷兰》，在当时受知识分子阶层推崇的《时报》上连载。该小说借隐忍的女性形象对软弱的政府进行了批判，同时竭力在家国一体的话语中还原真实的亲子之情，使小说更能打动普通民众，符合当时大众读者的期待。之后，新民社郑正秋邀请包天笑将小说《空谷兰》改编为文明戏，将民族观念与国家理想巧妙地编织进戏剧的情节发展之中，呈现出一场独特的集家庭、军事、教育、社会为一体的文明戏。文明戏《空谷兰》中的民族观念与国家理想在一场又一场的演出中，通过舞台背景、台词、人物表演等具象化的形式同时传达给台下众多识字或不识字的观众，进而唤起大众心中的民族情感。

## 三、重构大众话语空间

值得关注的是，小说《空谷兰》在中国的传播真实地反映了当时社会中的移民潮。

在20世纪20年代的上海，外来人口的大量涌入促成了大众文化生产和消费热潮，无声电影《空谷兰》应运而生。电影编创人员在《空谷兰》的制作过程中，通过描写同时代的重要事件为观众呈现了一个共同的生活空间，并在此基础之上通过讲述符合大众口味的故事，试图重新建构社会的道德秩序。进入消费阶段之后，明星公司及各个报社和通俗杂志社通过纸质媒介积极宣传电影《空谷兰》，引起了当时的一般市民和知识阶层对电影相关话题的热烈讨论。在抗战时期，《空谷兰》被改编成各种地方戏在上海竞相上演，一定程度上也与战时全国各地的难民涌入上海这一历史背景有关。地方戏《空谷兰》更关注底层民众的世俗生活，通过增加哭戏唱段来抒发战争期间民众内心的悲苦情绪，其民间性与大众性符合当时上海大众的娱乐消费期待，进而成为海派文化的重要组成部分与典型代表。

抗日战争爆发后，大量内地民众逃难到当时相对安全的香港。真实反映这一历史背景的粤语片《空谷兰》(1954)通过一系列改编，将日本侵华战争前景化，再现了战争给战时香港移民带来的巨大创伤，控诉了日军的侵略暴行；与此同时，影片折射出普通民众在战争爆发后逃离与寻亲的真实经历，唤醒了战时香港移民痛苦的集体记忆，使其长期压抑在内心深处的哀怨、愤恨与苦痛之情得以宣泄。国语片《空谷兰》(1966)则继承了歌女电影主题，将编导本人在故土生活的过往记忆加以诗意化处理，通过电影这一媒介实现客体化，唤醒了香港移民的集体记忆，并通过怀旧所造成的时空错觉给人以精神的慰藉与满足，借此抒发香港移民对故乡的眷恋之情，从而引起了香港移民这一离散群体的广泛共鸣。

## 四、继承与突破传统戏剧母题

从故事情节来看，小说《女人之过》在一个多世纪的文本旅行之中，虽出现了不同程度的增删，但基本故事素并未改变，各版本故事均按照“男女主人公结婚—女主人公离家(或“遇难”)—男主人公再婚—女主人公重返家中—后母去世—夫妇团圆”的情节结构展开。尤其在地方戏中，弹词《空谷兰》唱词中的“镜破”一词继承了“分镜”母题中“夫妻恩爱—破镜各执一半—因外力而分离—赴约合镜—夫妻团圆”的故事素，承袭了在民间流传已久的传统戏剧情节。同样，沪剧《幽兰夫人》也继承了传统“分镜”母题中“夫妻恩爱—因外力而分离—夫妻团圆”的情节结构。兰花在该剧中的意象功能与“分镜”母题故事中的铜镜极为相似，是象征夫妻恩爱的信物，且在夫妻无奈分离之后随时陪伴身边，唤起了观众对传统戏剧情节的记忆。在“分镜”母题的基础上，沪剧《幽兰夫人》又增加了母子相隔、后母虐子等新的故事素，从而使故事情节更加曲折离奇。尤其是“分镜”母题与后母母题相叠加更加彰显了情节之凄惨，更易触动观众，成就了“良彦哭灵”这样的经典片段。对传统戏剧母题的继承与突破，使这一西方文学中的故事跨越时空和媒介，在新的地域中焕发新的活力。

通过采用文本旅行理论、接受美学等研究方法，笔者对一手资料进行充分挖掘，从以上四个方面揭示了美国廉价小说《女人之过》在中日两国文本旅行过程中的独特之处，以期为东西文学交流史与东亚文化交流史提供一个立体而丰满的样本，这对重新审视未被充分重视的大众文学史也是一个有益的尝试。但由于笔者个人能力与客观条件有限，本研究仍有不少工作尚未完成。比如，因胶片年代太久、观看受限等客观因素，笔者至今尚未看到保存于中国电影资料馆的有声电影《空谷兰》，因此关于有声电影《空谷兰》的改编、影响等问题有待进一步考察。另外，由于国内关于英文廉价小说的资料较少，关于小说《女人之过》的创作背景、与维多利亚文学的关系等问题仍需进一步考证与挖掘。对这些问题的探讨，将成为本研究之后的拓展方向。

# 阅读文献

## 一、中文文献


艾青．中国电影事业的开拓者：明星影片公司研究[D]．上海：复旦大学，2010.

艾青．明星影片公司与早期中国电影放映模式的开拓[J]．电影新作，2015(2)：56－62.

艾青．明星影片公司探析[M]．上海：东方出版中心，2017.

安妮，张业松．“母爱经验”的迭代与异化：试论上海早期电影《空谷兰》和《神女》中体现的现代女性困境[J]．山东女子学院学报，2023(5)：72－81.

白芸．天一花絮一束[N]．申报，1935－3－11.

包天笑．空谷兰上册[M]．上海：有正书局，1924.

包天笑．空谷兰下册[M]．上海：有正书局，1924.

包天笑．说字幕[J]．明星特刊，1925(5)：1－2.

包天笑．空谷兰[J]．当代电影，1995(2)：114－122.

包天笑．钏影楼回忆录[M]．北京：中国大百科全书出版社，2009.

伯科维奇．剑桥美国文学史 第三卷 散文作品 1860－1920 年[M]．蔡坚，张占军，鲁勤，译．北京：中央编译出版社，2010.

C下．评《纫珠》(天一出品)[J]．电声(上海)，1935，4(4)：87.

蔡洪声，宋家玲，刘桂清．香港电影 80 年[M]．北京：北京广播学院出版社，2000.

陈爱阳．日本最初原创现代侦探小说的中文译介：《无惨》翻译的文本研究[J]．汉语言文学研究，2011，2(3)：77－85.

陈播．三十年代中国电影评论文选[M]．北京：中国电影出版社，1993.

陈德文．日本现代文学史[M]．南京：南京大学出版社，1991.

陈冠中．我这一代香港人[M]．北京：中信出版社，2013.

陈国伟．越境与译径：当代台湾推理小说的身体翻译与跨国生成[M]．台北：联合文学出版社股份有限公司，2013.

陈宏淑．译者的操纵：从 Cuore 到《馨儿就学记》[J]．编译论丛，2010，3(1)：41－68.

陈宏淑．包天笑与民初“教育小说”概念的建构：以“日文中译”为视角的考察[J]．翻译学研究集刊第十六辑，2013：1－15.

陈姜映清．映清女士弹词开篇[M]．上海：家庭出版社，1936.

陈洁．民国戏曲史年谱1912－1949[M]．北京：文化艺术出版社，2010.

陈凌虹．跨越三种语言的文本旅行：包天笑译《梅花落》[J]．中国比较文学，2022(3)：93－109.

陈平原．陈平原小说史论集(中册)[M]．石家庄：河北人民出版社，1997.

陈明远．文化人的经济生活[M]．文汇出版社，2005.

陈少舟．中国电影史研究[M]．北京：中国电影出版社，2015.

陈同．律师制度的建立与近代中国社会变迁[J]．社会科学，2014(7)：161－169.

陈西滢．西滢闲话[M]．南京：江苏文艺出版社，2010.

陈小蝶．无线电[J]．半月戏剧，1947，6(3)：14.

陈振江．简明中国近代史[M]．北京：中华书局，2013.

程奋只．中国古代戏剧“哭戏”研究[D]．上海：上海师范大学，2008.

程国赋．中国古典小说论稿[M]．北京：中华书局，2012.

川濑健一．台湾电影飨宴 百年导览[M]．李常传，译．台北：南天书局，2002.

稻叶三千果，新井直之．日本的报业理论与实践[M]．北京：新华出版社，1985.

德富芦花．不如归[M]．于雷，译．沈阳：沈阳出版社，1989.

邓云特．中国救荒史[M]．上海：商务印书馆，1937.

《电光幻影》编写组．电光幻影 上世纪前半叶电影故事存真[M]．上海：上海科学技术文献出版社，2011.

丁亚平．电影的踪迹：中国电影文化史评[M]．北京：中国编译出版社，2005.

丁亚平，聂伟．影视文化14[M]．北京：中国电影出版社，2016.

董虹．城市、戏曲与性别：近代京津地区女伶群体研究(1900－1937)[D]．天津：南开大学，2012.

董新宇．看与被看之间：对中国无声电影的文化研究[M]．北京：北京师范大学出版社，2000.

钝根．自由谈话会[N]．申报，1912－11－19.

范伯群．礼拜六的蝴蝶梦[M]．北京：人民文学出版社，1989.

范伯群．包天笑、周瘦鹃、徐卓呆的文学翻译对小说创作之促进[J]．江海学刊，1996(6)：171－175.

范伯群．包天笑文言短篇《一缕麻》百岁寿诞记[J]．书城，2009(4)：63－68.
范伯群．中国近现代通俗文学史[M]．南京：江苏教育出版社，2010.
范石渠．新剧考[M]．赵骥，校．上海：文汇出版社，2015.
饭塚容．被搬上银幕的文明戏[J]．戏剧艺术，2006(1)：46－50.
冯骥才．中国非物质文化遗产百科全书 代表性项目卷 上[M]．北京：中国文联出版社，2015.
范烟桥．《空谷兰》之苏州观[J]．紫罗兰，1926，1(12)：1－2.
封敏．包天笑与中国早期电影[J]．当代电影，1997(1)：46－49.
冯远，陈瑞林．二十世纪中国艺术(下)[M]．上海：上海人民美术出版社，2012.
傅葆石．双城故事：中国早期电影的文化政治[M]．刘辉，译．北京：北京大学出版社，2008.
伏园．空谷兰与洪深先生[N]．京报副刊，1926－3－11.
福州闽剧院．闽剧历史资料汇编第三辑[M]．福州：福州闽剧院，1963.
高西峰．记者、小说与知识分子关系 以日本明治末期小说为中心[M]．北京：中央编译出版社，2015.
高志忠．孔子家语译注[M]．北京：商务印书馆，2015.
古莲．谈《空谷兰》[N]．时事新报，1926－2－17.
管翼贤．民国丛书第4编46 文化教育体育类 新闻学集成第六辑[M]．北京：中华新闻学院，1943.
贵阳市地方志编纂委员会．贵阳市志・教育志[M]．贵阳：贵州人民出版社，1991.
国．空谷兰义映 有红星剪彩[N]．华侨日报，1965－11－29.
国．交通安全会义映《空谷兰》筹款[N]．华侨日报，1965－12－1.
国蕊．近代翻译文学中日本转译作品底本考论：以陈景韩的转译活动为例[J]．文学评论，2019(1)：205－213.
郭延礼．中国近代翻译文学概论[M]．武汉：湖北教育出版社，1998.
郭延礼．文学经典的翻译与解读 西方先哲的文化之旅[M]．济南：山东教育出版社，2007.
郭勇．"畅销书"的策略：透视《不如归》的帝国主义话语[J]．日语教育与日本学第2辑，2012：93－102.
关文清．中国银坛外史[M]．香港：广角镜出版社，1976.
何乃英．日本当代文学研究[M]．北京：北京师范大学出版社，1997.
何春耕．儒家文化精神的认同与反叛：郑正秋家庭/伦理情节剧电影的文化姿态[J]. 安徽教育学院学报，2002，20(5)：49-53.
洪煜. 近代上海无线电广播与苏州评弹[J]. 史林，2012(6)：11-16.
胡安江. 寒山诗：文本旅行与经典建构(修订版)[M]. 北京：清华大学出版社，2021.
胡蝶. 欧游杂记[M]. 上海：上海良友图书公司，1935.
皇姑区民间文学三套集成领导小组. 中国民间文学集成辽宁卷 沈阳皇姑资料本[A]. 沈阳：辽宁省林科院印刷厂，1987.
黄爱玲. 粤港电影因缘[M]. 香港：香港电影资料馆，2005.
黄爱玲. 国泰故事(增订本)[M]. 香港：香港电影资料馆，2009.
黄淑娴. 香港影像书写：作家、电影与改编[M]. 香港：香港公开大学出版社，2013.
黄淑娴. 从上海到香港：南来文人易文的作品初探[J]. 文艺争鸣，2013(8)：19-24.
黄挺. 潮汕文化源流[M]. 广州：广东高等教育出版社，1997.
黄雪蕾. 跨文化行旅，跨媒介翻译：从《林恩东镇》(East Lynne)到《空谷兰》，1861—1935[J]. 清华中文学报，2013(10)：117-156.
黄仪冠. 从文字书写到影像传播：台湾"文学电影"之跨媒介改编[M]. 台北：台湾学生书局，2012.
简贵灯. 发现郑正秋：1910—1912 郑正秋的剧评实践及其意义[J]. 戏剧艺术，2015(3)：40-48.
姜进. 女性，地域性，现代性：越剧的上海传奇[J]. 史林，2009(5)：40-50.
江新兴. 近代日本家族制度研究[M]. 北京：旅游教育出版社，2008.
金维多. 创中国电影史上的奇迹！《空谷兰》第三代了[N]. 工商晚报，1964-7-8.
濑户宏. 中国话剧成立史研究[M]. 厦门：厦门大学出版社，2015.
来平. 战时上海大众娱乐研究(1937—1945)[D]. 上海：华东师范学院，2008.
李青. 包天笑译介教育小说研究[D]. 北京：北京师范大学，2015.
李青. 在传统与"新民"之间：包天笑译教育小说《儿童修身之感情》研究[J]. 日语学习与研究，2016(5)：17-25.
郦苏元，胡菊彬. 中国无声电影史[M]. 北京：中国电影出版社，1996.
李道新. 中国电影文化史(1905—2004)[M]. 北京：北京大学出版社，2005.
李道新. 中国电影史研究专题[M]. 北京：北京大学出版社，2006.
李欧梵. 上海摩登：一种新都市文化在中国(1930—1945)[M]. 北京：人民

文学社，2010.

李全生．布迪厄场域理论简析[J]．烟台大学学报(哲学社会科学版)，2002，15(2)：146-150.

李炜．从“贤妻良母”到“军国之母”：近代日本女性的军国主义思想建构[J]．日本侵华南京大屠杀研究，2020(2)：35-45.

李喜所．中国留学通史民国卷[M]．广州：广东教育出版社，2010.

李严成．“上海律师甚多败类”：从一起名誉纠纷看民国律师形象[J]．近代史研究，2018(1)：149-158.

李艳丽．清末科学小说与世纪末思潮：以两篇《世界末日记》为例[J]．社会科学，2009(2)：157-167.

李卓．家族制度与日本的近代化[M]．天津：天津人民出版社，1997.

李卓，张冬冬．近代日本女子教育发展原因探析[J]．南开学报(哲学社会科学版)，2012(2)：69-76.

梁漱溟．中国文化的命运[M]．北京：中信出版社，2010.

廖志强．一个时代的光辉：“中联”评论及资料集[M]．香港：天地图书有限公司，2001.

林洁珍，廖柏伟．移民与香港经济[M]．北京：商务印书馆，1998.

林忠佳，张添喜．《申报》广东资料选辑八(1910.4-1913.12)[M]．广州：广东省档案馆，1995.

林淳钧，陈历明．潮剧剧目汇考 中[M]．广州：广东人民出版社，1999.

流．《新空谷兰》改名《纫珠》[N]．《申报》，1934-7-28.

刘德秀．于洪区教育志(1905-1990)[M]．沈阳：于洪区教育志编写办公室，1994.

刘登翰．香港文学史[M]．北京：人民文学出版社，1999.

刘惠吾．上海近代史(下)[M]．上海：华东师范大学出版社，1987.

刘立善．日本近现代文学流派史[M]．沈阳：辽宁大学出版社，2007.

刘文峰，于文青．北京戏剧通史 民国卷[M]．北京：北京燕山出版社，2001.

刘锡城．吉祥中国[M]．上海：上海文艺出版社，2012.

刘效炎．评剧辞述[M]．哈尔滨：北方文艺出版社，2004.

卢汉超．霓虹灯外：20世纪初日常生活中的上海[M]．上海：上海古籍出版社，2004.

卢汉龙．上海解放前移民特征研究[J]．上海社会科学院学术季刊，1995(1)：135-143.

卢琳．《歌女红牡丹》：舶来品与民族化[J]．当代电影，2008(6)：50-53.

栾梅健．中国近现代通俗作家评家评传丛书(之二)现代通俗文学的无冕之王：包天笑[M]．南京：南京出版社，1994.
栾梅健．通俗文学之王包天笑[M]．上海：上海书店，1999.
洛地．观众是戏剧的上帝：说破·虚假·团圆：中国传统戏剧艺术表现三维[J]．福建艺术，2009(5)：11－15.
罗卡，法兰宾．香港电影跨文化观[M]．刘辉，译．北京：北京大学出版社，2012.
梅家玲．包天笑与清末民初的教育小说[J]．中外文学，2006，35(1)：155－183.
有牌特约．罗维加工赶玉龙吟 空谷兰多有趣巧合[N]．华侨日报，1964－6－3.
有牌特约．空谷兰义映 星群主持剪彩礼[N]．华侨日报，1965－11－24.
有牌特约．乱世儿女后劲强 空谷兰快将推出[N]．华侨日报，1966－4－15.
有牌特约．空谷兰今日五院映 阵容制作都臻完美[N]．华侨日报，1966－4－21.
有牌特约．白冰廿四飞星登台 空谷兰观众反应佳[N]．华侨日报，1966－4－22.
有牌特约．白冰今午飞星 空谷兰卖座盛[N]．华侨日报，1966－4－24.
有牌特约．空谷兰号召力极盛[N]．华侨日报，1966－4－25.
南开大学日本研究院．日本研究论集(2003)[M]．天津人民出版社，2003.
欧阳予倩．欧阳予倩全集第六卷[M]．上海：上海文艺出版社，1990.
潘少瑜．维多利亚《红楼梦》：晚清翻译小说《红泪影》的文学系谱与文化译写[J]．台大中文学报，2012(39)：247－294.
潘少瑜．近代翻译家庭小说中女性社会身份的解离与重构——从《女人之过》到《空谷兰》[M]//彭小妍．跨文化流动的吊诡——晚清到民国．台北：中国文哲研究所，2016：51－79.
钱理群，温儒敏，吴福辉．中国现代文学三十年(修订本)[M]．北京：北京大学出版社，2012.
秋云．侨胞欢迎国产电影[N]．申报，1926－10－14.
任翔．文学的另一道风景：侦探小说史论[M]．北京：中国青年出版社，2001.
芮和师，范伯群，郑学弢，等．鸳鸯蝴蝶派文学资料(上)[M]．北京：知识产权出版社，2010.
萨义德．世界·文本·批评家[M]．李自修，译．北京：生活·读书·新知三联书店，2009.
上海社会科学院文学研究所．上海“孤岛”文学回忆录 下[M]．北京：中国社会科学出版社，1985.
上海市长宁沪剧团．戏曲苏醒春光艳 上海市长宁沪剧团建团60周年纪念画册[M]. 上海：上海书刊印刷有限公司，2009.
上海通社．上海研究资料续编[M]. 上海：上海书店出版社，1984.
商务印书馆．中华民国临时约法[M]. 上海：商务印书馆，1916.
商学良．日本妇女盲从侵略战争问题研究[D]. 济南：山东师范大学，2023.
申丹，王丽亚．西方叙事学：经典与后经典[M]. 北京：北京大学出版社，2013.
沈冬．《好地方》的沪上余音：姚敏与战后香港歌舞片音乐(上)[J]. 音乐艺术(上海音乐学院学报)，2018(1)：127－142.
沈庆会．包天笑及其小说研究[D]. 上海：华东师范大学，2006.
沈庆会．“通俗文学之王”包天笑的报刊编辑生涯[J]. 文教资料，2007 年 11 月号下旬刊：16－17.
沈庆会，孔祥立．“自由文笔”下的“自由翻译”：包天笑翻译小说研究[J]. 明清小说研究，2011(3)：205－219.
沈庆会．西方教育小说的近代译介与接受[J]. 小说评论，2012(6)：193－199.
沈庆会．包天笑编辑出版活动与清末民初通俗文学[J]. 中国出版，2017(6)：63－66.
沈卫威．胡适婚姻略论[J]. 民国档案，1991(1)：81－90.
史鹤幸．甬剧史话[M]. 上海：上海三联书店，2011.
瘦鹃．志新民社第一夜之空谷兰[N]. 申报，1914－4－28.
瘦鹃．志新民社第二夜之空谷兰[N]. 申报，1914－4－30.
舒新城．近代中国留学史[M]. 上海：上海书店出版社，2011.
宋宽锋．英国近代政治哲学中的“家”与“国”：以儒家和现代新儒家的“家国关系论”为参照[J]. 人文杂志，2006(6)：11－15.
司徒秀英．“乐昌分镜”母题在宋明“戏曲”文学演绎初探[J]. 华中科技大学学报(社会科学版)，2004(3)：72－76.
孙立祥，韩立娟．日本妇女与侵华战争[J]. 华中师范大学学报(人文社会科学版)，2014，53(1)：109－116.
孙世基．甬江论戏三十年[M]. 宁波出版社，2012.
孙世基．中国越剧戏目考[M]. 宁波：宁波出版社，2015.
孙逊．“海派文化”：近代中国都市文化的先行者[J]. 江西社会科学，2010(10)：7－13.
孙中山．孙中山文集 上[M]. 北京：团结出版社，2016.
谭春发．郑正秋与中国话剧复兴[上][J]. 新文化史料，1995(1)：14－17.
谭建川．贝原益轩教育理论述评[J]. 日本研究论集，2003：282－294.

谭嗣同．谭嗣同全集(增订本)下册[M]．北京：中华书局，1981.

陶菊隐．孤岛见闻：抗战时期的上海[M]．上海：上海人民出版社，1979.

田本相，董健．中国话剧研究第十一辑[M]．北京：中国传媒大学出版社，2008.

天笑．空谷兰至今之历史[J]．明星特刊，1926(8)：1-2.

铁健．评剧剧目考略[M]．哈尔滨：黑龙江省艺术研究所《艺术研究》编辑部，1985.

童庆炳．文学经典建构诸因素及其关系[J]．北京大学学报(哲学社会科学版)，2005，42(5)：71-77.

王成．"修养时代"的文学阅读 日本近现代文学作品研究[M]．北京：北京大学出版社，2013.

王峰，顾珍珍．上海市文化局艺术档案 幽兰夫人剧本[A]．上海：上海市长宁沪剧团，1980.

王凤霞．文明戏中兴期代表性剧团：民鸣社考论[J]．文化遗产，2010(3)：52-61.

王凤霞．文明戏考论[M]．广州：广东高等教育出版社，2011.

王凤霞．新民社始末[J]．学术研究，2011(7)：153-158.

王赓武．香港史新编上册(增订版)[M]．香港：三联书店(香港)有限公司，2017.

王鹤．奉天落子文化与评剧歌唱艺术[M]．沈阳：万卷出版公司，2014.

王晶晶．新旧之间：包天笑的文学创作与文学活动研究[D]．上海：上海师范大学，2012.

王晶晶．双向"再诠释"：论包天笑的译作《馨儿就学记》[J]．新文学史料，2012(3)：181-189.

王晶晶．翻译"现代主义"：包天笑的译作《六号室》[J]．中国比较文学，2013(2)：74-84.

王克非．翻译文化史论[M]．上海：上海外语教育出版社，1997.

汪黎黎．论二十世纪二十年代包天笑的电影文学创作[J]．中国现代文学论丛，2021(2)：193-203.

王润泽，王鲁亚．"知识阶层的精神伴侣"到"民众生活的必需品"：以社会动员为角度考察日本近代报纸的大众化[J]．辽宁大学学报(哲学社会科学版)，2017，45(6)：5-6.

王向远．东方各国文学在中国：译介与研究史述论[M]．南昌：江西教育出版社，2001.

王向远．二十世纪中国的日本翻译文学史[M]．北京：北京师范大学出版社，2001.

王兴高．香港影坛近事一束：粤语“空谷兰”[N]．观众，1940，1(5)：3.

王宇平．“儿女情长”的新旧感觉：易文影片趣味考[J]．当代电影，2016(7)：85－89.

魏君子．香港电影史记[M]．北京：中国人民大学出版社，2013.

魏萍．声色歌影里的家国想象与性别政治：电影媒介里“天涯歌女”的影像与声音再现[C]//1949—2009：共和国的媒介、媒介中的共和国论文集．上海：传播与中国·复旦论坛，2009：278－283.

尾崎红叶．金色夜叉[M]．吴元坎，译．重庆出版社，2009.

武烈珍．人散曲终：演艺名人的最后岁月[M]．北京：中央党史出版社，2007.

《戏剧研究》编辑部．戏曲研究 第85辑[M]．北京：文化艺术出版社，2012.

香港电影资料馆．香港影片大全第四卷(一九五三——九五九)[M]．香港：香港电影资料馆，2003.

香港市政局．第七届香港国际电影节 战后国、粤语片比较研究：朱石麟、秦剑等作品回顾[M]．香港：海光印刷公司，1983.

香港市政局．香港影片大全第一卷(1913—1941)[M]．香港：香港电影资料馆，1997.

笑舞台．新空谷兰[N]．申报，1916－11－22.

笑舞台．新新空谷兰[N]．申报，1917－11－28.

笑舞台．空谷兰[N]．申报，1918－4－22.

小记者．空谷兰述评[N]．新闻报，1926－2－20.

小戏院，说不出的设备简陋[N]．社会日报，1936－7－27.

肖霞．日本近代浪漫主义文学与基督教[M]．济南：山东大学出版社，2007.

香港电影资料馆藏．空谷兰特刊[A]．香港：树华电版公司，[1954].

香港电影资料馆藏．空谷兰宣传单张[A]．香港：复兴橡皮印刷公司，[1966].

谢六逸．万有文库第一集一千种 日本文学[M]．上海：商务印书馆，1929.

谢六逸．民国丛书第三编 57 日本文学史(下卷)[M]．上海：北新书店，1929.

谢吟．谢吟剧作选[M]．北京：中国戏剧出版社，2008.

新民新剧社．空谷兰[N]．申报，1914－4－15.

心影．新月公司拍制粤语《空谷兰》[N]．工商晚报，1954－9－27.

熊梦．评《空谷兰》[N]．时报，1926-2-23.

熊月之，周武．上海：一座现代化都市的编年史[M]．上海：上海书店出版社，2007.

徐半梅．话剧创始期回忆录[M]．北京：中国戏剧出版社，1957.

徐红．西文东渐与中国早期电影的跨文化改编(1913—1931)[D]．上海：上海大学，2010.

徐红．西文东渐与中国早期电影的跨文化改编1913—1931[M]．北京：中国电影出版社，2011.

徐有明．袁大总统书牍汇编[M]．上海：新中国图书局，1931.

徐逎翔．20世纪中国文艺图文志电影卷[M]．沈阳：沈阳出版社，2002.

徐扬杰．宋明家族制度史论[M]．北京：中华书局，1995.

徐兆玮．徐兆玮日记[M]．合肥：黄山书社，2013.

薛峰．改良现实主义：中国电影史语境中的包天笑[J]．当代电影，2018(10)：94-96.

薛后．香港电影的黄金时代[M]．香港：获益出版事业有限公司，2000.

杨金福．上海电影百年图史(1905—2005)[M]．上海：文汇出版社，2006.

杨义．中国古典小说的叙事原则[J]．河南大学学报(社会科学版)，2004，44(5)：92-99.

姚斯，霍拉勃．接受美学与接受理论[M]．周宁，金元浦，译．沈阳：辽宁人民出版社，1987.

佚名．广告[N]．新闻报，1926-2-8.

佚名．林翠张扬谈空谷兰[N]．华侨日报，1964-6-9.

佚名．空谷兰·再上银幕[N]．工商日报，1964-7-28.

佚名．《空谷兰》的时代与人物[N]．工商晚报，1965-7-25.

佚名．广告[N]．工商晚报，1966-4-19.

易文．有生之年：易文年记[M]．香港：香港电影资料馆，2009.

易文．真实的谎话：易文的都市小故事[M]．香港：中华书局(香港)有限公司，2013.

银都机构．银都六十(1950—2010)[M]．香港：三联书店(香港)有限公司，2010.

尤兢．评《纫珠》：卡尔登映[N]．申报，1934-12-31.

于洪笙．重新审视侦探小说[M]．北京：群众出版社，2008.

虞吉．"影像传奇叙事"范式的延续与扩展：基于《空谷兰》史实与本事、字幕本的史论研读[J]．文艺研究，2013(5)：90-96.

虞吉. 中国电影史第2版[M]. 重庆：重庆大学出版社，2017.
余慕云. 香港电影史话(卷四)：五十年代(上)[M]. 香港：次文化有限公司，2000.
袁国兴. 清末民初新潮演剧研究[M]. 广州：广东人民出版社，2011.
泽民，鸣田. 近代文学概观(下册)[M]. 上海：商务印书馆，1923.
张斌宁. 阅读的快感[M]. 西安：西北农林科技出版社，2014.
张长虹. 移民族群艺术及其身份 泰国潮剧研究[M]. 厦门：厦门大学出版社，2011.
张彻. 回顾香港电影三十年(古今香港系列)[M]. 香港：三联书店(香港)有限公司，1995.
张彻. 张彻谈香港电影[M]. 香港：三联书店(香港)有限公司，2012.
张德伟. 日本儒教的贤妻良母主义女子教育观及其影响[J]. 东北师大学报(哲学社会科学版)，1996(4)：88-92.
张海鹏，臧宏，时惠荣. 当代社会科学大词典[M]. 南京：南京大学出版社，1995.
张建德. 香港电影：额外的维度(第2版)[M]. 苏涛，译. 北京：北京大学出版社，2017.
张军. 琼剧的历史、现状与未来[M]. 北京：社会科学文献出版社，2012.
张昆. 传播观念的历史考察[M]. 武汉：武汉大学出版社，1997.
张昆. 中外新闻传播史[M]. 北京：高等教育出版社，2008.
张伟. 纸上观影录1921-1949[M]. 天津：百花文艺出版社，2005.
张燕. 在夹缝中求生存[M]. 北京：北京大学出版社，2010.
张燕，朱瑾烨. 大片厂制度对邵氏兄弟(香港)有限公司的影响[J]. 电影艺术，2017(4)：116-123.
张玉. 重现传统品味古典：论改编沪剧《幽兰夫人》[J]. 戏剧文学，2018(2)：69-76.
张真. 银幕艳史：都市文化与上海电影1896-1937[M]. 上海：上海书店出版社，2012.
赵骥.《新剧考》与上海早期的新剧演出[J]. 戏剧，2015(6)：36-49.
赵纪萍. 创造性叛逆视野下的清末民初文学翻译研究[D]. 济南：山东大学，2015.
赵卫防. 五六十年代竞争格局中的香港国语电影工业：兼论邵逸夫与陆运涛之间的竞争[J]. 当代电影，2006(4)：71-76.
赵卫防. 香港爱国文人关文清的电影生涯[J]. 电影艺术，2007(4)：69-75.

赵卫防．香港电影艺术史[M]. 北京：文化艺术出版社，2017.
浙江百村农民文化生活调查课题组．浙江省新农村文化报告（上）来自118个行政村农民文化生活的田野调查[M]. 杭州：中国美术学院出版社，2007.
正秋．丽丽所剧评[N]. 民立报，1910-11-26.
正秋．鞠部春秋[N]. 民权画报，1912(9).
郑逸梅，徐卓呆．上海旧话[M]. 上海：上海文艺出版社，1986.
郑正秋．中国影戏的取材问题[J]. 明星特刊，1925(2)：1-6.
郑正秋．我所希望于观众者[J]. 明星特刊，1925(3)：1-2.
郑正秋．摄空谷兰影片的动机(上)[J]. 明星特刊，1925(6)：1-2.
郑正秋．摄空谷兰影片的动机(下)[J]. 明星特刊，1926(7)：1-2.
郑正秋．自我导演以来[J]. 明星(上海1933)，1935，1(1)：12.
郑正秋．新剧考证百出[M]. 赵骥，校．北京：学苑出版社，2016.
郑祖安．百年上海城[M]. 上海：学林出版社，1999.
钟宝贤．香港影视业百年[M]. 香港：三联书店(香港)有限公司，2004.
钟宝贤．香港百年光影[M]. 北京：北京大学出版社，2007.
钟大丰．中国无声电影制作的发展演变[J]. 当代电影，1997(1)：23-30.
中国电影艺术研究中心，中国电影资料馆．中国影片大典 故事片・戏曲片 1905-1930[M]. 北京：中国电影出版社，1996.
中国电影艺术研究中心，中国电影资料馆．中国影片大典 故事片・戏曲片 1931-1949.9[M]. 北京：中国电影出版社，2005.
中国电影资料馆．中国无声电影[M]. 北京：中国电影出版社，1996.
中国人民政治协商会议上海市委员会文史资料委员会．上海文史资料选辑(第六十二辑)戏曲菁英(下)[M]. 上海：上海人民出版社，1989.
中国人民政治协商会议天津市河东区委员会文史资料征集工作委员会．天津市河东区文史资料第2辑[M]. 天津：政协天津市河东区文史资料委员会，1989.
中国台港电影研究会．香港电影回顾[M]. 北京：中国电影出版社，2000.
中国戏曲志编辑委员会．中国戏曲志・天津卷[M]. 北京：文化艺术出版社，1990.
中国戏曲志编辑委员会．中国戏曲志・广东卷[M]. 北京：中国ISBN中心，1993.
中国戏曲志编辑委员会．中国戏曲志・湖北卷[M]. 北京：文化艺术出版社，1993.
中国戏曲志编辑委员会．中国戏曲志・北京卷(上)[M]. 北京：中国ISBN中心，2000.
中国戏曲志编辑委员会．中国戏曲志·上海卷[M]. 北京：中国 ISBN 中心，2000.
中国戏曲志编辑委员会．中国戏曲志·浙江卷[M]. 北京：中国 ISBN 中心，2000.
中国戏曲志编辑委员会，《中国戏曲志·辽宁卷》编辑委员会．中国戏曲志·辽宁卷[M]. 北京：中国 ISBN 中心，1994.
中国现代文学馆．包天笑代表作[M]. 北京：华夏出版社，2011.
中国艺术研究院话剧研究所．中国话剧史料集第一辑[M]. 北京：文化艺术出版社，1987.
《中国越剧大典》编委会，钱宏．中国越剧大典[M]. 杭州：浙江文艺出版社、浙江文艺音像出版社，2006.
周观武．历史不该忘记他：中国影坛名导关文清生平业绩述评[J]. 河南教育学院学报(哲学社会科学版)，1996(3)：60－64.
周虓．《纫珠》的我见[N]. 申报，1935－1－13.
周虓．《空谷兰》我见[N]. 申报，1935－2－15.
周剑云．剧坛怀旧录[J]. 万象，1944，4(3)：33－43.
周宁．花园：戏曲想象的异托邦[J]. 戏剧文学，2004(3)：22－26.
朱剑，汪朝光．民国影坛纪实[M]. 南京：江苏古籍出版社，1991.
朱喆．游士·隐者·道家[J]. 华北水利水电学院学报(社科版)，2000(3)：31－34.
朱婧雯．"情教"观念谱系下中国早期电影抒情意旨的现代转型(1921—1937)：以《空谷兰》及其有声片重摄史实为中心的考证[J]. 北京电影学院学报，2023(4)：93－101.
朱双云．初期职业话剧史料[M]. 重庆：独立出版社，1942.
祖泽．捧空谷兰[N]. 时事新报. 1926－2－18.
樽本照雄．(新编增补)清末民初小说目录[M]. 贺伟，译．济南：齐鲁书社，2002.
佐伯顺子．爱欲日本[M]. 韩秋韵，译．北京：新星出版社，2016.

## 二、日文文献

阿川参悠．涙香の「厳窟王」について[M]//黒岩涙香．厳窟王上卷．東京：愛翠書房，1948：306.
秋山専一．大正期新聞人の気骨——涙香、素川、六鼓——[J]. 世界と議会，1987，296(11)：14－22.
いいだもも. 探偵実話黒岩涙香[M]. 東京：リブロポート，1992.
飯塚容.『空谷蘭』をめぐって——黒岩涙香『野の花』の変容——[J]. 中央大学文学部紀要，1998，170(3)：93－115.
飯塚容.もうひとつの『姉妹花』——『ドラ・ソーン(谷間の姫百合)』の変容[J]. 中央大学文学部紀要 言語・文学・文化(101)，2008，219：141－154.
飯塚浩一. 大衆ジャーナリズムの創造力(東海大学文学部叢書プロジェクトシン ポジウム「読み物」としての新聞の魅力を探る--ジャーナリスト、新聞小説、そして「萬朝報」)[J]. 東海大学紀要文学部，2008，89：132－141.
飯田裕子. 彼らの物語[M]. 名古屋：名古屋大学出版会，1998.
伊藤千真三. 日本国民道徳史[M]. 東京：東京宝文館，1925.
伊藤秀雄. 涙香の「我不知」について[J]. 日本古書通信，1962，27(5)：16－17.
伊藤秀雄. 黒岩涙香：その小説のすべて[M]. 東京：桃源社，1971.(改訂増補版. 桃源社，1979.)
伊藤秀雄.「今日新聞」「都新聞」発表の涙香の小説について[J]. 語文，1974，39：283－294.
伊藤秀雄.その後の蒐集[J]. 日本古書通信，1974，39(4)：4－7.
伊藤秀雄. 涙香小説拾遺[J]. 日本古書通信，1975，40(6)：6－9.
伊藤秀雄. 黒岩涙香伝[M]. 東京：国文社，1975.
伊藤秀雄. 黒岩涙香研究[M]. 東京：幻影社，1978.
伊藤秀雄. 黒岩涙香の書誌作成の思い出[J]. 書誌索引展望，1979，3(2)：27.
伊藤秀雄. 涙香「幽霊塔」は露伴原作か？[J]日本古書通信，1981，46(6)：16－19.
伊藤秀雄. 江戸川乱歩と涙香[J]. 日本古書通信，1985，50(7)：7－9.
伊藤秀雄. 明治の探偵小説[M]. 東京：晶文社，1986.
伊藤秀雄. 怪奇ミステリ事始め——黒岩涙香にはじまる[J]. 幻想文学，1987，18：82－88.
伊藤秀雄. 再び涙香「幽霊塔」について[J]. 日本古書通信，1987，52(3)：15－17.
伊藤秀雄. 黒岩涙香[M]. 東京：三一書房，1988.
伊藤秀雄. 黒岩涙香：探偵小説の元祖[M]. 東京：三一書房，1988.
伊藤秀雄.その後の涙香『幽霊塔』の原作調べについて[J]. 日本古書通信，1988，53(8)：10－11.

伊藤秀雄．吉川英治と涙香(上)[J]．日本古書通信，1989，54(9)：8－9.
伊藤秀雄．吉川英治と涙香(下)[J]．日本古書通信，1989，54(10)：18－19.
伊藤秀雄．大正の探偵小説：涙香・春浪から乱歩・英治まで[M]．東京：三一書房，1991.
伊藤秀雄．新時代のエンタテインメント——探偵小説家としての涙香[J]．広告批評，1994(171)：57－60.
伊藤秀雄．黒岩涙香の翻案小説[J]．大衆文学研究，1994(2)：4－7.
伊藤秀雄．野村胡堂と涙香[J]．日本古書通信，1994，59(4)：25－27.
伊藤秀雄．涙香外伝[M]．東京：三一書房，1995.
伊藤秀雄．涙香「幽霊塔」の原作者発見の顛末[J]．大衆文学研究，1997(3)：37－42.
伊藤秀雄．黒岩涙香『死美人』——その「探偵談」について——[J]．国文学：解釈と鑑賞，1997，62(12)：28－33.
伊藤秀雄．柳田泉氏作成「黒岩涙香著訳小説目録」(未定稿)のその後[J]．日本古書通信，2000，65(12)：11－13.
伊藤秀雄．乱歩と涙香が変身した理由[J]．日本古書通信，2002，67(7)：8－9.
伊藤秀雄．梅の家かほると涙香[J]．日本古書通信，2003，68(11)：20－21.
伊藤秀雄，榊原貴教．黒岩涙香の研究と書誌：黒岩涙香著訳書総覧(翻訳研究・書誌シリーズ 別巻 1)[M]．東京：ナダ出版センター，2001.
上笙一郎．佐藤紅緑『紅顔美談』[J]．日本古書通信，2010，75(6)：36－37.
稲垣直樹．『レ・ミゼラブル』包括論：世紀を越える神話創造[M]．東京：平凡社，2023.
井上哲次郎．勅語衍義 巻上[M]．東京：東京書肆敬業社哲眼社，1891.
井上哲次郎，藤井健治郎．教育勅語述義[M]．東京：晩成所，1912.
岩井肇．黒岩涙香の新聞思想[J]．関西大学新聞学研究，1967，17・18・19：151.
厳本善治．犠牲献身 八真正のホームを論ず[J]．女学雑誌，1889，172：3.
梅謙次郎．改訂増補第二十版 民法要義巻之四 親族編[M]．東京：私立法政大学、中外出版社、有斐閣書房，1910.
江藤文夫．翻訳と翻案のあいだ——黒岩涙香の業績を見る——[J]．文学，1980，48(12)：65－71.
江戸川乱歩．幻影城[M]．東京：岩谷書店，1951.
江戸川乱歩．江戸川乱歩全集第 27 巻 続・幻影城[M]．東京：光文社，2004.

大高知児．黒岩涙香——「劇場の犯罪」を中心として——[J]．国文学：解釈と鑑賞，1984，49(15)：51－52.
大町桂月．珊瑚船を評す(時文)『文芸倶楽部』[M]//中島国彦．文藝時評大系 明治篇 第7巻(明治36年—明治37年)．東京：ゆまに書房，2005：50.
岡直樹．偉人涙香——黒岩周六とゆかりの人びと——[M]．南国：土佐文化資料調査研究会，1970.
岡田芳郎．広告・メディア界の礎を築いた人々[J]．宣伝会議，2011，826(12)：100－103.
岡本勲．黒岩涙香の文章[J]．中京大学文学部紀要，1986，20(3・4)：89－118.
緒方維嶽．青眼白眼[M]．東京：星光社，1902.
奥武則．明治のスキャンダル——国民を創るためのレッスン[M]．東京：筑摩書房，1997.
奥武則．「黒岩大」とは誰なのか——「涙香伝」のために——[J]．社会志林，2014，60(4)：71－95.
尾崎紅葉．紅葉全集 第七巻[M]．東京：岩波書店，1993.
尾崎紅葉．金色夜叉[M]．東京：新潮社，2009.
尾崎秀樹．黒岩涙香の登場——翻訳推理小説の流行[J]．国文学：解釈と教材の研究，1975，20(4)：107－111.
尾崎秀樹，小田切進，紀田順一郎．少年小説大系別巻5 少年小説研究[M]．東京：三一書房，1997.
貝原益軒．女大学[M]．東京：高輪裁縫女学校，1909.
加太こうじ，上笙一郎．児童文学への招待[M]．東京：南北社，1965.
勝田吉太郎．マスコミの体質を衝く[J]．じゅん刊世界と日本，1987，541(10)：10－58.
加藤謙一．佐藤紅緑全集 上巻[M]．東京：講談社，1967.
加藤咄堂．国民思想叢書(民衆篇・女実語教)[M]．東京：国民思想叢書刊行会，1929.
加来耕三．黒岩涙香[J]．実業の日本，1990，93(8)：98－99.
川戸道昭，中林良雄，榊原貴教．明治翻訳文学全集 翻訳家編7 黒岩涙香集[M]．東京：大空社，2003.
川戸道昭，榊原貴教．図説翻訳文学総合事典第5巻 日本における翻訳文学(研究編)[M]．東京：大空社，2009.
河北瑞穂．家庭小説の背景——明治二十年代前半期『女学雑誌』の周辺——

[J]. 三重大学日本語学文学，1991，2：83－97.
河村民部．黒岩涙香譯述『人の運』——原典の発見および原典との相違について——[J]. 渾沌＝Chaos ：近畿大学大学院文芸学研究科紀要，2013，10：119－156.
菅聡子．〈少女小説〉ワンダーランド——明治から平成まで[M]. 東京：明治書院，2008.
神田一三．包天笑漢訳クレイ『空谷蘭』について——涙香訳『　野の花』の原作[J]. 清末小説から，2021，141(4)：6－33.
紀田順一郎，根本正義．少年小説大系第16巻 佐藤紅緑集[M]. 東京：三一書房，1992.
鬼頭七美．書き換えられた「女の道」——『谷間の姫百合』から『己が罪』へ——[J]. 日本女子大学大学院文学研究科紀要，2011，17：41－53.
鬼頭七美．「家庭小説」ジャンルの生成——菊池幽芳「乳姉妹」とその周辺[J]. 国文目白，2013，52(2)：54－61.
鬼頭七美．「家庭小説」と読者たち：ジャンル・メディア・ジェンダー[M]. 東京：翰林書房，2013.
木村毅．東京：文明開化遺跡漫歩[M]. 東京：光文社，1958.
木村毅．バーサ・クレーと明治文学——私の思い出を通して——[M]//島田謹二教授還暦記念会．比較文学比較文化．東京：弘文堂，1961：387－405.
草原克芳．批評・啓蒙・プロパガンダ——黒岩涙香と『萬朝報』の時代——[J]. 群系号，2013，31：112－136.
熊原理恵．近代家族と家父長制[M]//井上俊[ほか]. 岩波講座現代社会学第19巻．東京：岩波書店，1996：139－140.
黒岩涙香．絵姿[M]. 東京：扶桑社，1899.
黒岩涙香．古王宮[M]. 東京：扶桑社，1900.
黒岩涙香．野の花・前[M]. 東京：扶桑堂，1909.
黒岩涙香．野の花・後[M]. 東京：扶桑堂，1909.
黒岩涙香．縮刷涙香集第四編 野の花[M]. 東京：扶桑社，1916.
黒岩涙香．明治大正文学全集第八巻 黒岩涙香篇[M]. 東京：春陽堂，1929.
黒岩涙香．涙香全集七巻 厳窟王前篇[M]. 東京：春陽堂，1933.
黒岩涙香．厳窟王 上巻[M]. 東京：愛翠書房，1948.
黒岩涙香．明治文学全集47 黒岩涙香集[M]. 東京：筑摩書房，1971.
黒岩涙香．現代教養文庫1427 弊風一斑 蓄妾の実例[M]. 東京：社会思想社，1992.

黒岩涙香．現代教養文庫 1556 小野小町論[M]．東京：社会思想社，1994.

黒岩涙香著，伊藤秀雄編．ちくま文庫 明治探偵冒険小説集 1 黒岩涙香集[M]．東京：筑摩書房，2005.

黒岩涙香．黒岩涙香探偵小説選Ⅰ〔論創ミステリ叢書 18〕．東京：論創社，2006.

権文卿．黒岩涙香の受容と一九二〇年代朝鮮の翻案小説[J]．植民地文化研究：資料と分析，2016，15：52－64.

講談社社史編纂委員会．講談社の歩んだ五十年 明治・大正編[M]．東京：講談社，1959.

講談社社史編纂委員会．クロニック講談社の90 年 1909～1999[M]．東京：講談社，2001.

講談社社史編纂委員会．物語講談社の100 年第一巻[M]．東京：講談社，2010.

小森健太朗．英文学の地下水脈 古典ミステリ研究～黒岩翻案原典からクリーンまで～[M]．東京：東京創元社，2009.

小山静子．家庭の生成と女性の国民化[M]．東京：勁草書房，1999.

小山静子．良妻賢母という規範[M]．東京：勁草書房，2010.

斎藤玉男．結婚の新倫理[M]．東京：白揚社，1941.

佐藤愛子．花はくれない 小説佐藤紅緑[M]．東京：講談社，1968.

佐藤紅緑．佐藤紅緑全集上巻 少年倶楽部名作[M]．東京：講談社，1967.

佐藤紅緑．佐藤紅緑全集下巻 少年倶楽部名作[M]．東京：講談社，1967.

佐藤紅緑．私の小説について[M]//加藤謙一．佐藤紅緑全集 上巻．東京：講談社，1967：2.

佐藤紅緑．ああ玉杯に花うけて[M]．京都：新学社，1976.

佐藤紅緑．佐藤紅緑集[M]．東京：三一書房，1992.

佐藤卓己．『キング』の時代——国民雑誌の公共性[M]．東京：岩波書店，2002.

佐藤林平．黒岩涙香と萬朝報[J]．英学史研究，1979，12：129－135.

佐伯順子．近代化の中の男と女：「色」と「愛」の比較文化史[D]．東京：東京大学，1992.

昭和女子大学近代文学研究室．近代文学研究叢書第十九巻[M]．東京：昭和女子大学，1962.

瀬沼茂樹．黒岩涙香——その「探偵談」について——[J]．文学，1961，29(4)：10.

瀬沼茂樹．大衆文学略史[J]．国文学一月臨時増刊，1965，10(2)：12－17.
仙巖．甘言苦語(其一)『新声』[M]//中島国彦．文藝時評大系 明治篇 第7巻(明治36年—明治37年)．東京：ゆまに書房，2005：41.
高橋康雄．「スキャンダル」の裏側(解説)[J]．広告批評，1994(171)：22－27.
高橋康雄．「赤新聞」が志したもの[J]．広告批評，1994(171)：51－56.
高松敏男．若き黒岩涙香(周六)の出発——『東京輿論新誌』時代をめぐって——[J]．大阪府立図書館紀要，1972，8：61.
高山樗牛．文芸時評 無題録(五)『太陽』[M]//中島国彦．文藝時評大系 明治篇 第6巻(明治35年)．東京：ゆまに書房，2005：107.
玉井朋．良妻賢母論の受容と「家庭」(ホーム)の形成——明治後半期の『家庭之友』『家庭女学講義』『婦人之友』を中心に——[J]．藝文考，2004，9：21－34.
田山花袋．小説作法[M]．東京：博文館，1909.
鶴見俊輔．現代日本思想大系12 ジャーナリズムの思想[M]．東京：筑摩書房，1965.
鶴見俊輔．鶴見俊輔著作集第四巻[M]．東京：筑摩書房，1975.
樽本照雄．清末民初翻訳小説目録第15版[M]．大津：清末小説研究会，2024.
鄭澳生．探偵小説と冒険小説と[J]．早稲田文学，1893，36：3－25.
戸川貞雄．大衆文芸 三月号の娯楽雑誌から(3)[N]．報知新聞，1935－2－21.
徳富蘆花．不如帰[M]．東京：民友社，1900.
中川祐美．『少女の友』と『少女倶楽部』における編集方針の変遷[J]．日本出版史料——制度・実態・人——，2004，9：38－65.
中島河太郎．日本推理小説史[M]//黒岩涙香，幸田露伴，泉鏡花 ほか．日本推理小説大系第Ⅰ巻明治大正集．東京：東都書房，1960：276.
中村孝也．野間清治伝[M]．東京：凸版印刷株式，1944.
野村胡堂．涙香に還れ[M]//黒岩涙香．厳窟王上巻．東京：愛翠書房，1948.
蓮見洋介．黒岩涙香「無惨」論[J]．『新青年』趣味，2015，16(10)：333－345.
原田敬一．黒岩涙香——社会を刺激し続けた奇才[M]//趙景達，原田敬一，村田雄二郎 ほか．講座 東アジアの知識人第2巻 近代国家の形成．東京：有志舎，2013：246－262.
平山大介．怪記者・黒岩涙香[J]．月刊官界，1992，18(1)：156－162.
村上浜吉．明治文学書目[M]．東京：飯塚書房，1976.
長谷部史親，縄田一男．日本ミステリーの一世紀[M]．東京：廣済堂出版，1995.
風雨楼主人．新聞小説？新作と批評[N]. 世界之日本，1896-8-10.
福田清人，滑川道夫，鳥越信．児童文学概論[M]. 東京：牧書店，1963.
福田清人．佐藤紅緑の少年小説[J]. 国文学，1980，45(10)：144-149.
藤井哲．木村毅と英文学[J]. 福岡大学人文論叢，2017，48(4)：1265-1347.
古尾谷志歩．『噫無情』に見る黒岩涙香の翻案方法[J]. 国文，2022，136(7)：22-34.
堀啓子．『谷間の姫百合』試論——Bertha M. Clayを藍本として[J]. 北里大学一般教育紀要，2000，5：106-117.
堀啓子．黒岩涙香『絵姿』とその藍本作家バーサ・M・クレイ(上)[J]. 英語青年，2001，146(11)：670-674.
堀啓子．黒岩涙香『絵姿』とその藍本作家バーサ・M・クレイ(下)[J]. 英語青年，2001，146(12)：26-29.
堀啓子．紅葉・涙香・謙澄の作品とBertha M. Clay[D]. 東京：慶應義塾大学大学院，2002.
堀啓子．翻案としての戦略——菊池幽芳の「乳姉妹」をめぐって[J]. 東海大学紀要文学部，2006，86：57-66.
堀啓子．黒岩涙香の翻訳小説——Bertha M. Clay 原作の「古王宮」をめぐって[J]. 芸文研究，2006，91：34-51.
堀啓子．黒岩涙香『嬢一代』とBertha M. Clay 作 Irene's Vow[J]. 英語青年，2006，151(12)：741-745.
堀啓子．明治期の翻訳・翻案における米国廉価版小説の影響[J]. 出版研究，2007(38)：27-44.
堀啓子．二つの『白髪鬼』——涙香と乱歩の翻案をめぐって[J]. 東海大学紀要文学部，2008，90：31-42.
堀啓子．明治翻訳界のフロンティア——黒岩涙香の余裕訳[J]. 文学，2012，13(4)：40-55.
堀啓子．和装のヴィクトリア文学——尾崎紅葉の「不言不語」とその原作[M]. 平塚：東海大学出版会，2012.
堀啓子．廉価版小説の翻訳への意識[J]. 日本近代文学，2013，89：187-192.
堀啓子．明治中期の翻案小説[J]. 日本比較文学会東京支部研究報告，2014，11(9)：46-51.
堀啓子．日本ミステリー小説史 黒岩涙香から松本清張へ[M]. 東京：中央公論社，2014.

堀啓子.アメリカの廉価小説が生んだ明治のベストセラー 尾崎紅葉とバーサ・M・クレー[J]. 書物学，2017(11)：24-31.

堀啓子. 明治の近代化を牽引した二人 ：福沢諭吉と黒岩涙香[J]. 福沢手帖，2017，172(3)：1-9.

松井洋子.バーサ・クレー作品の日本大衆小説、家庭小説における受容について——黒岩涙香の『妾の罪』再考——[J]. 国際関係学部研究年報，2002，23：233-239.

全美星. 翻案小説の「翻訳」戦略——関泰遠『鉄仮面』と黒岩涙香『正史実歴鉄仮面』の比較を通して——[J]. 文芸論叢，2014，82：17-32.

無署名. 近頃の小説(雜報)『帝国文学』[M]//中島国彦. 文藝時評大系 明治篇 第3巻(明治30年—明治31年). 東京：ゆまに書房，2005：194.

村松定孝. 家庭小説[J]. 国文学：解釈と鑑賞，1966，31(14)：42-48.

諸岡知徳. 家庭小説の消長——『大阪毎日新聞』の明治——[J]. 甲南女子大学研究紀要(文学文化編)，2006，43：69-77.

山本夏彦.スキャンダリズムの開祖——ジャーナリスト としての涙香——[J]. 広告批評，1994(171)：66-69.

八波直則. 黒岩涙香著作目録——高知県佐川町西谷文庫本を中心にした——[J]. 学苑，1962(3)：61-71.

柳田泉. 随筆明治文学[M]. 東京：清揚社，1938.

柳田泉. 涙香以前から涙香へ[J]. 日本古書通信，1956，21(3)：1-5.

矢野仁一. 近代蒙古史研究[M]. 京都：弘文堂書房，1938.

山本武利. 近代日本の新聞読者層[M]. 東京：法政大学出版局，1981.

楊文瑜，鄒波.『野の花』の種本と黒岩涙香の訳述に関する考察[J]. 東アジア日本語教育・日本文化研究，2016，19(3)：175-194.

吉武好孝. 黒岩涙香の翻案小説『厳窟王』について——デュマ原作『モンテ・クリスト伯』の梗概[J]. 武蔵野女子大学紀要，1980，15：85-97.

涙香会. 黒岩涙香[M]. 東京：日本図書センター，1992.

梁艶. 清末民初における欧米小説の翻訳に関する研究——日本経由を視座として[M]. 福岡：花書院，2015.

## 三、英文文献

Anon. Can't read "trashy" novels[N]. Trench and Camp：Edition for Camp Travis，1917-12-24.

CARR F L. All for love：gender，class，and the woman's dime novel in nineteenth-century America[D]. Fairfax：George Mason University，2003.

CLAY B M. A woman's error[M]. Chicago：M. A. Donohue&Company，[1920].

DENNING，M J. Dime novels：popular fiction and working class culture in 19c America[D]. New Hacen：Yale University，1984.

FAN V. From the shadow paly to electric shadows[M]//BELL J. Electric shadows：a century of Chinese cinema. London：British Film Institute，2014：8－13.

GILBERT P K. Genre fiction and the sensational[M]//BEHLMAN L，LONGMUIR A. Victorian literature：criticism and debates. New York：Routledge，2015：144－147.

GODFREY L S. Theodore Dreiser and the dime novel world，or，the missing chapter in Dreiser's life，1894－1906[D]. Baltimore：The University of Maryland，1984.

HANNAH H A. Male use of female pseudonym in nineteenth-century British and American literature[D]. Parth：Murdoch University，2018.

HUANG X. From East Lynne to Konggu Lan：tanscultural tour，transmedial translation[J]. Transcultural studies，2012，3 (2)：48－84.

LAWRENCE R. Pretty typewriters，melodramatic modernity：Edna，Belle，and Estelle[J]. Modernism/Modernity，2009，16(1)：105－122.

MALCOLM E. Victorian wallflowers [M]. London：Cape，1934.

MOORE A. Searching for Bertha M. Clay：problems in researching the topic and areas for further study [J]. Dime novel round-up，1991，2：10－15.

MATSUI Y. A study of Japanese reception of "Dora Thorne" adapted stories in the Meiji[J]. Comparative literature studies，east-west issue，1998，35 (2)：139－145.

BRENNAN S C. Gogol，Miriam，ed. Theodore Dreiser：beyond naturalism (book review)[J]. Studies in the novel，1998，30(3)：458.

# 附录　清末及民国时期黑岩泪香小说在中国的翻译目录*

| 序号 | 初版时间 | 中译 | 译者 | 原作 | 英译 | 黑岩泪香作品 |
|---|---|---|---|---|---|---|
| 1 | 1901 | 《毒蛇圈》 | 周桂笙 | *Margot La Balafrée* | *The Sculptor's Daughter* | 如夜叉 |
| 2 | 1902—1903 | 《谋杀寡妇案》 | 不详 | *L'affaire Lerouge* | *The Widow Lerouge* | 人耶鬼耶（是否依据泪香译本译出有待考证） |
| 3 | 1902 1903 | 《离魂病》 | 罗普 | 无 | 无 | 探偵 |
| 4 | 1903 | 《夺嫡奇冤》 | 商务印书馆 | *L'affaire Lerouge* | *The Widow Lerouge* | 人耶鬼耶 |
| 5 | 1903 | 《决斗缘》 | 不详 | *Les Suites d'un Duel* | *The Consequences of a Duel* | 決闘の果 |
| 6 | 1903—1906 | 《美人手》 | 香叶阁凤仙女史 | *La Main Coupée* | *The Severed Hand* | 美人の手 |
| 7 | 1903 | 《人外境》 | 不详 | *La Venus noire: voyage dans l'Afrique centrale* | *Black Venus: A Tale of the Dark Continent* | 人外境 |
| 8 | 1904 | 《三缕发》 | 陈景韩 | 无 | 无 | 無惨 |
| 9 | 1904 | 《侦探谈三》 | 陈景韩 | 无 | 无 | 無惨 |
| 10 | 1904—1905 | 《秘密囊》 | 小造 | *Les cachettes de Marie-Rose* | *Marie-rose* 或 *The Mystery* | 武士道 |
| 11 | 1904—1905 | 《火里罪人》 | 冷（陈景韩） | 无 | *The Old Age of M. Lecoq* | 死美人 |
| 12 | 1905 | 《决斗会》 | 小造 | *Les Suites d'un Duel* | *The Consequences of a Duel* | 決闘の果 |

* 根据《清末民初翻译小说目录（第 15 版）》（樽本照雄，2024）、《近代翻译文学中日本转译作品底本考论——以陈景韩的转译活动为例》（国蕊，2019）、《跨越三种语言的文本旅行——包天笑〈梅花落〉》（陈凌虹，2022）整理，有待完善。

续表

| 序号 | 初版时间 | 中译 | 译者 | 原作 | 英译 | 黑岩泪香作品 |
|---|---|---|---|---|---|---|
| 13 | 1905 | 《错恨》 | 冷(陈景韩) | 不详 | 无 | 心と心 |
| 14 | 1905 | 《黑行星》 | 徐念慈 | *The End of the World* | 无 | 暗黒星 |
| 15 | 1905 | 《巴黎繁华记》 | 不详 | *Porte Close* | *The Closed Door* | 玉手箱 |
| 16 | 1905 | 《指环党》 | 不详 | *L'oeil du Chat* | *The Cat's-eye Ring* | 指環 |
| 17 | 1905 | 《忏情记》 | 不详 | *A Haunted Life* 与 *Dark Days* | 无 | 妾の罪 |
| 18 | 1905 | 《双金球》 | 不详 | *The Dark House* 与 *The Fatal Request* | 无 | 大金塊 |
| 19 | 1905 | 《母夜叉》 | 小说林社 | *Margot la Balafrée* | *The Sculptor's Daughter* | 如夜叉 |
| 20 | 1905 | 《新蝶梦》 | 陈景韩 | 不详 | *Vendetta, a Story of One Forgotten* | 白髪鬼 |
| 21 | 1905 | 《妖塔奇谈》 | 无歆羡斋主人 | *A Woman in Grey* | 无 | 奇中奇談<br>幽霊塔 |
| 22 | 1905 | 《银行之贼》 | 谢慎冰 | *Donald Dyke* | 无 | 銀行奇談<br>魔術の賊 |
| 23 | 1906 | 《铁假面》 | 听荷女士 | *Les Deux Merles de Monsieur de Saint-Mars* | *The Iron Mask* | (正史実録)<br>鉄假面 |
| 24 | 1906 | 《寒桃记》 | 吴梼 | *La Corde au Cou* | *Within an Inch of His Life* | 有罪無罪 |
| 25 | 1906 | 《莫爱双丽传》 | 陈景韩 | *The Leavenworth Case* | 无 | 真ッ暗 |
| 26 | 1906 | 《秋云娘》 | 陈景韩 | 不详 | 无 | 絵姿 |
| 27 | 1907 | 《乞食女儿》 | 陈景韩 | *Diavola* | 无 | 捨小舟 |
| 28 | 1907 | 《王妃怨》 | 陈景韩 | 不详 | 无 | 史談·王妃の怨 |

续表

| 序号 | 初版时间 | 中译 | 译者 | 原作 | 英译 | 黑岩泪香作品 |
|---|---|---|---|---|---|---|
| 29 | 1907 | 《奇囚》 | 秋水 | *Les Misérables* | 无 | 无 |
| 30 | 1907 | 《逸犯》 | 冷(陈景韩) | *Les Misérables* | *The Wretched* | 噫無情 |
| 31 | 1907 | 《曲中怨》 | 不详 | *Diavola* | 无 | 捨小舟 |
| 32 | 1907 | 《博浪椎》 | 天涯芳草(吴梼) | 不详 | 无 | 梅花郎 |
| 33 | 1907 | 《剧场大疑狱》 | 无歆羡斋主人 | オペラハウスの犯罪 | 无 | 劇場の犯罪 |
| 34 | 1907 | 《色媒图财记》 | 黄山子 | *The Consequence of a Duel* | 不详 | 決闘の果 |
| 35 | 1907 | 《鸳盟离合记》 | 汤尔和 | *Another Man's Wife* | 无 | 人の妻 |
| 36 | 1907 | 《侦探之侦探》 | 陈景韩 | 不详 | 不详 | 活地獄 |
| 37 | 1907 | 《破产》 | 陈景韩 | *Le Comte de Monte-Cristo* | *The Count of Monte Cristo* | 厳窟王 |
| 38 | 1908 | 《棠花怨》 | 吴梼 | 不详 | 无 | 梅花郎 |
| 39 | 1908 | 《天际落花》 | 褚灵辰 | *La Voilette Bleue* | *The Blue Vell* 或 *The Angel of the Belfry* | 塔上の犯罪(此曲者) |
| 40 | 1908 | 《决斗》 | 冷(陈景韩) | *Bouche Cousue* | *Sealed Lips* | 似而非 |
| 41 | 1908 | 《土里罪人》 | 陈景韩 | 不详 | 不详 | 活地獄 |
| 42 | 1908—1909 | 《古王宫》 | 包天笑 | *At War with Herself* | 无 | 古王宮 |
| 43 | 1908 | 《窟中人》 | 陈景韩 | *Le Comte de Monte-Cristo* | *The Count of Monte Cristo* | 厳窟王 |
| 44 | 1908—1909 | 《梅花落》 | 包天笑 | *Diavola* | 无 | 捨小舟 |
| 45 | 1909—1910 | 《奇冤案》 | 刘 | *L'affaire Lerouge* | *The Widow Lerouge* | 人耶鬼耶 |

续表

| 序号 | 初版时间 | 中译 | 译者 | 原作 | 英译 | 黑岩泪香作品 |
|---|---|---|---|---|---|---|
| 46 | 1910—1911 | 《空谷兰》 | 包天笑 | *A Woman's Error* | 无 | 野の花 |
| 47 | 1910—1911 | 《怪人》 | 陈景韩 | *Une Affaire Mysterieuse* | *The Nameless Man* | 海底の重罪 |
| 48 | 1911 | 《决斗》 | 冷(陈景韩) | *Les Suites d'un Duel* | *The Consequences of a Duel* | 決闘の果 |
| 49 | 1911 | 《豪侠姻缘录》 | 刘 | *La Voilette Bleue* | *The Angle of the Chimes* | 此曲者 |
| 50 | 1911—1912 | 《非洲石壁》 | 陈景韩 | *Black Venus* | 无 | 人外境 |
| 51 | 1914—1915 | 《岩窟王》 | 毋我口译，觉奴笔述 | *Le Comte de Monte-Cristo* | 无 | 厳窟王：史外史伝 4 冊 280 章 |
| 52 | 1915 | 《八十万年后之世界》 | (杨)心一 | *The Time Machine* | 无 | (文明奇談)八十万年後の社会 |
| 53 | 1915 | 《窟中人之妻》 | 冷(陈景韩) | *Le Comte de Monte-Cristo* | *The Count of Monte Cristo* | 厳窟王 |
| 54 | 1915 | 《琼岛仙葩》 | 包天笑 | *Armorel of Lyonesse: A Romance of Today* | 无 | 島の娘 |
| 55 | 1915 | 《钻祟》 | 农生 | 无 | 无 | 金剛石の指環 |
| 56 | 1916 | 《人寿保险》 | 农生 | 无 | 无 | 生命保険 |